U0046349

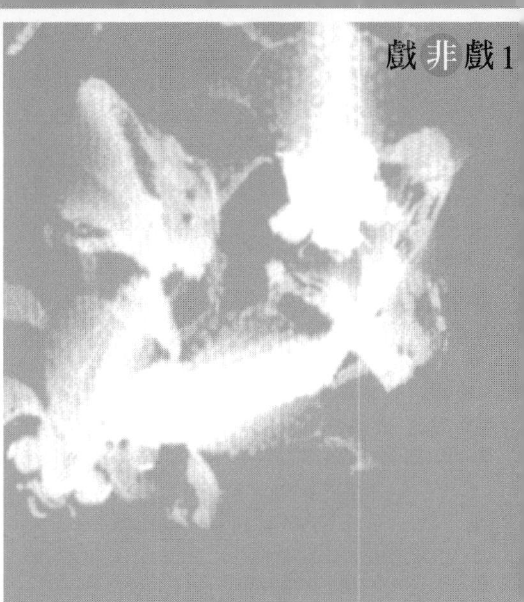

步步生蓮

卷十一

無水不生蓮

高寶書版集團

戲非戲 DN134

步步生蓮

卷十一：無水不生蓮

作　　者：月　關
責任編輯：李國祥
執行編輯：顏少鵬
出 版 者：英屬維京群島商高寶國際有限公司台灣分公司
　　　　　Global Group Holdings, Ltd.
地　　址：台北市內湖區洲子街88號3樓
網　　址：gobooks.com.tw
電　　話：（02）27992788
E-mail：readers@gobooks.com.tw（讀者服務部）
　　　　pr@gobooks.com.tw（公關諮詢部）
電　　傳：出版部（02）27990909　行銷部（02）27993088
郵政劃撥：19394552
戶　　名：英屬維京群島商高寶國際有限公司台灣分公司
發　　行：希代多媒體書版股份有限公司發行/Printed in Taiwan
初版日期：2010 年 11 月

國家圖書館出版品預行編目資料

步步生蓮. 卷十一, 無水不生蓮 / 月關著. -- 初版
. -- 臺北市 : 高寶國際出版 : 希代多媒體
發行, 2010.11
面 ;　公分. -- (戲非戲 ; DN134)

ISBN 978-986-185-531-8(平裝)

857.7　　　　　99020802

目次

二百八一　擠神仙

金水河一帶雖不是最繁華的市中心，但是風景秀麗優雅，所以許多達官貴人都在這裡置辦宅院別墅，成了大宋的一個高檔別墅區。於是附近便隨之衍生了許多米店、藥鋪、酒樓、裁縫店。

宋朝時的女人是頂得了半邊天的，鄉下的女人要和男人一樣下地勞作，城裡呢，這些米店、藥鋪、酒樓、裁縫店，和羊肉、豬肉鋪子裡，同樣有許多打扮俐落的婦人腰繫一條青花布的手巾，綰著危髻坐店經營。街頭男男女女往來不息，一些大戶人家的小姐、夫人，都大大方方地漫步街頭，並不怕拋頭露面，瓦子勾欄裡面雜耍百戲當街表演，許多人圍觀喝采，十分熱鬧。

折子渝離開劉家藥鋪，正在人群中匆匆行走，忽然聽到路旁瓦舍裡面傳出一陣歌聲：「人生若只如初見，何事秋風悲畫扇？等閒變卻故人心，卻道故人心易變。」

這一聲唱如暮鼓晨鐘，勾起折子渝暗傷的情懷，她的心不由怦然一動，連忙止住腳步，慢慢轉向路旁。

臺上正在演一齣戲，自從楊浩在「千金一笑樓」首創新穎的表演形式，將歌舞才藝熔於一爐，用一個委婉動人的故事串聯起來進行表演的模式大為成功之後，開封藝人紛紛摹仿，自行編練曲目以招攬客人，有些戲班子更是直接抄襲一笑樓的曲目回來表演。臺上這一齣《桃花扇》就是他們從千金一笑樓抄來的。

這齣《桃花扇》可不是後世戲曲中有名的那一齣《桃花扇》，只是楊浩借用了一個名字而已。楊浩搜腸刮肚地為四大行首「想」故事，大多只是提供故事概況，如果有經曲唱段就哼唱出來，四大行首俱是多才多藝之人，便以他所提供的材料進行再加工和再創作，他這個大編劇做得便非常輕鬆。

這齣「桃花扇」卻不是從他記得的戲曲曲目而來，而是他用自己和折子渝的故事為原型改編的一齣戲劇，故事氛圍淡淡雋永，沒有太多的起落，故事情節與事實相比也修改了許多，並不是一笑樓最火的曲目，然而一些細節，尤其是兩人初見、再見的那種難忘場面，卻被他寫入了戲中，旁人看這曲目只是在看戲，折子渝看在眼中卻大是不同。

她痴痴地看著臺上兩人的表演，臺上的優伶唱過了定場詩，便開始了正式表演。第一幕就是將軍府邸的一個小管事與女主角在壽宴上初次相見的場面，折子渝一看就曉得這齣戲是出自楊浩之手了，裡邊許多對答之詞，本就是只有他們兩人才知道的。

當看到二人在街頭再度重逢，男主角問起女主角姓名，女主答曰「易子渝」時，折子渝心中默念著：「易子渝，憶子渝……」想著那個想忘也忘不了，偏偏和她在開封重逢的大混蛋，一時百感交集，傷心難言。

人群中有一些男子走來走去到處閒逛，他們既不像是上街購買，也不像是有事急急經過，而是專門在人多的地方擠來擠去，尤喜留連於出售脂粉、頭面、衣飾、花朵的鋪子，再不然便是擠進人群，觀看瓦子、勾欄等處的百戲伎藝競演，和旁人一般拍手叫好，兩隻賊眼卻是四下打量。

他們倒不是偷兒，準確地說也是偷兒。只不過，教你看不出行跡的專業偷兒，偷的是行人的財物，而他們只是偷香而已。他們是「擠神仙」，「擠神仙」是開封百姓給這種人起的一個綽號，如果擱在現代，把他們稱為「電車痴漢」，相信就會有更多的人理解他們是幹什麼的了。

不錯，他們就是在人群中東遊西逛，看見容貌姣好、體態迷人的女子，便找機會湊過去擠擠擦擦、占便宜的小混混罷了。每逢上元、中元、重陽等重大節日，街頭人潮最多的時候，他們最是如魚得水，平時若有機會，他們自然也不會放過。

折子渝此刻雖穿了一身素雅檢樸的衣衫，但是嬌軀窈窕，姿容婉媚，站在人群中，珠玉之姿難以遮掩，登時引起了兩個混混的注意，他們一見折子渝越走越近，痴痴地看著臺上，好像已經看入了迷，登時互相打個眼色，便裝著看戲的模樣向她靠近過來。

折子渝看著戲臺，心思卻已完全浸入回憶當中，一時如痴如醉，那兩個「擠神仙」

的小混混擺出一副專心看戲卻找不到好角度的模樣，在她身邊蹭來蹭去，她也渾未注意。

可惜這條街上雖然繁華，但是人並不算多，他們的行跡很難掩飾，只是尋常路人看到了也懶得去管罷了。楊浩是坐在駟馬高車之上，居高臨下看得清楚，他一眼瞧見折子渝，心頭登時又驚又喜，隨即就發現有個男人鬼鬼祟祟地在折子渝身邊蹭來蹭去，手背一連兩次「無意」地擦過折子渝的翹臀。

楊浩一見騰地火起，他對折子渝又敬又愛，哪怕私室相見，也從不敢對折子渝有如此狎暱的行為，這廝竟連連去占子渝的便宜，大庭廣眾之下，連她的屁股都敢摸，真是「叔可忍嬸不可忍」，楊浩想也不想，騰身下車，一拳便揮了過去。

「砰！」那混混見折子渝全無反應，膽氣漸壯，正想湊近過去再摸摸她柔滑的大腿，後心突然挨了一拳，整個人都飛了起來，一下子撞倒了前邊幾名看客。另一個混混見狀瞪起眼來大喝道：「你這廝……」

「砰！」他下巴挨了重重一拳，兩顆大門牙蹦出來的同時，整個人也仰面跌了出去。

「混帳東西，竟敢占人便宜！」

楊浩還想撲上去痛毆那兩個流氓，折子渝被驚醒過來，扭頭一看，剛剛還想著的那個混蛋居然臉紅脖子粗地站在她的面前，不禁愕然道：「你做什麼？」

「我做什麼？妳個白痴，給人占了便宜妳都不知道！」楊浩剛剛嗔怪了一句，被他一拳打中後心的那個混混惱羞成怒，哇呀怪叫地撲上前來，楊浩立即搶步上前，伸手一叼他的手腕，折腕下壓，一個漂亮的擒拿動作，那人疼得一哈腰，楊浩已抽身後退，一腳又踹在他的小肚子上，那人再度仰面摔了出去，這回可是爬不起來了。

這時人群中才有人悄悄說道：「瞧啊，那兩個擠神仙的這下可碰上厲害角色了。」

折子渝在開封待得久了，也聽說過「擠神仙」這個詞，登時會意過來，眼見楊浩如此維護，她芳心中頓時暖洋洋的，可是以她的矜持和對楊浩的氣惱，又豈肯就此回心轉意，給他一副好臉色。

就在這時，趙德昭、趙德芳兩兄弟也跑了過來，這兩人一來，七、八名膀大腰圓的侍衛立即護在前面，把一眾百姓擋開了去。

趙家兩兄弟現在也看明白怎麼回事了，他們也是自幼習武的，看到楊浩乾淨俐落的身手，心中大為嘆服，尤其是楊浩的出手與爹爹傳授給他們的拳法竟有七分神似，更令他們嘖嘖稱奇。

趙德芳欣然笑道：「楊院使教訓那兩個潑皮的拳腳功夫著實了得，不知你師從何人吶？」

趙德昭卻瞟了一眼那兩個倒在地上哼哼哈哈的混混，厭惡地道：「來人，把這兩個潑皮送官究辦。」轉眼看清折子渝的姿容，卻是眼前一亮：「楊院使，你與這位姑娘……可相識嗎？」

楊浩還未答話，折子渝已板起臉來道：「本姑娘不認得他！」

楊浩笑了，折子渝那副耿耿於懷的模樣，分明是也未忘記了他，如果她真的恨他厭他到了極點，豈會還是這副小兒女般的鬥氣模樣。雖說他不敢奢望能與折藩家的貴小姐結親，可是昔日的戀人對他仍心中有情，還是令他愉悅不已。

他微笑道：「以前縱不認得，今日卻算是相識了。未知姑娘尊姓大名？」

折子渝沒想到他這人厚臉皮，居然打蛇隨棍上，便沒好氣地瞪了他一眼，信口說道：「王子渝。」

她說的姓氏本是母親的姓氏，楊浩卻道她是要自己忘了子渝，心中不由一酸，脫口道：「子渝，子非魚，安知魚之樂的魚？」

這本是兩人在廣原街頭重逢時的一番對答，折子渝聽了心中一酸，兩隻大眼睛登時蓄滿了淚水。

趙德芳奇道：「姑娘，妳怎麼了？」

「沒怎麼，沙迷了眼睛而已。」

折子渝匆匆拭去眼淚，目光不再向楊浩看上一眼，只是低聲道：「多謝公子仗義相助，小女子感激不盡。這廂謝過公子，奴家還有事在身，告辭了。」

折子渝向楊浩匆匆一禮，便轉身急急奔去，楊浩張口欲言，望著她的背影卻只搖頭嘆息一聲，忽一回頭，便瞧見趙德昭好奇而玩味的眼神，楊浩尷尬地笑笑，說道：「這個……這個……楊浩一介粗人，實在是莽撞了。」

* * *

折子渝在楊浩面前強忍著不讓眼淚掉下來，待奔到無人處，卻再也抑不住雙淚長流。她使勁擦擦淚水，倔強地咬緊牙關，到了金水河畔，就著清澈的河水洗了把臉，這才以水為鏡整理了一下容顏，看看再無破綻，這才沿河而行，不久便上了繫在河邊的一艘小船。

「……依我看，朝廷很難將足夠的糧食運回來，可是官家偏偏行此下策，也不知他到底有何打算。為保萬無一失，我要隨欽使南下，看看他們到底有什麼妙計。」

「小姐打算怎麼對付他們？」船頭一釣叟頭也不回地問道。

折子渝道：「我們在中原只有一些探馬細作，可用的人手極少，力敵不得，只能智取。且看朝廷有何主張，再做舉動不遲。」

這時張十三匆匆尋來，上船便道：「小姐，咱們失算了，朝廷剛剛貼出榜文，申明東京缺糧，不日皇長子魏王德昭即以三司使楚昭輔、南衙院使楊浩為副使，親赴江淮取糧。」

折子渝登時一呆，心道：「那廝也要去江淮？這算什麼，不是冤家不聚頭嗎……」

張十三未注意她的臉色，急急又道：「朝廷派出大隊人馬，所有衙門一體行動，御史臺所有言官、御史，各道回京述職的巡察使、觀察使明日一早全部離京，前往江淮督察運糧事宜，這一下子可是滿天神佛俱飛東南了。」

折子渝輕哼一聲：「滿天神佛便有回天之力嗎？明日一早咱們也走，和這些神仙們做了一道，本姑娘倒要看看，這滿天神佛擠擠擦擦，到底是誰能揩了誰的油！」

* * *

「什麼？官人要做欽差副使，往江淮運糧去？」吳娃兒聽了楊浩的話，一時驚得目瞪口呆，她沒想到自己參與設計的一計，轉來繞去，最後竟然繞到了自己男人的頭上，還得讓他去解這個結。

「是啊，事情緊急，明天一早就走。」楊浩握住她一雙柔荑，歉然道：「本想近日接妳過門，可這一來就要耽擱幾個月時間了，不管那些，待妳安排妥了媚狐窟的事情，就來府中住下，等我回來，咱們再補辦一下。」

吳娃兒受寵若驚地道：「奴家……奴家只是一房妾侍，一乘小轎抬進門來就成了，哪敢奢求官人還要操辦什麼？」

「妾，那是做給外人看的，楊某也不能太過驚世駭俗嘛，不過……進了這個門，妳就是我的女人，一個女孩兒家，最大不過終身之事，為夫又怎能太過草率，委屈了妳？妳放心，待我回來，咱們風風光光，操辦一回。」

楊浩情路坎坷，現在終於懂得珍惜眼前人了，吳娃兒感動得熱淚盈眶，只覺自己將終身託付於這樣的男人，真的是無怨無悔。她忽想到東京缺糧本是折大小姐的計畫，如今朝廷要從江淮調糧，也不知折大小姐會不會坐視不理，心中登時一驚，事涉自己的男人，那心態又自不同了，關切之下，她立即說道：「奴家隨官人一起去。」

「胡鬧！」楊浩笑著在她翹臀上拍了一巴掌：「我隨魏王去運糧，如何讓妳隨行？怎麼，就這幾天工夫就捨不得離開我了？呵呵，妳在汴梁給我老老實實地待著，要不然，等我回京，就家法侍候，好好教訓妳一頓。」

「不是的……奴家……唉！」娃兒急得直跺腳，她不能供出恩人所為，又不想官人的差事辦砸了，心中便想：「你不讓我去，我偷偷隨去就是。如果折大小姐還有後計，危及我家官人，那時……那時娃娃只好將事情向官人和盤托出，相幫自家老爺，天經地義，折大小姐，娃娃那時就要對不住妳了！」

二百八二　清風樓

趙光義是皇弟，但趙光美也是皇弟，而趙光義執掌南衙，打理開封府，手中掌握著大宋都城百萬之眾，兩個皇弟的權柄卻大大不同。而今，趙光義已然封王，地位更上層樓。照理說，文武百官對趙光義的逢迎更該是趨之若鶩才對，但是皇長子德昭同時封王，卻把他的光彩一下子全蓋了過去。

皇子早晚都要稱王的，不管是趙光美還是趙德芳，將來絕少不了一個王爵的稱號，在此之前沒有稱王，是因為大宋剛剛立國不久，皇帝趙匡胤還時常親自帶兵東討西殺、南征北伐，四處剿滅中原各國，這個當口，他不便、也不能對寸功未立的皇室子弟大封王爵。這樣一來，趙德昭臨危受命，賜王爵，執節鉞，代天巡狩，訪察江淮，就具有不同尋常的意味了。

上意是不是想要開始培養儲君了？所以才倉促加封王爵，委派如此重任？一旦成功解決此事，這個魏王毫無疑問就可以立下一功，樹立自己的威望。當今聖上春秋鼎盛，現在著手培養皇子，而且一個成年的皇子做為儲君那是大有可能的，這一來文武百官對與南衙的交往就會格外小心起來，原本來往較為頻繁密切的，這時也收斂起來，靜觀風色。

南衙，清風樓。

趙光義似乎絲毫沒有察覺這種細微的變化，在酒宴上滿面春風。

趙光義位高權重，又是皇弟，但是為了廣泛結交朝臣，他一向禮賢下士，時常設宴與朝中官吏談笑盡歡，但是在南衙設宴，為一個直屬於他的部下專門餞行，這卻是頭一次。趙光義青睞、拉攏楊浩的心思，在趙光義的幕僚和親信們面前，已是一個毫不掩飾的祕密。再加上趙光義剛剛晉封王爵，就算朝臣們沒有來相賀，他的親信、屬吏們卻是一定要恭賀一番的。

是以當晚整個清風樓也是人滿為患，南衙所屬重要官吏紛紛登場，精通吏術的宋琪、能言善辯的程羽、文武雙全的賈琰、善於理財的柴禹錫、主管財賦的趙熔、執掌刑法的楊守一，乃至程德玄等，俱是趙光義親信僚屬，光是這些幹吏就不下三、四十多人。

「楊院長，朝廷伐漢之際，北國出兵相脅，進退兩難之際，是楊院長與程判官想出釜底抽薪之策，獻計於官家，最終將數萬漢國百姓成功遷至我宋境。漢國為此元氣大傷，繼而又涸澤而漁，搜刮民財酬獻於北國，更是風雨飄零，搖搖欲墮，此大功也。呵呵，你們兩位，如今都在我南衙做事，這是本王的幸運吶。」

趙光義舉杯起身，笑容滿面地走到他面前道：「如今朝廷缺糧，又是楊院長獻策，不日就要趕赴江淮，為朝廷籌措糧草。本王這裡預祝你旗開得勝、馬到功成，為我大宋再立扶保社稷之不世功勳。來來來，大家都舉起杯來，楊院長，請酒。」

楊浩慌忙立起，舉杯道：「食君之祿，忠君之事。卑職所為，不過是分內之事，當不得千歲與諸位同僚如此相敬。」

「哈哈，楊院長客氣了，能為我大宋力挽狂瀾，解危於倒懸，就當得起本王敬這一杯酒，楊院長，請。」

趙光義幾時對自己屬下如此禮敬來著？眼看諸位同僚紛紛舉杯，面露豔羨神色，楊浩忙道：「上下有別，尊卑有序，千歲敬酒，卑職實不敢當。」

趙光義一笑說道：「既如此，德崇，你替為父敬楊院長一杯。」

自一旁應聲走過來一人，白袍如雪，目如朗星，看年紀才只十六、七歲，這少年手捧一杯酒，欣然笑道：「楊院長，德崇久聞院長英雄事蹟，仰慕得很，今日才是頭一遭得見尊顏，德崇替父親敬一杯酒，院長切勿推辭。」

這少年就是趙光義長子？瞧來一表人才，談吐也十分得體。楊浩不能繼續推辭，連忙稱謝，先乾為敬，那少年興致勃勃又道：「德昭哥哥要往江淮為朝廷籌糧，德崇羨慕得很呢，等德崇到了及冠之年，也要出來為朝廷多做些事情，楊院長足智多謀，做事幹練，到時還要請院長多多指點。」

「不敢不敢，小王爺客氣了。」這少年顯然對楊浩十分感興趣，客套話說過，乾脆端了酒杯過來與他同席，一直詢問他帶領北漢百姓遷徙宋境的一路經歷，楊浩只得簡略作答，誰知這少年也不知從哪兒打聽來的，對楊浩的事居然知之甚詳，而且傳來傳去，傳到他耳中的故事已大為誇張，連楊浩在萬馬軍中廝殺之際，對旁人說過什麼「豪言壯語」，當時做種種選擇出於什麼考慮，都說得頭頭是道，似乎比楊浩還清楚經過，他想問楊浩，只是想從事主這兒再加證實罷了。

最後楊浩無話可說，倒是這少年滔滔不絕，把楊浩有的沒有的種種事蹟一一道來，在他聽來的傳言當中，楊浩立馬成了高大完美的英雄了，聽得楊浩啼笑皆非。

趙光義見兒子與楊浩相談甚歡，只微微一笑，也不去打擾，逕回了自己座位，向宋琪側首問道：「事情辦得怎麼樣了？」

精通吏術的宋琪貌不驚人，三絡鼠鬚，穿一襲黑白兩色的直綴長衫，髮繫一條冠巾，斯斯文文，身材瘦削，聽了趙光義的話，他微微一笑道：「王爺請放心，屬下已派了最機靈的人去，他的把柄多得很，一抓就是一大把，一定找得到足夠的證據。」

趙光義冷冷一笑：「他憑著阿諛奉承，自我父親那裡攀了個趙家旁宗，又抱緊了官家的大腿，就真把自己當成我趙家的人了，哼哼！狂妄之極，如今且容他得意一時，不過……能否就這麼扳得倒他，本王實無把握，你要小心，不可以讓咱們的人出面。」

宋琪微拈鼠鬚，自得地笑道：「屬下做事王爺儘管放心。動手腳的人、檢舉揭發的人、抓捕證據的人，要嘛是他自己的人，要嘛是官家的親信，屬下只是順水推舟，絕不會有什麼把柄落入他的手中。」

「那就好，」趙光義沉沉一笑：「現如今，他想必正在府中得意吧？本王已迫不及待地等著看他樂極生悲的樣子了。」

二人相視一眼，哈哈大笑。

宴席散了，諸官吏紛紛告辭離去，趙光義獨把楊浩一直送出了儀門之外。

「王爺請留步，不敢勞王爺遠送。」楊浩在登聞鼓前止步回身，長揖謝道。

趙光義微微一笑，站住了腳步，對楊浩道：「本府還是本府，雖加了王爺的爵位，與往昔並無什麼不同，你不必太過拘謹。」

他四下看看，負手向楊浩走近兩步，說道：「本府要程羽、程德玄隨你赴江淮之行，你心中可有什麼顧慮？」

楊浩一驚，他聽到趙光義派了程羽、程德玄二人隨自己一同南下時確實不太痛快，雖說趙光義說得漂亮，要派兩個得力的人去助他一臂之力，可是如此作為，未免有不太信任的感覺，有了這麼兩個人一旁監視，拖他後腿，他怎能高興得起來，想不到他掩飾的雖好，趙光義還是看了出來。

趙光義呵呵一笑，誠懇地道：「楊浩啊，你不要多想。本府派他們去，並不是為了牽制、束縛你，的的確確是想讓他們對你有所幫助。趙普那裡，是會派幾名得力的幕僚隨魏王一同南下的，你身邊沒有幾個自己人，人單勢孤，如何與他抗衡？此番江淮之行，干係著實重大，程羽幹練老成，世故精明，可為你的良助。至於程德玄……」

他輕輕吁了口氣，拍拍楊浩的肩膀，溫和地說道：「其實你二人之間有些芥蒂，本府心中都明白。可是，你不能否認，他做事是很有辦法的，有些事你不方便出面的時候，不妨就交給他去辦，這也是為官之道；辦妥了，是你的功勞，辦砸了，你也不至於那麼被動，還可以從中轉圜。」

楊浩沒想到他會說出這樣一番推心置腹的話來，不禁訝異地看向他。趙光義很滿意他的反應，他微微一笑，又道：「程德玄很聰明，是個曉得輕重利害的人物，他對你縱有怨恚之意，也絕不敢假公濟私，壞你的事情。他在火情院辦事，一向如何，你也是曉得的。

「再者說，官做得越大，聚集到你麾下，懷著各種各樣心思的人也就越多。你不能指望他們一心一意，完全為你考慮，你只要能把他們調動起來，按照你的目的去做事就成了，水至清則無魚啊。如果你今日連一個程德玄都擺布不了，將來還如何去做大事呢？本府對你是很器重的，你切莫讓本府失望。」

楊浩差點一個立正，高聲吶喊：「多謝校長栽培，學生一定……」

他露出一副士為知己者死的激動表情，雙眼溼潤地抱拳謝道：「卑職明白，多謝府尹大人的關愛和指教。」

二百八三　急三火四

次日一早，六百里加急快馬飛赴江淮各道，向各州、府、道、縣傳達朝廷籌糧的急旨，與此同時，御史臺除了御史中丞和幾個必要的留守人員外，其餘臺院、殿院、察院各部御史全部出京，或乘船、或騎馬，分赴江淮道督察籌糧事宜。因公回京或述職的各路各道的觀察使、巡察使也都被抓去當壯丁，趕赴江淮。

不過大隊人馬還沒有出京，許多需要詳細安排下去，由汴梁各職司會同地方解決的問題，尤其是與漕運有關的事情，還需最終敲定。魏王趙德昭親自主持，中書、門下，會同樞密院、工部等衙門，就漕運問題做最後決定。

各司官員各抒己見，不一會兒說話就充滿了硝煙味。

「各位、各位，修建堰壩水閘，一般要先封住上游來水，修好水壩再放水，修閘的地方還要依據地理修水庫蓄水。光是前期勘察地理，選定可供建築水壩水庫的地點，就不是一個月、兩個月辦得到的事，縱然樞密院派出大軍相助，也是無法這麼快完成的，這簡直就不可能完成！」

因為事情緊急，所有人員都是一副火燒眉毛的樣子，臨時抱佛腳，以致弄得處處都是問題，大家焦頭爛額，說出話來也都帶了三分火氣。現在說話的是工部主事陳般年，這是個水利官，有點書獃子，魏王就在上面坐著，開始他還能語氣恭敬，可是這倉促籌建水壩的事實在是太難為人了，他越說心中越惱，忘形之下大失禮儀，唾沫星子都濺到了魏王趙德昭的臉上。

好在這位年輕的王爺脾氣好，見這位主事如此投入，反而很是欣慰，他不動聲色地掏出手帕擦擦臉上的唾沫星子，轉頭看向楊浩，溫和地問道：「楊院長對此怎麼看？」

大家議論半天了，楊浩被大家排布出來的這個為難、那個不行也弄得一肚子火。他擂著掛在牆上的漕運地圖，大聲道：「各位、各位，我再重申一遍，最後一遍，不要按照常理去考慮有關的工程設計，咱們要做的，是在冰雪封河之前，把足以撐到明年春運的糧食運到開封來，就這一個目的，我們建堰壩也好，建水閘也好，我不指望著它能用上十年百年，甚至像都江堰一般一用千年，我只需要它能撐最多三個月就成。明白了嗎？明白了嗎？」

楊浩把牆擂得「咚咚」直響，各部官員見他有點抓狂，俱都不再作聲，楊浩喊道：「好！咱們就按這個思路去想。陳主事，這條河上河水落差大的地方，前方未必就適合圍堤蓄水，建一個水庫，那怎麼辦？難道用老辦法，船靠碼頭，卸船、裝車、運到下游碼頭，再卸車、裝船，如此反覆，走一段來一回？那在路上得耽擱多少時間？」

他也不管那地圖繪製一幅何等不易了，抓起一枝毛筆蘸了蘸墨，就在地圖上塗塗抹抹起來。「你們看，這一段上游是一座寬廣的山谷，而出口狹小，可以截留蓄水，建造可以容船的雙層水壩，中置水閘，不但可以急用，以後加固一下，修繕一番，可以永久保留；再看這一段，兩側原本就有水閘，本是用來灌溉的，河堤外面有小河洩水，可以把水閘打開，引流往兩側去，然後建水壩水閘。如果水流太大，寧可毀一片莊稼，朝廷補償損失便是。

「再看這一段，可以截死河口，同時讓地方官府派遣勞工，樞密院派遣廂軍參與挖掘，從旁邊挖一條臨時的通道出來，把水引到下游，待水閘建好再堵住缺口，如此種種，盡量使河水暢通，運糧船就可以不需裝卸一路通達。實在來不及建壩建閘的地方，則仍按舊法進行裝卸，這樣速度要快得多。」

楊浩說的十分明白，眾人聽了紛紛點頭，工部堂官插口道：「船隻方面，也可以想想辦法，水流湍急的地方，兩側多置縴夫拉縴，兩岸都有縴繩，便能保持船隻穩定，不易傾翻。大船裝糧雖多，但是以往都是採用分段轉運法。

「此番運糧甚急，分段轉運是不成了，所以可以將現有的漕船盡量棄置不用，多用平底闊面的船隻，這些船裝的雖然少些，但是適合深淺不一的河道運輸，只要數量多些，足以彌補裝貨量少的不足，同時，用這種小船，我們的各處堰壩水閘工程量就會小些，可以更快完工。」

這個會一直開到中午才算初步敲定方案，因為事情緊急，這個初步方案也就成了最終方案，具體問題只能在過程中進行完善了。

一時間，朝廷又是頻頻下旨，令需要築堤挖渠的河道地段所在的地方官府立即抽調民役，樞密院也下調令，命左近的廂軍立即趕赴現場配合挖掘，工部的官員們帶著匆匆繪就的簡略施工圖立即離京，楊浩馬不停蹄，又直奔汴河碼頭，連口午飯都沒顧得上吃。

汴河幫的龍頭大哥張興龍，帶著徒弟臊豬兒、女兒張懷袖，正在恭候他的大駕。張府中，開封四蛟帶著一班親信兄弟都在這兒聚齊了，這些江湖上的大豪俱是粗獷豪爽的漢子，整個大廳中被他們一占，一時人聲鼎沸，比方才爭吵不休的工部大堂還要熱鬧百倍。

汴河幫大當家張興龍、蔡河幫大當家陳小凡、廣濟幫大當家蕭慕雨、金水幫大當家劉流都接到了開封府使人知會的一句話：「馬上放下一切，聽從楊院長安排。」

四大幫在開封府混口食，南衙的命令他們就不敢不俯首帖耳。不過，放棄一切營運，全力配合楊浩運糧，損失自不待言，他們如果想陽奉陰違，表面上全力以赴，暗地裡就是不幹活，旁人也找不到他們半點岔子。

可是張興龍受過楊浩的恩情，這種江湖上的豪傑講究的就是有恩必報，一諾千金。至於真正的利益，在他們眼中反而等而下之了，所以張興龍倒是不遺餘力地張羅起來，其餘三大幫的幫主與他義結金蘭，本是手足兄弟，大哥發話了，那些損失也只好撂下不管，紛紛親自帶隊趕來。

楊浩趕到的時候，福田小百合正在廳中為官人的幾位結義兄弟斟茶倒水，一見楊浩趕到，福田小百合欣喜不勝，但她生性靦腆，也不敢上前答話，只是向他抿嘴一笑，俏巧地福了一禮。

福田小百合現在已經換穿了漢裳，柔美溫馴的味道仍然透著些異域風情，在張家的這些日子，生活比原來優渥了許多，大概張興龍也沒少給她雨露滋潤，整個膚色都隱隱透出了晶瑩的光澤，彷彿一個新嫁娘般丰采照人。

楊浩見她向自己行禮，也只頷首一笑，便抱拳而入，依著江湖禮節向汴河四蛟四大豪拱手笑道：「承蒙各位久候，楊某公務繁忙，來遲一步，恕罪、恕罪！」

汴蔡金廣四大幫主連忙起身相迎，對楊浩這位南衙的紅人，他們可不敢稍有踰禮。福田小百合又為楊浩斟了茶送上來，楊浩謝過了，將茶放在桌上，便即開門見山，講起了開封缺糧的事情。在他的陳述中，當然不會把開封缺糧，竟已到了將有一兩個月的時間寸米皆無的窘境說出來。

楊浩說道：「凡一國之都，國之中樞，重中之重，至少當有九年存糧，古往今來，大城大阜一遇兵災，僅憑一座被圍得水洩不通的城池就能堅持數年之久，就是因為有存糧。然而咱們大宋剛剛立國十年，這些年又南征北戰，征討諸國，雖是戰功赫赫，但是有限的存糧也用光了，有司衙門管理不善，迄今才發現。

「官家震怒，為保社稷穩定，決定從地方運送大批糧草進京，同時皇長子已經成年，也當有所錘鍊，故而承此重任。楊某承官家青睞，忝為副使，隨魏王殿下往江淮籌糧。糧食若籌集到了，想要搶在冰雪封河之前運抵京師，卻不是一件易事，光憑朝廷的漕運船隻，恐難及時完成，這才想到了大家。」

蔡河幫大當家陳小凡向他抱拳說道：「楊院長，某得了南衙的吩咐，又有興龍大哥的囑咐，為大人效犬馬之勞自不在話下，可是楊院長要咱們做些什麼，需要多長時間，還請明白吩咐下來。陳某是個跑船的，幾千上萬個兄弟，連帶著他們的父母妻兒，都指望著這條運河吃飯呢，要是耽擱得太久，小民真的承受不起，這是實情，還請院長大人體諒。」

楊浩道：「國家有難，用到了諸位豪傑，自然也不會讓各位白白付出。這趟運糧，的確需要大量人手，船隻、縴夫、水手都須盡量充足，運糧的費用朝廷是會公道給付的，這一點大家盡可放心。

「第二，各位壯士不需要停下所有生意，有些生意你們已經接承了下來，總不好再拒絕了客人，何況開封除了糧食，油鹽百貨也不可或缺，這些也需要運輸的，而且汴河要進行疏浚、要修繕，最快也要一個月時間才能用到諸位。一個月後，我需要各位把我需要的船隻、人手都派出來，及時抵達江淮各處口岸，這一點卻是延誤不得。」

「第三，」楊浩站起身道，「皇帝不差餓兵，這一趟運糧不但並非無償徵用各位壯士的人手和船隻，會給予相應的酬勞，而且……魏王千歲已向官家請旨，將給予四位船主一個特權，只是……各位須聽分明，這份旨意各位如果接下了，就不再是民承官運，一旦不能完成官家交付的使命，有功的當賞，有過的……就要罰了！」

二百八四　依依不捨

開封四蛟不曉得楊浩要說什麼，立時提起了精神，楊浩緩緩道：「四位壯士分別於汴河、蔡河、金水、廣濟四渠，聚眾數萬，船運為生。官家特旨，若你們能助朝廷完成這樁大事，則可向四位船主頒發官執，正式確立四位經營汴河船運之事，及今後朝廷漕運之事。」

四位船主聽了先是一呆，隨即便聽出了話中之意，登時又驚又喜，一時竟說不出話來。他們聚眾上萬於大河上營生，難免不被各地官府盤剝欺壓，說來風光，也只是在百姓中風光，其實賺口辛苦飯吃大為不易。

而且，開封四大運河，他們雖各占其一，卻遠沒有達到壟斷的地步，只能說他們是四條運河船運主中勢力最大、影響最大的四個，而朝廷若是公開承認他們的身分，那就大大不同了。

他們行走於各地，地方官府對他們的盤剝就要大打折扣，而且有了這個官方認可的身分，他們船運護航，招收打手，再不必遮遮掩掩，生恐引起官府猜忌，可以想見，這個身分一旦確立，雖然沒有立竿見影的好處，可是長遠下去，卻會產生巨大的效益，勢力日益壯大，有官執與沒有官執，那結果可是大不一樣的。

楊浩深知，做為一個龐大的組織，管理著上萬人的吃喝拉撒，而這上萬人後面又有幾萬、十數萬老弱婦孺，全都倚仗於他們，不拿出切實的好處，即便這四位船主或由於義氣、或畏於官威，肯全力以赴地為朝廷辦事，也絕對沒有辦法讓這數萬縴夫、船工們竭盡全力的。

他們不是一具木偶，人人都有思想，有自己的利益計較，若沒有切實的好處，怎麼能讓他們發揮出不可想像的巨大動能，為了運糧之事竭盡全力？所以他勸說魏王向官家進言，乾脆承認這四個事實上已經是幫會的組織。

幫會向來是一個不穩定的社會因素，但是因為一種特殊的經濟運營模式而組織起來的幫會卻不同，你不承認他們，也無法阻攔他們事實上的幫會模式，而且，由於他們是因為盈利運營而聚合在一起的生意人，是很難產生造反的想法的。

相反，因為朝廷的公開承認，他們不必藏於地下，這樣一來他們就得更加依賴與官府的支持和合作，反而更易管理他們並利用他們的能力，這一點從後世的漕幫、鹽幫與官府的密切關係就可以驗證。

按現代的觀念更確切地定性一下的話，所謂漕幫，不過是以水運貨物為生的物流企業，他們要依賴於朝廷興旺才能生存，所以一旦國家動盪，經濟蕭條，就會直接影響他們的生存，他們會成為堅定依靠於朝廷的一股民間勢力。

楊浩將其中利害向趙德昭一一闡明，趙德昭並不蠢，雖然世事經驗不足，對楊浩的分析卻是一聽就懂，自然明白他說的話，便立即依言進宮向父皇請旨。

經過趙德昭整理之後的話自然更加有條理，也更有說服力，趙匡胤雖然最忌動搖皇權的事，對這條建議卻大為意動，再加上一來形勢所迫，要調動四大漕幫傾力相助，需要給他們一點甜頭，二來德昭剛剛承辦差事，也需要給他樹立權威，於是趙匡胤慨然應允。

開封四蛟聽得又驚又喜，七嘴八舌又問許多情形，楊浩一一作答，笑吟吟道：「諸位明日大概就可以收到朝廷正式的公文了，楊某在這裡先恭喜諸位，從此以後，咱們也算是同僚了。

「四位大當家，今後你們可就是名正言順的一幫之主了，相信開封四渠的生意，會被你們打理得紅紅火火，為社稷、為百姓、也為你們自己，創下一番功業。汴河、蔡河、金水、廣濟四幫一旦得到朝廷承認，今後再不會因興衰而淪亡代替，大宋在一日，開封漕運四幫就在一日，而你們四位，就是這四大幫派的開山鼻祖。」

楊浩一番話說得四人臉紅耳熱，興奮難言，四位開山鼻祖一時間鼻息咻咻，就差擂胸吶喊了。

楊浩這才把朝廷安排給他們的任務詳細說出，四人仔細傾聽，一一記下。最後，楊浩說道：「此番運糧，四位幫主各擇適當船隻，派遣得力人手，同河競運，先到者賞、遲到者罰，雖說你們有一個月的準備時間，但是不管是船隻還是水手，現在就要開始挑選籌備了，各位切莫貽誤，要是辦砸了，是要受罰的，那時楊某也愛莫能助了。」

四人滿懷憧憬，豪氣干雲，當即連連應承，他們把楊浩視作了他們的貴人，要不是明知道就算得到官府正式承認，他們這個所謂的漕幫幫主還是不可能和楊浩這樣的正式官身相比，早就拉著他到堂下斬雞頭燒黃紙，結拜兄弟去了。

楊浩將託付之事一一說個明白，蔡河、金水、廣濟三渠的漕幫幫主陳小凡、蕭慕雨、劉流立即興沖沖地告辭離開，回去籌劃搶運事宜了。當然，他們要做的第一件事，肯定是向自己的渾家和親近之人賣弄一下自己從此以後可以揚眉吐氣的新身分：幫主！

世上本沒有幫，楊大人一來就有了。幫主耶！楊大人是怎麼想出來的？這名頭聽著可比大當家威風多了！

* * *

楊浩回到自己府邸時，才感覺飢腸轆轆，敢情自打早晨吃了碗粳米粥，兩樣小菜，到現在還沒有進食呢。

一進門，娃娃和妙妙就雙雙迎了上來，旁邊站著兩人，卻是先楊浩一步剛剛進府，這兩人正是穆羽和姆依可。這兩人年歲相近，性情又相仿，雖然時常拌嘴嘔氣，感情卻越來越好，楊浩現在用不著擺排場帶侍衛，有時獨自出去不帶穆羽，若是姆依可要上街，穆忌便陪她同去。此刻二人剛剛回來，手裡提著一堆東西，扭頭看見楊浩，二人忙叫了一聲：「大人。」

「大人，您回來了。」妙妙笑靨如花，與娃娃並肩迎上來道。

妙妙如今已經知道娃娃要從良為妾被楊浩納入私宅了。她本是個機靈乖巧的女子，這樣情形之下，自無整日與娃娃爭鬥的道理，若是恃寵而驕，看娃娃那騷媚樣子，自家大人不被她迷得神魂顛倒已經相當不錯了，還能為了自己訓斥她嗎？存了這樣的心思，再加上娃娃大度乖巧，有意與她結好，所以兩人之間的關係大為改善。

當然，她因此也存了些女孩兒家的心事，比如開始喜歡打扮了，不再總是素顏朝天的，她總把自己打扮得俊俊俏俏、嬌盈可愛，身上也灑了品流極高的淡淡香水，弄得香噴噴的，與楊浩說話時也常常用些嬌憨的語氣和嫵媚的神態，隱隱有與娃娃在另一戰場爭風邀寵的架勢。

楊浩一見兩個冰肌玉膚、清麗可人的美人雙雙迎上來，就像一對嬌小玲瓏的香扇墜子，眼前也是一亮。真是秀色可餐的兩個俊俏女子，只是可餐歸可餐，卻不能真的吃下肚去，賞心悅目的美人一入眼，腹中越發餓了，當下便道：「妙妙，快去廚房拾掇幾道菜飯來，老爺我可是餓得前胸貼肚皮了。」

妙妙先是一愣，隨即「咭」的一聲笑，答應一聲便奔向側院。

「大人，您要離京了？」姆依可和穆羽雙雙奔了過來，娃娃微笑著站到一邊，並不搶著說話。

「是啊，明天一早我就得離京了，嗯？你們兩個……這是買了什麼東西？」

穆羽左手提著一捆大蔥，右手提著兩顆菘菜，向姆依可手中的荷葉包努努嘴，道：「喏，那是新鮮的羊肉餡，聽院子說，上馬餃子下馬麵，大人要出遠門，得包餃子吃。」

「有這一說嗎？」楊浩有點糊塗了，他隱約記得好像是下馬餃子上馬麵啊。

穆羽認真地點點頭：「是啊，上馬餃子，因為那餃子像元寶嘛，討個吉利，保佑大人一路順風，發財陞官。下馬麵，是要用麵條拴住腿，要人落葉歸根，不再飄零，老院子是這麼說的。」

「嗯，那我先墊墊肚子吧，咱們今兒晚上就吃餃子。」見穆羽和姆依可小大人似地如此體貼，楊浩心裡一陣溫暖。

姆依可道：「嗯，那婢子先去包餃子，晚上再收拾東西。」

楊浩一愣道：「妳收拾什麼東西？」

姆依可理直氣壯地道：「隨行去侍候老爺啊。」

楊浩啼笑皆非地道：「不成，老爺這一趟是隨魏王出行，哪來那麼大的譜？還帶著自己隨身的丫頭？妳就留在府上，平素沒事，跟著妙妙姐學習一下打理生意。」

「啊，老爺不帶月兒去嗎？那……月兒要幾個月見不到老爺了。」姆依可依依不捨，兩隻大眼睛裡立刻蓄滿了淚水。

「傻丫頭，這有什麼好哭的？老爺我不過是離開兩三個月。老爺不只不能帶妳，就連一個私人都帶不得，小羽也不能去，小羽，你會不會哭啊？」

穆羽把胸膛一挺，大聲說道：「不哭，男兒流血不流淚，從七歲時起，小羽就不知道流淚是什麼滋味了。」

楊浩親切地笑道：「好孩子，咱們今晚吃羊肉大蔥餡的餃子。去，你把這捆大蔥都給剁了。」

二百八五　美人心

把穆羽和眼淚汪汪的姆依可打發離去，楊浩向含笑俏立的娃娃打個手勢，並肩向後宅走去，娃娃扭頭問道：「官人，你……明日一早便要啟行？這麼短的時間，事情能準備得妥當嗎？」

楊浩點頭道：「嗯，蘿蔔快了不洗泥，但是現在已經顧不了那麼多啦，有些事只能一邊走一邊想，一邊想一邊補充完善，不能在這東京城裡繼續坐而論道了，官家現在就像屁股底下放了個火爐，急呀。」

他拉住娃娃一隻酥滑溫軟的小手，輕聲問道：「媚狐窟那邊的事情都解決了？」

娃兒嫣然點頭：「嗯，都已解決了，奴家把要緊事都安排給了大魚兒、小魚兒兩姐妹，她們機靈乖巧，並不在娃娃之下，在媚狐窟裡除了我，原本就是她們最負名氣，媚狐窟如今的聲望倒有一半是她們幫我掙下來的。」

說到這兒她向楊浩拋了個媚眼：「要不然，那一天奴家怎會選了她們兩個陪我去請官人呢？」

想到楊浩不受色誘，在她臀上寫字戲弄的旖旎，再想到二人終是成就姻緣，雙宿雙樓，娃娃臉上便漾出一抹羞喜和得意。

楊浩也笑，娃娃又道：「如雪坊那裡奴家也去了一趟，此番拜會柳行首，正式知會了她一聲，以後千金一笑樓她一家獨大，媚狐窟也是需要她的照拂的。」

楊浩一呆，失笑道：「妳去了如雪坊？妳不是說，絕不踏進如雪坊一步的嗎？」

「今時不同往日。」娃娃回眸一笑：「那時節奴家是大名鼎鼎的汴梁第一行首媚狐兒，現如今奴家只是一個名叫吳娃兒的小女子。第一行首是見不得另一個第一行首的，可吳娃兒卻是可以見她柳朵兒的。」

楊浩聽著她話中的綿綿情意，愛極了她羞笑的嫵媚模樣，若非正行走於疏朗花叢間，真有種把她抱在膝上，恣意憐愛一番的衝動。

他緊了緊娃娃的玉手，柔聲道：「媚狐窟不需要妳打理了，妳以後就幫我打理這個家吧，雖說讓妳做這些家事有點大才小用，呵呵……還有，妙妙那裡和妳似乎有點不對盤，不要緊，回頭我會囑咐她，有什麼事她拿不了主意，就讓她向妳請教。」

娃兒感覺到他的安慰，只是嫣然一笑，一邊前行，一邊說道：「官人，沈嬈和惜君聽說你要離京，都有些依依不捨的。她們已和奴家約好，官人啟程之日一起去碼頭送你，一會兒奴家便讓人去知會她們。」

「唔……」

娃娃揚起剪剪雙眸，偷偷瞟了他一眼，見他一副不置可否的樣子，又吞吞吐吐地道：「她們……她們當初不忿柳朵兒壓到了她們頭上，鼓動我出頭去對付柳行首，彼此算是結下了梁子。她們肯加入千金一笑樓，一是因為受了官人的邀請，二來也是考慮到奴家也在一笑樓，彼此有個照拂。如今……」

楊浩截口笑道：「這一點，妳教她們不要擔心，朵兒是個聰明人，識得大體的，而且她有很強的……唔……很強的志向，她不會連這點容人之量也沒有，不會為難她們的，如果她真的這般不識大體，我自會替她們作主。」

娃娃道：「她們……倒不是顧慮這些，只不過……種種變故之後，她們覺得歡場風光不足為恃，已然萌生了退意，若是官人對她們有意……」

楊浩瞪了她一眼道：「胡言亂語。」

吳娃兒訕然道：「不是奴家胡言，她們……她們雖未明說，其實話裡話外，早已對娃娃有所暗示，雪玉雙嬌才色俱佳、私囊豐厚，而且一向潔身自好，大人若把她們納進府中，一修三好，未嘗不是一樁佳事啊……」

楊浩緩步前行，微笑說道：「天下間的美女多了去了，難道只要有心從我的，我都要一一納入府中？她們再美，我卻沒有感覺，妳我雖因醉酒方結姻緣，其實……若無龍亭湖畔初見妳時的驚豔，清吟小築中強自抑制的心動，我縱醉酒，也難就此縱容。我喜歡了妳，便會真心地呵護妳，妳不必生出那麼多心事。」

娃娃冰雪聰明，楊浩只是微微一點，她的臉色便微微一變，吃吃地道：「官人，奴家……奴家只是見她們對大人生了情意，又是才色俱佳的好女子，才有心撮合，可不敢……不敢有邀寵之念，更無與當家主婦結幫對立的心思。」

楊浩展顏一笑：「我知道娃娃最是乖巧溫順，呵呵，開封四大行首，若納其三，豔福過甚，是要遭天譴的，眾香國中，採擷了那朵最中意的，我心足矣，妳不必想得太多。」

娃娃眸中漾起一抹溫柔，抿抿嘴不作聲了。

* * *

夜深沉，燭影搖紅。

楊浩忙碌了一天，又讓美人侍奉著沐浴一番，一身清爽地躺在榻上。興致勃勃地等著行前與愛妾歡愛一番，但是……娃兒卻在屏風後面洗呀洗呀，楊浩估計若換了自己恐怕皮都要搓掉三層了，屏風後面的水聲還是嘩啦啦不停……

「呃……」楊浩打了個盹，睜開眼睛一看，美人還未登榻，不由得揚聲苦笑道：「娃兒，妳再不來，就算二哥不想睡，大哥也要歇下了啊，那時候，嘿嘿，妳就等到幾個月後再與它相見吧。」

「誰稀罕。」娃兒從屏風後面走了出來，皺著小瑤鼻，神情嬌俏可愛。

沐浴之後的肌膚白嫩嫩的，眼睛水靈靈的，臉蛋上有一抹浴後的紅暈，看著楊浩赤裸的胸膛，她的妙眸一轉，紅嫩的舌尖帶著誘惑嫵媚的風情在唇瓣上輕輕舔過，楊浩看在眼中，薄衾下面便悄悄地支起了一個小帳篷。

娃兒掩脣偷笑：「喲，楊家二哥不是睡下了嗎？怎麼竟被奴家吵醒了？真是罪過。」

楊浩沒好氣地瞪她一眼：「天都多晚了，咦，妳……怎麼又把衣服穿上了？」

「沐浴之後當然要穿衣裳，難道你要人家赤條條地走過來？」娃兒嫵媚地了白他一眼，潮紅未褪的秀美小臉豔麗動人，有幾分少女一般的淘氣。

楊浩嘆息道：「搞不懂妳，馬上又要脫……夜都深了，妳就折騰吧……」

「人家不折騰，難道官人就肯放過了人家？」娃兒向他嬌媚地笑，款款走向楊邊。

楊浩臥在榻上，看著她裊娜的步姿，兩隻眼睛漸漸亮起來，就連幾步路都能走得如此禍國殃民的美人竟是他的愛妾，這樣的豔福曾幾何時他是想都不敢想的。

娃娃搖曳生姿地走到楊邊，淺笑嫣然地看他，俏人娉娉婷婷地立著，一雙柔荑卻探向一條淺繫的窄窄腰身，兩根蔥白似的蘭花玉指輕輕勾住腰間的合歡結，一寸一寸地拉開，那雙嫵媚動人的眼睛始終脈脈含情地看著楊浩。

合歡結一開，罩在外頭的嫩黃色緋紅邊的紗羅左右散開，娃娃輕舒玉臂，紗羅衫子緩緩落到地上，露出那骨肉均稱、肉香四溢的曼妙胴體。裹胸的菱形肚兜上繡著鴛鴦戲水，下身的嫩黃裙子也在她小腰肢的扭動中輕輕滑落，雪色的紗羅褲是半透明的，燈光下隱隱透出淡淡的肉色。

楊浩的呼吸急促了些，騰身向榻內挪了挪，娃娃便輕咬薄脣，帶著羞媚的笑意，輕輕爬上榻，雙膝挪動，貓兒似地向他靠近，呼吸也像貓兒般細細的。

楊浩心頭欲火漸燃，他忽然發現，眼前這個尤物實在是太懂得怎麼撩撥男人了，有些女子一旦成了婦人，就不太注意小節了，漸漸地，夫婦之間的閨中情事也就變得索然無味，如果她因為兩人早已有過肌膚之親，沐浴已罷時就那麼赤條條地走過來，大剌剌掀衾登榻，絕不會有如此風情。

如今先有這樣曼妙的步姿，含著帶怯的寬衣動作，再用這樣誘人的模樣輕輕爬到他的身邊，怎能不教人性趣盎然？

娃娃很滿意他的反應，很享受他帶著侵略性的占有目光，她微瞇著嫵媚的眼睛，柔若無骨的身子輕輕偎進楊浩懷裡，一雙柔嫩的小手從他結實的胸肌上輕輕掠過，立即帶給楊浩一種顫慄的感覺。

雙手從他寬厚的肩膀繞過去，一雙如蛇的玉臂輕輕環住他的脖子，鮮嫩的櫻脣便輕輕迎湊上來，兩雙唇瓣微微一碰，然後一條丁香小舌便渡入了他的口中。呻吟輕喘如麝如蘭，一番纏綿的熱吻，撩撥得楊浩更加性起，她的身子也開始熱起來，肚兜下那雙其軟如綿、其挺似峰的物事頂起柔滑的絲綢，牴觸著楊浩的胸膛，在楊浩的愛撫下，她眼波如春水，婉媚欲滴。

「吃吃」地輕笑著，娃娃抽離了楊浩的身子，仍然像隻貓兒似地跪伏在那兒，楊浩的手探到了她的頸後，摸到了肚兜細細的繫繩，那兒只打了一個活結，手指輕輕一扯，繩頭鬆開，娃娃鴛鴦戲水的肚兜落下，一雙嫩如豆腐、尖翹如筍的玉乳便躍入了他的眼簾。

娃娃嫣然一笑，俯身相就，小嘴像鳥兒一般啄吻著楊浩的胸膛，那一團盈軟便結結實實地塞入了楊浩的掌中。楊浩把玩著那一團暖玉，另一隻手在她身上輕輕摸索，娃娃輕輕蠕動著嬌軀，很巧妙地配合著楊浩將她的褻衣一件件解下，直到那嬌小玲瓏的身子光溜溜地呈現在楊浩面前。

腿子又白又嫩，股間一線酥紅，肌膚光滑白皙，充滿了緊致的彈性。楊浩有些不耐於這樣淺嘗輒止的愛撫了，他拉過一個枕頭墊高了腦袋，在娃娃臀部輕輕一拍，娃兒便會意地扭轉嬌軀，將一輪盈盈明月供他賞玩，巧妙的唇舌自他胸膛、小腹一路向下，忽然之間，一口緊湊、一痕溼潤、一片火熱、一舌靈巧，便把楊浩送入了銷魂境界……

＊　＊　＊

裊裊兮麗人，素顏兮傾城。

柳朵兒白衣如雪，悄立於池邊花樹下，攏一袖乾坤星月，寂寥獨立。相對於娃娃的活色生香，她的氣質總是有些偏於清冷。她的手中正輕輕摩挲著一條腰帶，腰帶正中鑲著一枚走盤珠，一枚碩大的走盤珠。

珍珠分九品，直徑五分至一寸之間的為「大品」，有光澤略呈鍍金狀的為「瑠珠」，如果珠形又是正圓的，那便叫「走盤珠」了，這種珍珠最是難得，一粒價值千金。珍珠在月光下放著熠熠光華，映著她清冷的容顏。

明日楊院使就要離京趕赴江淮了，晚間，她聽妙妙派人來告訴了她這個消息，心情登時低落下來。大人要離京了，卻沒有知會她一聲，她的心中難免有些失落。男女之間的感情最是微妙，她也不知道從什麼時候開始，楊浩與她的若即若離就變成了漸漸疏遠。

他喜歡妙妙，把妙妙要去了他的身邊，儘管他對自己的扶持不遺餘力，但是對妙妙的呵護關愛卻甚於對她。現在，他還喜歡了吳娃兒，竟然納了她為妾。想起吳娃兒登門拜訪，臉上洋溢的幸福容光，柳朵兒心中便有些惆悵。

她也是喜歡楊浩的，雖說那種淡淡的情愫談不上如何熾烈，但喜歡就是喜歡，而今，這種喜歡卻像是被人搶走了似的。一個是從小侍候她、情同手足的妙妙，一個是險些把她逼入絕境、才藝色相更勝她一籌的娃娃，世事弄人，她們兩個居然成了原本大力扶助她的楊浩最親近的人，而自己反被排除在外，心裡總是有些不太舒服的。

可是，這不正是她自己的選擇嗎？在此之前，她還一直擔心楊浩若是起了把她納入私宅的念頭，卻不知該如何拒絕。如今本該鬆了一口氣，何以反而患得患失起來？天無二日，千金一笑樓卻有兩位花魁，這是她最不開心的一件事，如今娃娃主動退出，放眼天下，再無人能與之爭，她還有什麼不滿足的？

人獨立，長髮逶迤，身纖如月，更兼月色朦朧，清風徐起，帶得那衣帶飄飄，纖腰一束，恰似霧中芍藥，弱不勝衣。柳朵兒輕撫著這條準備送予楊浩的明珠玉帶，有些失落、有些輕鬆，心意難明。

如今她的名氣越來越大，往來公卿，談笑鴻儒，身分尊貴，一時無兩。這顆價值千金的走盤珠，是一位外地豪紳慕名求見的見面禮，千金難求的一顆極品走盤珠，代價只是她出面小坐片刻，陪一杯茶，這樣的風光還有誰人能比？

羨慕她們做什麼呢？天下本無事，庸人自擾之。

柳朵兒自嘲地一笑，嫁作人婦，鎖閉深閨，養一雙兒女，每日裡寂寞期盼著夫君散朝歸來，若是因公遠行，更是翹首盼望無期，餘此再無啥事。那樣的日子她不喜歡，那樣的寂寞她適應不了。

尤其是現在，她的聲名正如日中天，席間慣見巨賈王公、騷人名士，出入花用比王公千金、皇城裡的娘娘也不遑多讓，多少有錢有勢的達官貴人只為搏她一笑而使盡心計，這種眾星捧月般的感覺是何等享受？

她預感到她與楊浩之間除了利益關係只會越走越遠了，不過今日的柳朵兒已不必倚靠他人。腰帶，自古以來女子饋之與男人，都喻示著要牽絆住他的身心，表達自己濃濃的情意，而她，卻是為了讓心中那分朦朧的情愫做一個了結。

明月高照，一池清水倒映出天上明月，池邊花樹上飄下幾片落葉，水面上登時蕩起幾圈漣漪，驚擾了那水底的游魚，魚尾一擺，便撲起了幾叢水花，此情此景，簡直是一幅生動的水墨，柳朵兒的芳心裡卻已再不起波瀾，羽袖一拂，她姍姍而去。

情夢，自今夜無痕。

* * *

因著明日就要分離的一對情偶仍在抵死纏綿，一室春光。

已不知梅開幾度，本以為憑著自幼習就的一身媚功，可以讓自己的男人興盡馳洩，如一癱爛泥的娃兒終於棄械投降，放棄了抵抗。這個壞傢伙，哪裡是一個人吶？簡直就是一具鐵打的夯錘，娃娃毫不懷疑，若是想讓他完全盡興，只怕自己三天都爬不起床，可是香舌紅脣、青蔥玉手，諸般「武藝」都已用盡，如今體綿若酥，她是再無辦法了。

官人想要賞玩一榻明月後庭花，她卻是拒絕了的，不是她不肯讓官人遠行之前盡興，而是……明日官人一走，她也要巧妝打扮，尾隨其後，若是明日爬不起床來，那可就糟了。

不得已，她只得微張濡溼的脣瓣，微瞇一雙朦朧如星月的眸子，腮上香汗淋漓，咬緊了牙關承受他的最後一搏。多年苦練舞藝的胴體嬌小柔弱，卻有著驚人的彈力和韌性，使她還能勉強承受官人強悍有力的侵入。

此時，腿彎抄在他有力的大手中，一雙差堪盈握、纖秀動人的小腳無力地碰觸著他結實的臀股，腴潤的小蠻腰已放棄了蛇一般的扭動，飽滿的粉臀也再無力上下拋聳，她只能偶爾如研似磨地迎湊幾下，然後就放鬆了全身任由他全力施為。

這是一個惱人的夏夜，身上的男人已大汗淋漓，她星眸矇矓地看著漸漸凝聚在他胸口的汗珠，忍不住輕輕撐起自己的身子，用那靈巧的舌尖輕輕將那汗珠舔去……

她感動於他為自己流出的汗水，享受著他對自己的愛戀痴迷。在她看來，香車寶馬、酒朋詩侶，終究是過眼雲煙；巨賈王公、騷人墨客，不過是無根浮華，有一個安定的家，有一個愛她的男人，有這樣令人銷魂的快樂，有對她的守候與期待，她覺得才是一個幸福的女人，一個實實在在的女人。

幸福各不相同，只要你覺得幸福，那就是幸福了。

天亮了，還是楊浩先醒來。

娃娃本是青樓名伎，常常是夜間歡歌至明月高升，清晨再甜甜入睡，再加上這一夜纏綿，更加疲倦。而楊浩雖也稍生乏意，卻是習慣了早起，到了時辰自然便醒，睜開眼來，只覺清晨空氣清涼，窗外三五蟬兒已是高聲歌唱起來。

娃兒正甜睡在他的懷中，臉蛋紅馥馥的，像一個嬌憨的小女孩，楊浩的手揚起來，剛要拍在她豐隆的臀部上，瞧見她甜睡的模樣，忽又收回了手，他輕輕把娃兒搭在他腰間的手臂、跨在他腿上的大腿挪開，躡手躡腳地下地。

結果，娃娃的身體被他擺弄著沒有醒，他把身子一抽離娃娃的懷抱，她卻一下子醒了過來。

「啊！官人已經起來了。」娃娃趕緊坐起，攏攏頭髮，取衣便穿。

「妳不用起來了，好生歇著吧。」

「那怎麼成？」娃娃說著，急急穿好褻衣小褲，便起身侍候楊浩洗漱，為他盤髻簪髮，穿好白色暗紋提花的錦袍，腹圍深金色花紋的抱肚，繫緊銀環腰帶，又取來精絲的皂靴，親手為他穿上。

「呵呵，我本想去院中打幾趟拳，妳這樣一打扮，我還怎麼打拳？」楊浩在她白嫩圓巧的下巴上摸了一把笑道。

「官人，正是夏天呢，幾趟拳打下來，又要一身的汗，今兒就停了吧，昨晚……昨晚那樣癲狂，也不嫌累得慌。」娃娃俏巧地白他一眼，把他往外推：「那什麼吐納功夫官人不是也要天天練的嗎？去去去，去樹下練練吐納，奴家打扮停當，便為官人侍弄幾道吃食。」

趕了楊浩出門，娃娃甜蜜一笑，這才披上一件細羅的心衣，赤著一雙玉足，自去梳妝打扮。今日楊浩遠行，闔府上下都早早起來，妙妙、壁宿、穆羽、姆依可等人俱在廳中相候，楊浩吃過了早飯，便在眾人簇擁之下，使了從車行叫來的五輛馬車，直驅汴河碼頭。

＊　　＊　　＊

此時，距開封十里的瓦子坡，一艘船剛剛靠岸，岸上有許多車馬候在那裡，踏板搭上船頭，一群年輕的姑娘便紛紛走了出來。一個青衣布衫、布帕包頭的俊俏姑娘跳到地上，機靈地四下一掃，便向站在岸邊扶持她們下來的一個挽著褲腿的船工問道：「葉哥，這兒就是開封嗎？」

葉哥說道：「這兒是瓦子坡，距開封還有十來里地，姑娘們先去棚子裡吃點東西，然後咱們就往開封城去。」

「只剩十來里地了？」那青衣少女俏皮地一揚眉毛，脣角一點美人痣也變得異樣嫵媚起來：「我去吃東西，快要餓壞啦。」

「哎，等等。」

「嗯？」少女止步，狐疑地看向他。

葉哥兒訕訕地道：「豔……豔兒姑娘，我……我對妳說過的事，妳想的怎麼樣了？我……我這人勤儉老實，很是顧家，年方二十有二，至今尚未婚配，家中父母雙全，兩個哥哥做些小本生意，俱是忠善人家，我……」

那姑娘不等他說完，便將一隻小手伸到了他的面前：「拿來！」

那小手五指纖纖，手指修長，膚色白潤，指肚透著嫩紅色，掌心也是十分溫潤，掌紋清晰可辨，被陽光一照，那小手透著半透明的肉紅色，十分誘人。這樣的手掌可不像是個鄉下姑娘，只是葉哥卻不曾注意這些細微之處。

葉哥一怔，反問道：「拿什麼？」

「錢吶！」那位豔兒姑娘向他眨眨眼，理直氣壯地道：「我家欠了人家一大筆錢的，你只要拿出一百吊錢來，我就嫁作你的老婆。」

「一……一百吊？」葉哥面有苦色，他現在一共也只攢了三吊零四百多文錢，一百吊對他來說可是一筆天文數字了。

「嘻嘻，拿不出來吧？我去吃飯了，快要餓死了。」豔兒姑娘向他調皮地一笑，拔腿便往飯粥棚子那邊跑。

旁邊一個滿臉皺紋的老船夫在痴痴望著姑娘俏麗背影的葉哥肩膀上拍了一巴掌，說道：「達庸啊，別想啦，這樣俊俏的姑娘，你是沒那個福分的。別看她是從鄉下招募來的姑娘，可這小模樣，在這批姑娘裡面可是最美的。

「老哥跟你說，前些天花魁大賽，老哥可是去看過了，光論模樣，葉榜、花榜、武榜的狀元，就沒一個比她更俊俏的，她要是好好打扮打扮，我覺得……比那四大行首也差不了多少吧。那四大行首我是沒見過，估摸著這豔兒姑娘比她們也差不到哪兒去。

「這樣的俊俏姑娘，就算沒有才藝，不懂談吐，也一樣能紅起來。你看著吧，這姑娘到了開封就得被人開封，用不了多久就豔名高熾，恩客如雲啦。你這窮小子，人家看得上？」

葉達庸失魂落魄地看著豔兒姑娘的倩影，一臉的不捨。

那老船工攬住他的肩膀向一旁走去：「人吶，得認命，就咱們這身分，太好的東西是不屬於咱們的，真要弄到了手，說不定就是一場災禍了。別想了，安安分分地過日子吧。老哥那個守寡的妹子對你不好？雖說比你大了幾歲，可是會疼人嘛。常言說，女大三，抱金磚，你說她比你大七歲，你得抱啥呀？我跟你說，宋古那小子可是看上我妹子了，你要是再不點頭，我就撮合他們倆了。」

豔兒姑娘衝進人堆，搶了碗白粥出來，坐在棚中就著鹹菜扒拉著飯，看著熙熙攘攘的碼頭景象，嘴角漾著一絲得意的笑容：「哼！想派人截我，本姑娘有那麼蠢嗎？我混到千金一笑樓招募姑娘的船上，唐勇那個笨傢伙一定想不到吧？哈哈……等那隻死耗子見到我，一定嚇他一大跳！」

二百八六　碼頭

汴河碼頭，一艘大船。

船很華麗，卻不是御舟樓船，那樣的船太大了，需要大量的縴夫拉縴，行速緩慢，而且運河河道太窄，一旦遇到水源不充足的地方還要擱淺。此番南下，大批官員已經陸續派了出去，隨行的沒有那麼多的人，用不著那樣的大船來擺排場。

碼頭上來了許多朝廷上的官員，此番赴江淮代天巡狩的是魏王趙德昭，隨行的官員包括魏王府的人、樞密院的人、南衙的人，趙普和趙光義自然要來相送，這兩位舉足輕重的政壇大佬一出動，其他官員自然望風景從，加上今天不是朝會之期，所以整個碼頭上人頭濟濟，帽翅如林，俱是朝中百官。

楊浩帶著家人到了碼頭，一見前方情景，忙叫人停了車，帶著娃娃、妙妙等幾人步行前去，他在京中如今雖是家喻戶曉，但是他親自交結的朝廷官員卻少之又少，事實上他雖身在朝廷，卻一直游離於朝廷之外，是以他的到來風雨不驚，倒也沒有引起什麼轟動。

「好了，你們就送到這兒吧。」楊浩駐足笑道：「今兒的主角是魏王千歲，晉王千歲和趙相公也要來相送的，楊浩只是伴駕隨從，低調一些，就不要往前去了。」

娃娃淺淺一笑，止步應道：「好，那我們就不遠送了，官人是北人，不習舟楫，這船雖大，有風浪時難免也要顛簸，官人千萬要照料好自己的身子。」

楊浩見她落落大方，並無離別的哀戚之色，心中暗讚她經得世面，心胸見地果然不俗。又見姆依可眼淚汪汪，便寵暱地摸摸她的頭，又向穆羽笑道：「臭小子，不是說自七歲時起便不曾哭過嗎？怎麼眼睛比兔子還紅？」

穆羽一聽，當即迎風落淚：「大人你陰我，我這是切蔥的時候熏的……」

楊浩哈哈大笑：「臭小子，我陰你做什麼？你不會在水盆裡切嗎？那樣還能熏著？」

穆羽一聽當即語塞，明知他是藉口，悻悻地道：「你又沒跟我說……」

一旁沒心沒肺的壁宿卻在東張西望，他久慕東京繁華，一直想著到這花花世界來享樂一番，這些日子也著實享受了些汴梁的美食美人，只不過都是喬裝打扮、改名換姓而去的，生怕他那「西域詩僧」的身分洩了底。

此番楊浩所乘的大船一上路，他就要騎馬先行一步，沿途考察風土人情，側面了解運河兩側的動靜，以為楊浩的參考。難得一下子見到這麼多官，壁宿手癢，一路擠過來，已經偷了五、六個荷包。

「好了，我知道了，自霸州而廣原，自漢國而蘆嶺，處處坎坷，艱辛窘迫，我都熬過來了，此番不過是隨從魏王巡視江淮，輕鬆愜意得很，不會有什麼事的，你們放心吧。」

「嗯，嬈嬈和小君怎麼還沒到？」娃娃應了一聲，回首蹙眉道。

妙妙也悄然向後望去，心道：「小姐怎麼沒來？難道……她對老爺起了怨尤之意？」

楊浩笑道：「現在她們名聲響亮，每日賓客如雲，哪有自由之身？算了，不等她們了，要不然待魏王、晉王和趙相公到了，我卻是最後一個登船的，那譜也擺得太大了些，眾目睽睽之下，反而不美，我登船了。」

楊浩說完，向他們微微一笑，轉身便向碼頭踏板行去，船邊有軍卒警戒，驗明了身分，楊浩便登上船去。

「楊院長，姍姍來遲啊。」楊浩一登船，程羽和程德玄便微笑著迎上前來，態度親熱。程羽對他表示親熱，楊浩還能理解，程德玄的態度來了個一百八十度大轉彎……莫非是見晉王為他設宴餞行，所以迎風轉舵？這轉變也太快、太自然了些吧？

楊浩目光往旁邊一轉，看見兩個道服布巾的中年文士，正目光炯炯地向他們這邊打量，心中這才恍然：「外人面前，當然要故示親近，以彰顯南衙屬下的親近和團結，程德玄如此作態，看來那兩人不是魏王的人就是趙普的人了，魏王還沒到，他是欽使，他府上的人應該是隨他一起來的，如此看來，那兩人該是趙普府上派來的幕僚。」

楊浩沒有猜錯，那兩人正是趙普的幕僚慕容求醉和方正南，此番受趙普舉薦，隨行南下的。

「兩位大人已然到了呀，呵呵，方才在碼頭與家人道別，耽擱了一會兒。」

程德玄微笑道：「聽說楊院長新納一妾，乃汴京第一行首媚狐兒，妖嬈嫵媚，端地是絕代尤物，楊院長將她蓄入私宅，豔福不淺，可喜可賀。」

程德玄其實並不好女色，這番話聽著對吳娃兒似乎不太恭敬，但是這也正是時人風尚，娶妾娶色，本來就是被視作玩物，許多士子文人贈妾、換妾，或者親近友人登門作客時還有讓妾去侍寢的，南唐宰相韓熙載每次宴飲之後就常常留宿客人，讓自己的侍妾去陪宿，原因只有一個，他們根本沒把這些侍妾當成是自己的女人，而僅僅是一個比丫鬟侍婢待遇好一些的玩物罷了，自然談不上尊敬，甚至連一點男人本能的獨占欲都沒有。

可是楊浩雖也入鄉隨俗，按照規矩把吳娃兒定位為妾，心中對她卻不無尊重，聽了這話心中便有些不快，只是不便明白表現出來。

程羽也微笑撫鬚道：「呵呵，如此說來，正是情熱時候，楊院長晚來一步，那便情有可原了。」

楊浩打個哈哈，向旁邊睨了一眼，低聲問道：「那兩位是？」

程羽嘴角輕輕一撇，不屑地道：「趙普門下走狗而已，不必理會他們。」

楊浩微笑不語：「二趙之間果然水火不容，如今都派來了人來，想在運糧這件事上搶些功勞，這件事可有趣得很了。」

楊浩見此情形心中暗自警醒，自然也不會對趙普的人表示善意，且不論他明知歷史大勢，知道趙普是鬥不過趙光義的，在臣下和手足之間，趙匡胤還是對趙光義更加親近和信任。就算他不知道這一結果，他身上現在打著南衙的烙印，也絕不能去向趙普表示親近。

叛徒，在官場上永遠是所有派系最厭惡的角色。李商隱驚才豔豔，就因為在牛黨和李黨之爭中立場不明，身分曖昧，結果鬧得不管是牛黨上臺還是李黨上臺，他始終是懷才不遇、不受重用，前人之鑑，楊浩才不會幹出那種糊塗事來。

楊浩不向慕容求醉和方正南多望一眼，只與程羽、程德玄談笑說話，正閒聊間，碼頭上的官員忽然都肅靜下來，船上幾人立即有所感應，紛紛向遠處一望，只見幾頂八抬大轎正向這邊趕來，程羽面容一肅，撣撣衣襟便要搶上岸去，方一舉步，慕容求醉已一個箭步躍上了踏板。

這些人雖是文士幕僚，但那時文人剛剛經歷五代亂世，還講究書劍雙學，文武雙全，這個武當然不是號令千軍、排兵布陣的將軍之武，而是個人武勇，是以只要有條件的，大多是既習文又學武，那慕容求醉身手矯健，一身武術似比程羽還要高明幾分，腳不沾塵地便下了船。

方正南緊隨其後，程羽冷哼一聲，沉下了臉來，待他們走過去，這才躍上跳板，楊浩見雙方不合，竟至連這也要爭上一爭，心中暗自好笑，他有意落在後面，待程德玄也下了船，這才慢慢下去。

來者正是魏王趙德昭、晉王趙光義、當朝宰執趙普、三司使楚昭輔，但是四人卻有五頂大轎，楊浩心想：「莫非魏王妃伉儷情深，竟然送到碼頭上來了？」

五頂大轎到了碼頭依次排開，打簾的急步上前掀開轎簾，第一頂轎中緩步走出的人方面大耳，步履從容，氣質雍容，黑色金邊蟒龍袍、一頂長翅如意頭的官帽，正是南衙府尹、當朝晉王趙光義。

第二頂大轎便是面容清臞的當朝宰相趙普，衣飾官帽與趙光義略有區別，除了袍上無龍，帽翅頭上也是雲紋綴珠花的。第三頂大轎卻不是魏王，裡邊出來一個白鬚老者，布巾青袍，腳下一雙步履，許多人都不認得他，一見此人出來，不免莫名其妙，便紛紛交頭接耳起來。

第四頂轎中就是年輕的魏王趙德昭了，趙德昭眉目英朗，一表人才，蟒袍玉帶一穿，頗有幾分英氣，他這還是頭一回在文武百官們面前亮相，神態難免有些局促。他走過去攙著那位青袍白鬚老者走向趙光義和趙普，那老者鬍鬚微動，似乎在向他低語些什麼。

第五頂轎中鑽出惹了滔天大禍的大宋財神爺、三司使楚昭輔，汴河碼頭今日這等風景，全是他招惹出來的，楚昭輔見到百官實在是臉面無光，當下也不四下打量，便腳步微赧、大步流星地向魏王身邊趕去。

二百八七　百美送行

幾位大人在碼頭上站定，彼此謙讓一番，便公推趙普出面講話。爵和官是不同的兩個概念，論官職，現場以趙普為尊，身為百官之長，在官這一階級上，已經沒有人能比他更高了。趙普機敏多智，但書讀的並不多，論起掉書袋的本事，比起在場許多兩榜進士出身的官員要遜色很多，說出來的話自然也就談不上字字珠璣，不過為官多年，這種即席發言對他來說卻是駕輕就熟。

趙普說完了，便請欽使魏王向趕來相送的官員們致詞感謝，魏王趙德昭向皇叔趙光義揖了一禮，這才上前說話，他的話顯然是事先準備好的，字斟句酌，語聲鏗鏘，眾官員頻頻頷首，對這位初次亮相的魏王大為讚賞。

楊浩對這種官面文章素來不感興趣，說的再如何花團錦簇，終究是表面文章，只不過從這上面，至少能看得出一個人的談吐、文才、思慮的周詳程度，如果是他人捉刀代筆，那就什麼都看不出來了，百官作聚精會神狀，恐怕不是作戲就是想趁此機會考量一下這個有可能成為儲君的皇子，對他多了解一些。

而即便是出於第二個目的，楊浩同樣懶得理會。因為他心裡清楚地知道，宋國第二任皇帝是站在一旁的那個晉王趙光義，而非趙德昭。這歷史能改變嗎？誰去改變它？

大概就這幾年工夫，趙匡胤就要死了，至於到底怎麼死的，在後人的眼中是一樁查無實據的疑案，楊浩做不到拋家捨業，像得了失心瘋似地跑去見趙匡胤，神神道道地預言他親愛的兄弟要謀殺他，然後被大發雷霆的趙匡胤把他幹掉。

直接去趙匡胤面前扮神棍是不可能的，同時他也記不清具體是哪一年的哪一天，發生了「斧影搖紅」的歷史疑案，只記得趙匡胤駕崩的那一天晚上開封下大雪，他就算每逢下雪天就跑到皇宮門口去義務站崗，也不能阻止趙光義入宮。

何況，就算趙二謀殺趙大是個事實，和他有什麼關係呢？他的地位、前程，不會因為這起政變遭受什麼影響。趙匡胤只是他比較欣賞的一位帝王，雖說這位帝王現在從歷史的故紙堆裡爬出來，從一個符號變成了一個活生生的人，但是他對這位不久前還對他醞釀殺機的皇帝並沒有什麼情意。

誰做皇帝，誰是正統，在儒學浸淫多年的士子們眼中或許是件不得了的大事，為此而赴死那是大道公義、那是浩氣長存。殺身成仁、捨生取義，得個青史留名，死得其所。但是在楊浩這樣一個有著現代思維的人來說，他沒有那種「偉大」的覺悟。

老趙家這兩兄弟誰坐天下關我鳥事？以殺身之禍去險涉皇帝家事，得不償失。做為一個現代人，他沒有那種什麼「君要臣死，臣不得不死」的忠君理念，他的身體要受時代的限囿，但是他的思想是自由的，沒有受到這個時代的種種理念束縛，如果讓他在這位皇帝和自己的安危之間做一個選擇，他會理所當然地選擇自己。做人只要對得起自己的良心就行了，在他的心中，既沒有這種責任、也沒有這種義務。

然而這一來，他今後就必須得面對一件現實，他得向趙光義稱臣，而這個人，卻是他已論及婚嫁的女人移情別戀的對象。這個人沒有用強行搶，談不上奪妻之恨，可是這樣就不覺得彆扭嗎？

這個時代的人，或許覺得普天之下莫非王土，率土之濱莫非王臣，這天下的一切都是天子的，包括女人，那些被做皇帝的強索了自己的女兒、自己的妻子之人縱然心中不願，其實潛意識裡還是能夠接受這種事實的，但楊浩本不屬於這個時代，他無法坦然面對，儘管這是唐家羨於趙光義的權勢而主動巴結。

曾與他耳鬢廝磨、兩心相許的那個女人有一天會成為皇貴妃，他無法向這個女人躬身稱臣，那腰桿彎下去，他也就完全喪失了自我，澈底地變成了這個時代的一個男人。今天看到百官雲集，忽然勾起了他的這件心事，深埋心底的痛重又浮現出來，無心應喧囂，不如歸去……

「或許，我該功成身退，掛印歸田。但是現在還不行，官家把我羈縻於朝廷，本有束縛監視的用意，他是不會答應的。也許，我也要等待那個冬天，等著漫天大雪飛降的時刻。那一天，改變了他的命運、改變了他們的命運、改變了大宋的國運，還是那一天，也將改變我的命運……」

楊浩仰起臉來，以一種「冠蓋滿京華，斯人獨憔悴」的心態喃喃自語道：「那一場漫天大雪啊……」

「楊院長在說什麼？登船啦。」旁邊程羽一扯他的衣袖，奇怪地看著他道。

「嗯？啊！」楊浩清醒過來，定睛一看，只見百官拱揖之下，魏王趙德昭頻頻招手，正向船上行去，一眾從屬尾隨其後，忙向程羽謙笑致謝，隨著人流向船上走去。

船工的號子聲中，嘩啦啦的鐵鏈聲響，巨錨被一點點絞起，巨大的船帆在水手們整齊畫一的動作下一截截地升起，趙德昭帶著楚昭輔已登上第二層船面，向站在碼頭上的晉王、趙相公和文武百官拱揖道別。

就在這時，遠遠地有人叫起來：「楊院使！楊院使！啊，小姐、小姐，楊院使的船還沒有走呢。」隨即一群女人聲音一起呼喚起來：「楊院使！楊院使！我家小姐前來相送，請院使大人下船一晤。」

文武百官紛紛回頭望去，楊浩意興索然，正想走進船艙，一聽聲音，忙也走到船舷旁扶舷望來，一看之下，幾乎暈倒。

好一堆鶯鶯燕燕，足足數百號年輕嬌豔的女子，人人俱著綵衣，衣帶飄飄、香風陣陣，雲鬟霧鬢，群雌粥粥，那些女子們是一溜小跑趕過來的，一邊跑一邊還揚著翠袖皓腕，五顏六色的小手帕在空中揮舞如林，真是何其壯觀！

楊浩登時大汗，就算不低調一些，也用不著搞出這般景象吧？本來莊嚴肅穆的送行場面，讓這些女子們一攙和，簡直不知所謂。楊浩的眼睛都看花了，文武百官們站在碼頭上更不用說了，那胭脂水粉的甜香味早就鑽進了他們的鼻孔中去。一大堆妙齡少女和半老徐娘從他們身邊跑過去，乳波臀浪一片，纖腰裊裊如流，早把他們看得眼花繚亂了。

大宋的皇家、官場、民間，無論是相比以前，還是相比以後的朝代，風氣上都要開放得多，親民、同樂的觀念比較深入民心，不管是皇家盛大慶典，還是官吏們陞遷迎送，抑或是豪紳巨賈過生日請客人生意開張，都喜歡請一批官妓名伶，打扮得花枝招展，或同席宴飲，或登上綵樓歌舞助興，以此蔚為時尚，覺得臉上有光，他們是不會擺出理學家的君子面孔痛斥其非的。

一見這些女人趕來，眾丫鬟侍婢、媽媽婆子之中還有一頂頂小轎、抬輦，到了碼頭紛紛放下，裡邊走出來的任哪一個單獨拿出來都是傾國傾城之姿、香豔動人之貌，仔細看去，許多美人這些大人們都是認得的，都是紅極一時的汴梁名妓，花魁榜上有字號的狀元、榜眼、探花，最中間三個娉娉婷婷、環珮叮噹的絕色麗人正是汴梁三大行首：柳朵兒、沈嬈、文惜君。

人群中，吳娃兒見此情形眼波盈盈一蕩，便掩脣輕笑起來：「官人還說要低調一些，這一下可好，連魏王的威風都被他遮蓋下去了。」穆羽和姆依可也是忍俊不禁，諸多官吏紛紛退後，給那些女人們讓開一條道路，驚笑私語，蔚為奇觀。

趙德昭站在船樓上目瞪口呆，旁邊有人附耳對他說了些什麼，趙德昭便哈哈大笑起來，扶欄向船下喊道：「楊院使，美人恩重，且去岸上相見吧，本王候你一時便是。」

楊浩心中這個窘啊，臉色赧然地登上踏板，在船上船下、滿碼頭的官吏們指指點點、竊笑私語聲中硬著頭皮走上碼頭，立時便被一片綵衣美女裹了進去。

這些紅牌伶妓如今大多加入了千金一笑樓，縱然不曾加入的，也是唯千金一笑樓馬首是瞻，首屆花魁大賽一開，她們的身分地位、名氣影響俱是水漲船高，人人都對楊浩心懷感激，如今這位一笑樓的幕後大老闆要離開京城，她們豈能不來相送。

可是如今殺豬巷因為千金一笑樓的女兒國、百味居、百香樓和賭坊等陸續開業，連帶著整條街的生意都紅火起來，但是這種寸土寸金的地方巷弄還是不寬，整天裡人潮流動，摩肩接踵。

今天這些姑娘們都要前來相送，或乘轎、或乘輦，又帶著許多貼身的侍婢丫鬟，張羅照應的媽子婆子、幫閒漢子，這一出來，把個殺豬巷擠得是水洩不通，偏偏這時候前往各地招募姑娘的船陸續趕了回來，一大堆的年輕姑娘趕往殺豬巷，沿途又引了許多閒漢、潑皮追隨品評，這一下想要出來就更加困難了。她們費了好大的勁，才在殺豬巷裡殺出一條「血路」，待趕到這時可就來得遲了。

楊浩大汗暗想：「一大群妓女送別一個即將應差赴任的官員，大概……大概也就是柳永曾有過如此風光吧。柳永不是還為那種盛況賦詞一首，說什麼『郊外綠陰千里，掩映紅裙十隊』嗎？我跟這哥兒們現在可有一比。」

「大人，此番遠行，一去數月，旅途勞頓，朵兒臨行贈君明珠腰帶，願君此行千里，一帆風順。」一襲白衫的柳朵兒看到楊浩，走上前去輕輕低語，神色平靜如水，似乎不起絲毫波瀾。

她雙手將那條鑲嵌著一枚極品走盤珠的腰帶遞到楊浩手中，楊浩接在手裡，輕笑致謝，忽然覺得也是無話可說。或許兩人之間曾經有過若有若無的一絲情愫，但那只是見到優秀異性時的一種本能反應，柳朵兒的志向與心意與他大相徑庭，注定了他們有緣無分。那種感覺，和他前世與學姐墨顏那段無疾而終的感情有些相似，不知不覺間便漸行漸遠。

「大人，賤妾自知大人要赴江淮，就為大人趕製新衣，只是想不到行色如此匆匆，昨日得知大人今日便行，奴與妹妹連夜趕工，做出這件衣裳，手工拙劣，卻是奴家與妹子的一番心意，請大人笑納。」

各著綠裳的雪玉雙嬌也婀娜上前，那套錦袍針腳密密，做工極是細緻，楊浩一碰到兩人那幽怨的目光，想起吳娃兒昨日所言，心中怦地一跳，不敢再去看她們目光，忙雙手接過，低聲道謝。

緊接著雙魚兒姐妹送上綴玉冠、絲羅履，其餘名妓伶人也紛紛上前，致詞送行。

晉王趙光義和宰相趙普也都站在邊上，見到這番熱鬧景象，趙光義不禁搖頭失笑：「這個楊浩，真是荒唐，百妓相送，明日又是東京一樁奇聞了。」

趙普見他說的不以為然，言下卻大有得意之色，似乎他的屬下如此風光，他也與有榮焉，不禁暗哼一聲，並不接話。

趙光義閃目看去，仔細打量，只見楊浩身旁兩個妖嬈的少女，嫣然百媚，迎面再有兩個身材高眺的裊娜女子，頎頸如鵝，偶一回頭，卻是滿臉幽怨。左邊一個少女尤其出色，風情氣質絕不像歡場中人，藕絲衫子柳花裙，俱是月白顏色，玉人白裳，猶如一朵梨花，不由眼前一亮，輕聲嘆道：「風月場中，也有如此人物！」

一旁司錄參軍羅克捷順著趙光義目光看去，見他讚賞的正是自己最為傾慕的朵兒姑娘，不禁大生知音感覺，便笑道：「千歲，那一位就是如今的汴京第一行首，如雪坊的柳朵兒柳姑娘。」

趙光義欣然點頭：「美人如雪，花魁之名，實至名歸！」

當此時也，唐大小姐剛剛翻過如雪坊的牆頭，正沿汴河向碼頭奔來……

二百八八　三個雛兒

唐焰焰隨著那些從各地招募來的姑娘進了開封府，一進城，就見房屋鱗次，大廈如雲，滿街錦衣行人，坊市紅紅火火，其華麗景象較之府谷的確是強了不止一點半點。待她到了殺豬巷，想到終於擺脫了二哥的人馬圍追堵截，馬上就能見到楊浩，心中十分歡喜。

不想剛一進巷，就遇到一乘乘小轎步輦湧來，再加上遊逛的行人，把整條巷子堵得嚴嚴實實。費了好大的周折，那些抬輦小轎，以及一大群綵裳華麗的姑娘才離開了殺豬巷，她們則被帶進了如雪坊。

劉媽媽是負責接收這些新來姑娘的人，這些姑娘大多來自貧苦地方，琴棋書畫這些文雅的玩意兒大多不甚了了，就算只要她們做個丫鬟去侍候小姐、接迎客人，也是要經過一番專門培訓一番的，姑娘們具體做些什麼還要依照規矩進行一番挑選。

千金一笑樓的生意十分紅火，而且剛剛開張營業，各處本就缺人，那些當紅的姑娘趕去送楊浩又帶走了一大批幫閒和丫鬟，人手更顯不足，劉媽媽指揮著這些初次進汴梁城的姑娘們到院子裡排列訓話，忙得滿頭大汗。

這時，她一眼就看到了唐焰焰。能被招募到青樓的姑娘，都是百裡挑一的俊俏娘子，但是這麼多俊俏的姑娘站在一塊，一身青衫布衣的唐焰焰仍然如雞群中的一隻仙鶴，嬌麗無儔，卓爾不群。

劉媽媽眼光何等毒辣，登時看出這位姑娘不是凡品，好好培養一番，將來的成就至少不在那幾位號稱花榜狀元、榜眼的姑娘之下。尤其是……

雖說這些姑娘都是因為家境貧寒，收了定錢自願應徵而來，可是小地方的人一進了開封府見到那大世面先就有些惶恐，大多有些緊張局促，可是這個小姑娘卻不同，瞧她那模樣，笑得那叫一個甜，這麼歡天喜地地喜歡到妓坊裡做事的姑娘還是頭一回見。

劉媽媽大為滿意，馬上把她列為了重點培養對象，把她叫出隊列，讓她幫著約束隊伍，唐焰焰和另外幾個如雪坊的小丫鬟在劉媽媽指揮下把姑娘們帶到一塊空曠地上，劉媽媽便站到花池假山前的一塊大石上向姑娘們訓話，介紹一笑樓的規矩。

趁這當口，唐焰焰便向剛剛有些面熟的一個丫鬟問道：「這位姐姐，聽說咱們千金一笑樓的幕後掌櫃是南衙楊浩楊大人？」

那小丫頭見她雖是鄉下姑娘打扮，姿容倒比自己漂亮了足足七、八分，心裡先就生起幾分敵意，一聽她張口就問一笑樓的幕後老闆，冷笑一聲道：「看不出，妳耳目還挺靈光的呢，不錯，咱們千金一笑樓，幕後有兩個大掌櫃，一位是崔大郎，崔公子只管出錢，其他事一概不理的。另一位就是楊院使了，要不是楊院使的點子，咱一笑樓可沒今日這般紅火。」

唐焰焰一聽笑得更開心了，雖聽二哥說過楊浩與這一笑樓的鶯鶯燕燕整日廝混，縱情聲色，其實她心裡是不大信的，想當初她費了多大的勁才要楊浩喜歡了她，楊浩如果是那樣沒出息的男人，早就乖乖做了她裙下之臣了。尤其是二哥吞吞吐吐地說出想要她嫁與當今皇弟為妾，她更加認定這是二哥有意誹謗楊浩。

因為是這樣的想法，如今既已到了一笑樓，她卻不急著去見楊浩了，唐大小姐促狹之心生起，倒想等著楊浩趕來，然後突然出現在他面前，好生捉弄他一番。她向那丫鬟笑道：「喔，楊院使這個時辰正在開封府當差吧？他晚上會來這裡嗎？」

那丫頭頓生警覺，小手帕搧著風，一雙眼珠在她身上滴溜溜一轉，嗤笑道：「妳這麼在意楊院使的行蹤做什麼？哦……我就說呢，原來妳仗著自己有幾分姿色，巴望著一步登天，攀上枝頭做鳳凰吶。我說這位姑娘，妳還是不要痴心妄想了，咱們這院子裡多少紅姑娘整天在楊院使跟前打轉，都沒讓這位主兒正眼瞧瞧呢，就憑妳……哼！」

唐焰焰一聽更是大喜，這丫鬟言語無禮，她也不往心裡去了。這時另一個坐在石欄上歇息的小丫鬟笑道：「說的是呢，那麼多的紅姑娘想巴結楊院使，可人家就是看不上呢。不過要說這緣分，還真就奇怪得很，當初楊院使幫著朵兒姑娘對付媚娃兒時，我原還以為楊院使能和朵兒姑娘成就良配呢，誰曉得最後居然是和他的對手湊作了堆。」

唐焰焰愕然道：「誰和誰湊作了堆？」

先前那丫鬟陰陽怪氣地道：「當然是楊院使和咱們汴梁城的第一行首媚娃兒吳姑娘，我在這院子裡可是看得清清楚楚，楊院使整日混跡於此，只要他勾勾小指，不知道多少姑娘會主動送上門去呢！可人家楊院使硬是一個都沒沾過，末了只納了咱們汴京的第一行首媚娃兒為妾，看出來沒？人家楊院使的眼界高著呢，庸脂俗粉啊、鄉婦村姑啊，能入得了人家楊院使的法眼？」

唐焰焰一聽登時勃然大怒：「他納妾了？他竟然納了妾！真是豈有此理，納妾是該經過我這個正妻大婦同意的，他懂不懂規矩，這根本就是……不把我放在眼裡嘛！」

那個小丫鬟瞧見唐焰焰神色，哂然一笑道：「楊院使今日要隨魏王殿下往江淮公幹，諸位姑娘都去汴河碼頭上相送院使大人去了，妳來的路上想必都看到了吧？論姿色、論才藝，那些姑娘哪個不比妳強？哼哼，就算楊院使肯再納一房妾，也是輪不到妳的，還是安分些吧……」

那小丫頭說完，兩手往身後一背，得意洋洋地去了。唐焰焰越想越怒：「好啊你楊浩，本姑娘千辛萬苦地逃來見你，你可倒好！你若與我訂了終身之前納妾，我管不得你，可是咱們明明已有婚約，你要納妾，怎麼也得問過我才成，你竟然自己就決定了，那個狐狸精也不知使了什麼手段，竟迷得你這般模樣……哎呀！」

她正因為楊浩對她的忽略而憤憤不平，忽地想到那小丫鬟透露的一個重要訊息：「他今天要往江淮公幹？那我不是見不到他了？總要找到他，才好和他算帳呀！」當下也顧不得生悶氣了，唐焰焰當即就要離開去追楊浩。

她們這些姑娘來汴梁時，都領過一筆安家費，坊中管事怕她們騙了錢跑掉，所以門口有人把守，她們這些新來的姑娘沒有人帶著，這樣是出不去的。唐焰焰若是用強，自信倒也不怕那些護院幫閒，但這可是自己家的產業，打爛了東西可要花咱楊家的錢，再說這時也耗不起那工夫。

所以唐焰焰趁著劉媽媽對那些姑娘講話，沒有人注意她的行蹤，便悄悄遁向牆角，藉著花叢樹木的掩護，她忽然縱身一躍，單臂一搭牆頭，纖腰一挺，就像一隻貼水展翼的燕子般翩然閃了出去。

＊　＊　＊

「弄珠灘上欲銷魂，獨把離懷寄酒樽。無限煙花不留意，忍教芳草怨王孫……」歌聲裊裊，魏王趙德昭的大船緩緩駛離了碼頭，三張大帆全部張開，左右長槳排擺如翼，風風光光地向遠方行去。

碼頭上，官員們談笑著今日所見的新鮮景象，紛紛恭送王爺和相爺離開，他們的神態是很輕鬆的，就連這些大臣們，許多也還不知道京城糧草到底窘迫到了什麼境地，正因如此，他們才更以為此番趙德昭封王、巡狩，是官家向文武百官傳達了一個立儲的信號，已經有人在暗暗策劃上表請立太子了，對於缺糧這個實質性的危機，他們反而渾然不覺。

待晉王和相爺相繼上轎離開，眾官員們這才紛紛起轎離開，望著大船漸行遠去，柳朵兒、雪玉雙嬌等紅牌姑娘們也紛紛登轎上輦，帶著自己的人潮水般向外退去。

開封府衙就在汴河邊上，從碼頭往西走，過了角樓橋，進入西角樓大街第一幢宮城般的宏偉建築就是。一頂八抬大轎行在巷路上，堪堪要到橋頭的時候，斜刺裡突地衝出一個人來，「哎呀」一聲，一下子撞在了那頂八抬大轎上。

這是一位青衣布衫的姑娘，她從一條巷弄裡跑出來時，恰好大轎來到巷口，那姑娘奔勢甚急，立足不定，一跤便撲到了大轎上，虧得那大轎是八人抬的，轎子沉重，八人抬的也穩當，被她一撲只是劇烈地一晃，不曾把轎子顛個底朝天。

轎中坐的正是趙光義，他在轎中正蹙眉沉思，思索一旦魏王不能成功運糧回來，如何應付開封殘局，正思忖的工夫，轎子忽然劇烈地一晃，趙光義不由自主向右一歪，肩頭撞上了車壁。他此刻是戴著官帽的，那帽翅一邊足有一尺五、六長短，吃這一撞，帽翅在轎壁上一頂，竟然折彎了。

「真是豈有此理，這是怎麼抬的轎子？」趙光義火冒三丈，一甩轎簾便衝了出去。

「大膽女子，竟敢衝撞大人！」兩邊的護衛衙役一見大人惱了，慌忙狐假虎威地圍上來。

「哎呀呀，對不住，對不住，小女子走得莽撞，這位大叔莫要見怪！」唐焰焰一瞧轎子裡走出的這人當有三、四十歲年紀，方面大耳，膚色微黑，體態略顯肥胖，長得倒還周正，只是頭上的官帽歪了，左邊的帽翅是平的，右邊的帽翅卻詭異地向上翹起，配著他那吹鬍子瞪眼睛的模樣十分好笑，忍不住「噗哧」一笑，便向他作揖道歉。

常言道伸手不打笑臉人，何況這少女宜喜宜嗔，長相甜美，又是這般笑臉迎人，打躬作揖的，趙光義怔了怔，怒氣便消了，他擺擺手，制止了衝上來的護衛，端起大叔架子訓斥道：「一個女孩兒家，得站有站相，坐有坐相，妳看妳這丫頭……」

「是是是，大叔教訓的是，請問大叔啊，汴河碼頭在哪一邊呀？」

「呃？哦，那邊……」趙光義下意識地向後一指。

唐焰焰大喜，連忙又向他拜了拜道：「多謝大叔啦，小女子告辭。」

她抬腿便向那些官差衙役們衝去，伸手撥拉道：「喂喂喂，借光、借光、借光，閃開些啊，真是沒有眼力的傢伙。」

那些侍衛衙差們不見趙光義指示，只好任她把自己推搡到一邊去，唐焰焰提起裙裾，拔足便跑。趙光義望著她的背影，把帽翅一直一彎的官帽一搖，嘆息道：「也不知這是誰家的野丫頭，實在是有些欠缺家教，唉……來人吶，起轎，回衙！」

＊　＊　＊

河邊，一艘小船。

說是小船，只是相對於那些往來於汴河上的運貨艙舟而言，這船的前艙、中艙、後艙俱全，船上有桅桿、船帆、舵手、槳手，也是一艘跑長途的船。一位羽巾白袍，面如美玉的翩翩公子，帶著兩個身材魁梧、頭戴斗笠的彪形大漢登上船去。

那公子走到船頭，向遠處眺望一眼，脣角一抿，笑眼微彎，似笑非笑的，有種難以言喻的調皮，卻又透著智珠在握的得意。她把摺扇一張，輕輕拂動，吩咐道：「開船，不遠不近地跟著他們。」

「是！」一個大漢恭應一聲，立即向船老大下達了命令，早已整裝待發的船立刻駛離了碼頭，向南行去。

「我去艙中歇息，他們行，咱們也行，他們止，咱們也止，只是一路跟著，不要惹出事端來。」那公子扭頭吩咐道。

「遵命，屬下曉得了，小……公子儘管放心。」那漢子微微抬起頭來，習慣性地扶了一把竹笠，竹笠下一雙重眉，雙目有神，正是張十三。

書生走進船艙，船隻離開碼頭向前駛去的時候，碼頭上面一輛車轎中堪堪走出一個青衣童子，身後跟著一個梳雙丫髻的美貌侍女。那童子身材嬌小，看年紀不過十二、三歲模樣，粉妝玉琢，若是他換了女裝，真不知要迷死多少男人。

這青衣小童腳步輕快，直向堤下一艘靜靜停泊在那兒的船行去，那美貌侍女側提著一個書匣緊緊跟在他的後面，到了河邊，船上搭過一條踏板來，那美貌小童一提袍襟正要登船，在碼頭上向船工問清欽差官船已去，這艘被人租走的船也是往江淮行去的，唐焰焰便急急趕過來，揚聲喊道：「喂，小兄弟，你這船可是往江淮去的？」

船頭小童聞聲回頭，陽光映著他的臉蛋，脣紅齒白，清而秀，媚而柔，竟是一個佳色稀見的翩翩少年，唐焰焰雖是心急如焚的時候，見了這樣令女人都要生妒的美貌少年，也不由得驚嘆一聲：「好俊俏的小哥！」

二百八九　針尖麥芒

「張牛，開船吧。」

吳娃兒吩咐一聲，船便離開碼頭向前駛去。吳娃兒在船艙中坐定，上下打量焰焰一番，眸中漸漸露出相惜之意，便開口問道：「小娘子貿然登船，孤身一人，又不知我底細，就不怕本公子起了歹意，對娘子有不利之舉嗎？」

唐焰焰失笑道：「你才多大的小毛孩，也說這樣的話來。嗯？瞧你模樣，像個大戶人家養尊處優的小公子，怎麼只帶一個侍女就敢長途跋涉？」

吳娃兒微微笑道：「本公子……姓楊，楊圭，乃是淮中子弟，進京趕考，因不曾中，本來就在京中就讀以備秋試，家父偶染小恙，楊某心中牽掛，是以棄了秋試，帶侍婢回家。楊某府上與這船行素有生意往來，本來就是相熟的，還有什麼好擔心？」

唐焰焰恍然道：「這就難怪了，我說呢，瞧著你粉嫩嫩的身子，比個女孩兒家還要嬌貴。你是大戶人家公子，那……奴家就更無須擔心了。」

吳娃兒眸波一轉，問道：「娘子急著趕赴江淮有什麼要緊事呢？」

唐焰焰一身粗布青衣，不像個富貴人家，只得順口胡編，幽幽嘆息道：「不瞞公子，奴家的丈夫，乃是往來於江淮和汴京之間的一個行商，做些生意養家餬口。瞧他奔波辛苦，奴家心中憐惜，是以勤儉持家，小心度日，對那冤家可是呵護備至。

「誰知……他在淮中竟然私納一妾，往返兩地之間卻始終瞞著我不露口風，還是奴家聽隔壁二哥說走了嘴才曉得。官人被那不知廉恥的狐狸精勾去了魂，奴家怎放心得下？這番急著南下，奴家就是想去尋那沒良心的官人。唉，不瞞小公子，奴家本也是富貴人家出身，雖說驟逢大難，門庭破敗，自問人品、身分，也沒個配不上他的，沒想到他……」

吳娃兒一聽，同為女兒身，不免大起同情之意。但同時，她自己就是給人做妾的，聽唐焰焰將她夫君所納的妾室稱作不知廉恥的狐狸精，本能地就起了維護之意，便柔聲勸道：「娘子也不必過於擔憂，妳那夫君仍舊奔波於兩地，時時與妳相見，顯見心中還是敬愛妳這娘子的。男兒蓄妾，本是常事，既如此，他不肯把實情相告，想必就是怕妳吃醋傷心。因愛生畏，做些糊塗事也是有的。」

唐焰焰本就生在豪門，家中男子們三妻六妾、美婢如雲的場面是從小見慣了的，當初秦逸雲一面向她示愛，一面與三哥等人去青樓妓坊風流，她雖持劍追殺，主要還是嬌縱性子作怪，倒不是本心裡覺得這是什麼大逆不道之舉。待到她愛慕了楊浩，費盡周折始得他的歡心，她便沒有自家姑姑那種威風，有本事降得住自家男人，讓他不納一妾，不過納妾進門，的確該徵詢妻子意見的，楊浩一點口風也沒露，她的心中便有些不滿。

這時受吳娃兒一勸，心中便想：「我本還道他是瞞著我不說，抑或是被那狐狸精迷住，迫不及待要納她過門，竟來不及跟我說，如今想來，這小公子說的倒也在理。」

吳娃兒對唐焰焰口中那隻狐狸精起了同病相憐之心，見她沉吟不語，似已意動，便又勸道：「娘子去尋自家夫君原也無妨，不過見到了他與那妾室，愚意以為，卻不可急著大發雷霆，還須仔細觀察，看看妳那夫君是將一腔情思盡挪於那侍妾身上，還是如我所言。娘子人品相貌，俱是上佳，我料妳那夫君當不致對妳失了愛意。」

這時葉榜探花杏兒姑娘端了香茗進來，吳娃兒笑道：「娘子請茶。」

唐焰焰接杯在手，卻向船艙外望去，微微蹙眉道：「這船行的卻不快。」

杏兒姑娘聽她一個蹭船的還要這般講究，把茶盤往桌上一放，沒好氣地道：「汴河水緩，我們這船既無大帆借力，又沒有那麼多的槳手划船，自然是要慢些的，娘子若是著急，盡可去尋快船。」

「杏兒無禮！」吳娃兒嗔瞪了她一眼，又向唐焰焰笑道：「這船也慢不到哪兒去的，娘子此去淮中，也不急在早上一日兩日，妳既搭了本公子這船，本公子也不差妳一個人的住宿吃食，且隨我同往淮中去吧，一路上正好思量一下對策。」

她把手中茶盞靈巧地一轉，撮脣輕吹杯中茶葉，看其浮沉，微笑說道：「男兒家享齊人之福，妻妾成群，紅花綠葉，豔福無邊，自古就是如此，那便成了規矩。這只茶壺，配了六只杯子，人人覺得再正常不過，妳若硬要一只茶壺只配一只杯子，原也不妨，只是天下間人人都視一壺多杯為常事，妳想一壺一杯，那反而要被人看作荒誕不經了，奈何？」

唐焰焰心中雖然意動，口中卻大不服氣，冷「嗤」一聲道：「你這小公子倒是了解得很嘛，你也是男人，當然與他一個鼻孔出氣。」

吳娃兒微笑道：「楊某生於豪門大宅，長於婦人之手，見慣這種事情，想不了解也難。」（筆者註：女權主義者不要扁俺，以娃兒的身分和視角，只能是這種見識，那時代一個妒妻就連鄰居家的女人們都要鄙視她的，風俗理念如此，與俺不相干。俺要是把她寫成現代新女性，那才不切實際了。）

吳娃兒把茶杯放在桌上，笑道：「男人情意與女人是不同的。妳若處之拙劣，那男兒家的情意就是這一杯茶，她喝了，妳便沒有，唯有一人可享。若妳維護得巧妙，那他的情就如一井水，娘子可以好好思量思量。」

唐焰焰聽得氣悶，恨聲道：「下輩子，我也做男人！」

吳娃兒想起楊浩在東京城種種行為，對上戰戰兢兢、如履薄冰，對家中殫精竭慮，維持打理，如今奔波在外，還是處處小心，不禁悠悠嘆道：「妳只看到男兒風光，孰不知男兒自有男兒的苦，他們肩負的，女兒家又何嘗知道？」

妙眸一轉，瞧見唐焰焰無聊的模樣，吳娃兒忽地展顏笑道：「行程漫漫，未免太過乏味，我有一種牌戲，十分得趣，娘子可願一起排遣時光？」

唐焰焰怔道：「什麼牌葉？葉子牌嗎？」

吳娃兒笑道：「比葉子牌還要有趣，這種牌戲叫作麻將，規則倒也簡單，杏兒，把張牛喚進來，把我那副翡翠麻將取來。」

唐焰焰是個牌迷，她生長於大戶人家，各種牌戲都是熟稔的，一聽登時感興趣起來，吳娃兒向她說明了規則，唐焰焰一聽就懂，只覺這種牌戲諸般組合，妙趣橫生，不禁躍躍欲試起來：「這牌戲倒也有趣，想不到開封還有這樣好玩的東西。」

杏兒提了麻將匣子進來，一聽這話，便傲然道：「這種牌戲，就是我們……」受吳娃兒一瞪，她便改了口：「呃……我們開封府南衙院使楊大人所創，當初只興於青樓妓坊，如今許多豪門大戶、百姓人家，都喜這種牌戲。」

「是楊浩所創？」唐焰焰心道：「那個傢伙授我的象棋走法倒是十分得趣，不知他如今又淘弄出什麼好玩的東西了？」

船行悠悠，前方一箭地遠，一艘小船不緊不慢地行駛著。公子折、童子吳、村婦唐，三人之間兩條船，卻是誰也不曾注意彼此之間會有什麼關聯……

＊　＊　＊

汴河運輸本來就是日夜行船，熱鬧非凡，如今汴京缺糧，正使舊法子加緊運糧，河道上的船隻更是絡繹不絕。魏王趙德昭的大船前面有兩艘小船開道，旗幟擺處，一艘艘商船、貨船盡皆駛到岸邊，候欽差大船駛過，才又魚兒一般散布到整個河面上。再加強巨帆和兩大排槳手，行程倒也迅速。

慕容求醉與方正南站在船頭，三司使楚昭輔的兩名親隨李晉、伍告飛站在左邊兩三步遠，程羽、楊浩、程德玄站在右側，各自私語談笑，彼此之間涇渭分明。

慕容求醉與方正南低聲說了幾句什麼，扭頭看向楊浩道：「楊院使，你是欽差副使，不知此番南去，如何行止，你心中可有定計啊？」

楊浩道：「各路差使盡已派遣下去，千歲代天巡狩，只是督促地方用命，是以倒也不必有個確實的去處，盡可一路行去，隨走隨停，隨時處理諸般難處。」

「可笑！」

慕容求醉哂然一笑：「你要千歲漫無目的，走走停停，那要耽擱多少時間？依老夫看來，我等當揚帆直奔最南端，自尾而回，從最遠端開始，一處處督促購糧、運糧，如結網而哄魚，驅之用命，竭誠北運。」

楊浩解釋道：「慕容先生此言差矣，時不我待呀，如依此法按部就班，還是要來不及的。地方官吏良莠不齊，有的是肯竭誠用命的，有的不免要搪塞推諉，從中漁利。我們此行，只管對症下藥，處理一處，便有殺一儆百之效，以點帶面……」

「無知！」

慕容求醉把鬍子一翹，冷笑道：「觀你在南衙所為，老夫就曉得你的為人品性，嘿！原來你是要故意尋人岔子，試圖用嚴刑酷法行殺雞儆猴之用，我大宋素來優待士子官吏，從不以苛政暴律治理江山，你用強拆汴京建築的法子來對付江淮官吏，無疑是自毀長城。」

楊浩心中大為不悅，但是知道他是趙普心腹，還是耐著性子解釋道：「慕容先生，須知治亂世用重典，事急從權，如今開封……」

「糊塗！」

慕容求醉慷慨激昂地道：「你這是陷魏王殿下於不義，如此一來，天下官吏、士子們將會如何看待魏王千歲？你這人做事莽撞、不計利害……」

慕容求醉唾沫橫飛，又如艙底河水般滔滔不絕講出許多道理來，三司使的李晉、伍告飛一旁看著熱鬧，程羽、程德玄面有慍色，程德玄幾番要上前理論，都被程羽拉住，只留楊浩站在那兒被慕容求醉貶斥得狗血淋頭。

楊浩終於火了，變色道：「慕容先生，此番南下，以魏王殿下為欽差，楊某與三司使楚大人為副使，慕容先生只是一介幕僚，唯可建議罷了，楊某年輕識淺，需要先生的指點，但是不需你的指指點點。還請先生自重！」

楊浩說罷，把袖一拂，返身便走，慕容求醉雖不是官，但是做為當朝宰相的心腹幕僚，就算朝中百官哪個不敬他三分，如今楊浩絲毫不給他面子，氣得慕容求醉臉上青一陣紅一陣的。一旁方正南趕緊勸解道：「哈哈，算了、算了，求醉兄何必與他一般見識？棒槌官、強拆楊，滿汴梁城裡頭就這麼獨一個，連王相公都吃過他的瘪，求醉兄不必介意了。」

慕容求醉借坡下臺，冷斥一聲道：「無知小兒，不知天高地厚！」他也把袖子一拂，揚長而去。

程羽將兩人的衝突看在眼裡，笑吟吟地便拉著程德玄去艙中找楊浩喝酒去了。

魏王趙德昭上了船便換了一身尋常的便服，因早上走得匆忙，不曾飲食，叫膳房準備了粥菜，進食已畢，洗漱淨面，又換了一套鬆軟舒適的道服和一雙軟底的絲履，這才離開自己的房間，到了那被他攙上船來的老者艙前，輕輕叩了叩門。

「是誰呀？」門中傳來一個蒼老的聲音。

「時辰到了，學生德昭，前來聽候老師授講課業。」

門「吱呀」一聲開了，那個白鬚老者站在門口，趙德昭忙恭謹地行了一禮，那老者向艙外左右看看，淡淡一笑道：「殿下請進。」

待趙德昭進了門，老者將艙門關上，回到案後坐定，趙德昭也在側位上坐了，那老者雙袖一展，睨了他一眼，說道：「此番南下，有許多事情要做，殿下還要聽講嗎？」

趙德昭拱手道：「一路行程，學業還是耽擱不得的，學生請恩師同往，就是這個意思。」

這老者叫宗介洲，乃是一位博學鴻儒，被趙匡胤請來教授長子學業的，趙德昭尊師重道，與這位師傅相從甚密。宗介洲呵呵一笑，捋鬚說道：「殿下，讀萬卷書不如行萬里路，你這一路，書是要讀的，課業也是不該落下的，但是你的師傅卻不應該是老夫啊。」

趙德昭微微一詫，恭謹地道：「弟子愚昧，不明其意，請恩師指教。」

宗介洲抓起案上摺扇，唰地展開，徐徐搧動，緩緩說道：「這一路上，殿下要讀的書在山水之間，要學的課業在人情世故之中，你的授業恩師，也不是老夫，而是趙相、晉王、三司使大人，殿下應該走出船艙……到他們中間，好好體會揣摩一番，必有裨益。」

二百九十　各懷鬼胎

璧宿快馬加鞭，比起楊浩的船要快了許多，離開汴梁一路飛奔，白天經城穿鎮，探察人情、打聽物價，夜晚打尖住店，這一日到了昌州城，看看天色已晚，璧宿便進城尋了一家客棧住下。

客棧中自有飲食，但是口味比起專門的酒館就要差了些，璧宿是慣行江湖的人，對此心知肚明，因此未在店中就餐，安排了住宿之後，就出門找到一家門臉店面還算氣派的酒樓，進去點了四道小菜，一酒一飯，自得其樂地享用起來。

吃過了飯，璧宿略帶三分酒意起身結帳，小二把價錢報上來，璧宿聽了登時大怒，拍桌張目，大喝道：「豈有此理，你這家店莫非是黑店不成？這樣的小店、這樣的飯菜，比之汴梁的大酒樓還要貴上三分，看你家璧爺爺是外鄉人，就想坑蒙於我？」

那小二皮笑肉不笑地道：「客官這是說的什麼話？我們這家鑫盛樓做的是正經生意，價錢最是公道不過，三十年的老店，向來講究的是童叟無欺、公平交易，客官可不要亂說話。」

二人的爭吵驚動了掌櫃，老掌櫃的忙丟下算盤，從櫃檯後面走了出來，那小二向掌櫃說明了情況，老掌櫃的滿臉堆笑，作揖道：「這位客官，本店向來公道，從不敢欺詐客人，至於這價錢，您是有所不知，由此向南，只怕您越走價錢越高，我這家店還算是定價低的。」

壁宿納罕地道：「此話怎講？」

老掌櫃的道：「客官自北邊來，難道不知道東京缺糧嗎？實不相瞞，如今消息傳遍天下，各處菜蔬糧米紛紛漲價，價格一日三變，您要是明兒早晨來用餐，這價錢恐怕又要高上一成了。」

壁宿奇道：「汴梁缺糧與你昌州有何相干？朝廷不是已經頒發了嚴令，命各地官府抑制糧價嗎？」

掌櫃的嘆了一口氣道：「朝廷倒是頒了旨意，官府倒也張貼了榜文，可是你能抑價，卻無權逼迫糧紳強行出售糧食吧？行商坐賈，趨利而行，本來幹的就是無利不起早的行當，既有利可圖，誰還規規矩矩地賣糧？各位糧紳都屯積了糧草，許多糧油鋪子也都關了門，你不漲價，人家寧可不賣，沒辦法，咱這飯館酒樓還得挖門盜洞地找關係，才能高價買來糧油蔬菜，價錢不得不漲。」

壁宿這才明白其中緣由，怒道：「敢情是糧紳們倚危自重？」

老掌櫃的又嘆了一口氣道：「這也不是頭一回了，哪兒發了水、受了旱，哪天朝廷急著徵糧打仗，糧紳們總能早早地得到消息，提前收購糧食，將本地大小農家的糧食搜羅一空，全部屯積在手，坐等官府漲價這才出售，向來如此。老漢小本經營，若不提價，這本錢都回不來，還請客官見諒。」

壁宿聽了連連冷笑，他也不與這掌櫃的為難，掏出錢來付與他，冷聲道：「開封缺糧不過是一時之急，朝廷正在想辦法解決，災荒斷不會瀰漫於天下。如今已是六、七月分，再過兩個月，地裡的莊稼就該漸次成熟，到時候他們舊米滿倉賣不出去，新米騰不出地方來收購，官倉只管向百姓平價收購新糧，必讓他們吃個大虧。」

老掌櫃的苦笑道：「客官想的太簡單了，那些糧紳們如何想不到這一點？他們自有應對之策的。何況，他們的舊糧恐怕也不用等到那個時候了，此地往京師尚不算太遠，因本地不許漲價，那些糧商們正打算將糧食運往開封銷售牟利呢。」

壁宿又向老掌櫃的探問些消息，把聽到的情況都暗暗記在心頭。

* * *

楊浩的官船帆高槳多，前面又有小船開路，一路所向各種船隻都要讓路，可是唐焰焰所乘的船不但行速緩慢，而且一路往來的各種貨船、商船也沒有為她讓路的道理，所以兩船雖然前後腳離開汴梁，卻漸漸拉開足有半日的水程。除非她這船連夜趕路，又或楊浩在某地停留幾日，否則一時半晌是追不上的。

好在楊浩的官船目標極大，一路倒不虞會跟丟了，吳娃兒悠哉悠哉地跟在後面，唐焰焰本是個搭船的客人，卻也不好催促。

這一日傍晚，她們的船在一處荒郊野渡停泊下來，這船麻雀雖小，五臟俱全，船上有自己的廚房，糧米都是充足的，一路經過的碼頭，張牛又時常上岸買些時令蔬菜回來充備廚房，所以倒不用擔心有斷炊之虞。

船上沒有廚娘，娃兒主婢都做得一手好菜，船停好，杏兒自去下廚做了幾道菜飯出來，因為碼頭太小，比較荒涼，所以船上的人大多沒有上岸去，吃過了飯，天已經全黑下來，大家各回艙中休息。

幾日下來，朝夕相對，又時常打打麻將解悶，唐焰焰又是大剌剌的隨和性子，和娃兒主婢以及船上水手已是極為熟稔了。吳娃兒對唐焰焰也很是照顧，為她單獨安排了一個小房間，就在杏兒的臥室旁邊，兩個女人挨著，彼此也好有個照顧。

天空中漸漸露出點點繁星，晚風清涼起來，唐焰焰卻了無睡意，便獨自登上了船頭。天空繁星點點，遠山濃黛如墨，船隨著悠悠的河水輕輕起伏，聽著嘩嘩的水聲，唐焰焰不覺生起了些煩悶的心思。

她在如雪坊時聽那小丫頭說了些隻言片語便匆匆趕往碼頭，並不了解詳情，她還以為楊浩是攜了那個愛妾一同南下呢，心中不無妒怒，她只想早早追上楊浩，看看那頭狐狸精到底有什麼本事，能迷得她的情郎神魂顛倒？可是如今同在一條河上，想要見到他卻有些為難。

痴立船頭，眺望遠方如墨的夜色半晌，焰焰才輕聲一嘆，轉身回到自己的臥艙休息。杏兒一直悄悄捎著她的一舉一動，見她返回臥艙，杏兒便折返吳娃兒的住處。吳娃兒仍是一副小書生打扮，正坐在燈下悠然品茶看書。

杏兒悄悄進了臥艙，將房門掩緊，低聲道：「小姐，余娘子回房歇息了。」

吳娃兒與唐焰焰各懷鬼胎，彼此通報的都是假名。

吳娃兒此番悄悄隨行於楊浩身後，是想等他停船處理地方政務時，悄悄在一旁看護。以有備算無備，再高明的人也難免為人所乘，她怕折子渝趕來破壞自家官人的大計，如果到時有這苗頭，自己又解決不了，說不得就得把真相向官人和盤托出，讓他有個防備。

她的名頭太過響亮，一提吳娃兒無人不知，那是不能向人透露的，她如今已是楊浩的女人，唐焰焰問起她名姓時，她便下意識地用了楊浩的姓，把自己的名字去掉一個女字，成了圭字，化身為淮中豪門的楊圭楊公子。

唐焰焰同樣心中有鬼，為了躲避二哥的人，她一路遮掩行藏，隱瞞身分，待搭上了吳娃兒的船，既怕這位公子恰巧與先行趕到開封的幾位兄長是相識的，那身穿著打扮想要解釋也著實太費功夫，是以便也杜撰了一番身分來歷。

她和楊浩的感情真正得有突破性進展的那一天，是在羌人領地內突遇大霧，被李光儼突襲落荒而逃，在荒山古洞中暴雨傾盆之後；歷盡情路種種坎坷，彼此吐露情意衷腸，是在楊浩赴汴梁臨行之際蘆葦蕩中漫天大雪時候，是以她便取「今我來思，雨雪霏霏」之意，編了個閨名叫余雪霏，如今廝混得熟了，船上的人都稱她余娘子。

吳娃兒放下那卷書，揚眉笑道：「始終不見什麼異樣嗎？」

杏兒說道：「沒有，她只到船頭張望了一陣，就回房歇息了。」

吳娃兒凝睇沉思片刻，喃喃道：「她到底是何來路呢？看她雖是一身布衣，自稱商賈之婦，可是她的言談舉止、神態氣度，比之王公千金不遑稍讓，可是若說她身分尊貴，一個女子居然獨自上路，莽莽撞撞地便去搭陌生人的船，實在教人百思不得其解。」

杏兒道：「小姐，她不是說原本是大戶人家，因為家道中落才做了商人婦的嗎？」

吳娃兒微微一笑，說道：「達官貴人我看得多了，有些說不清、道不明的神韻，不是多讀幾本書、多增長一些閱歷就能具備的。那是自幼生長於大富之家，高高在上、頤指氣使慣了的貴人，久而久之才能熏陶出來的一種味道，她那種雍容的氣度絕非尋常富貴人家女子可比。」

杏兒納罕地道：「可她一個女人能做什麼？想做什麼？總不會是江洋大盜吧？喔！我想起來了，她方才立在船頭，腳下穩穩的，風浪顛倒不能動她分毫，自船頭下來時，躍過一盤纜繩，身法矯健輕盈，似乎是個會家子。」

吳娃兒目光一閃，吩咐道：「不過……我看她未必就是在打咱們的主意，我如今喬裝改扮，還不是有自己的難言之隱？妳讓張牛他們幾個注意一下余娘子的舉動就是了，倒也不必對她過於小心防備。」

唐焰焰房中，她枕著手臂望著艙頂，一雙大眼睛忽閃忽閃的，也在想著心事，想了一會兒楊浩，忽又把注意力放在了這位楊圭楊公子身上。富家公子，攜美婢護衛返鄉，這事再尋常不過。豪門大戶家的小公子，身上有些脂粉氣也不稀奇。可是相處這幾天，觀其言談舉止、看其嬌媚色相，唐焰焰已有九成九的把握，斷定這位楊公子是易釵而弁的一位姑娘。

本來，這位楊圭楊公子是男是女與她都毫不相干，她是借搭人家的船，那位公子如果是女人，對她來說這一路行程更加安全。只是如今閒來無事，對那位女扮男裝的楊公子，她就不免有了些好奇：「一個小姑娘，女扮男裝、長途跋涉，到底為的什麼呢？」

＊　＊　＊

吳娃兒看了一段書，已經有了些許倦意。杏兒去廚房張羅沐浴的熱水去了，吳娃兒枯坐一陣，嫌艙中氣悶，便走出艙室，踱到船頭望望空寂的郊野。這樣的荒郊野渡，又是在夜色朦朧之中，實在沒什麼好看的，吳娃兒四下觀望一陣，就想返回自己房間。

她轉身欲走，忽地瞧見唐焰焰艙中露出一線燈光，吳娃兒心中頓時一動，想起她身分的可疑，便躡手躡腳地走了過去。因為天氣炎熱，焰焰的艙門沒關，懸掛的竹簾後面透出絲絲光線。

吳娃兒側身站在門邊，伸出一根手指輕輕挑起簾子向室內張望，艙房不大，只有一張矮几，一張床榻，榻上居然沒有人。吳娃兒驚噫一聲，倏地探頭看去，果不其然，艙中真的沒有人。

「她去哪兒了？」吳娃兒心中一緊，攸地轉身正要去喚人，就見唐焰焰背著雙手，正似笑非笑地站在那兒，吳娃兒這一轉身，幾乎和她來了個臉貼臉，把吳娃兒嚇了一跳，倏地便退了一步，拍拍胸口道：「余娘子，妳怎麼神出鬼沒的？可嚇死我了。」

唐焰焰笑吟吟地逼上來，說道：「要說害怕，也應該是奴家害怕才對。這麼晚了，夜深人靜，楊公子一個男人，鬼鬼祟祟地跑到我一個婦人房間來想要窺探些什麼？」

「我……我……」唐焰焰步步緊逼，吳娃兒步步後退，直接退進了唐焰焰的臥房，房中一線燈光明亮，吳娃兒的膽氣壯了些，挺起胸膛道：「余小娘子，好像本公子才是這艘船的主人吧？本公子想去哪兒還需要徵得妳的同意嗎？」

唐焰焰眉梢一挑，笑道：「船自然是你的，但公子年紀雖然不大，卻也是個飽讀詩書的士子，難道連男女授受不親的道理都不懂嗎？公子這般時候，闖進奴家的房來，這可是大大的失禮呢，不知公子意欲何為呀？」

吳娃兒只是對唐焰焰起了好奇，一時興起，想窺探她動靜，她自己就是女兒身，自然不覺得自己的行為有什麼不妥當的地方。可她如今畢竟頂著個男人的身分，如今被人捉個正著，饒是她一向口齒伶俐，這時也想不出個冠冕堂皇的理由來。

唐焰焰本不欲探問她身分，這時見她窘態可掬，配著她嬌小動人的身姿，十分惹人喜歡，不禁起了促狹心思，她眸波一轉，伸出一根手指，有些「輕佻」地勾起吳娃兒嬌嫩的下巴，謔笑道：「公子眉清目朗，一表人才，似公子這般俊俏的小哥，奴家也是頭一回見呢，只不知公子是否……對奴家有了情意呢……」

「呸呸呸！」吳娃兒在心中連呸，不由得啼笑皆非，她沒想到自己扮男人扮得如此成功，居然能招惹來如此豔遇，心中登時鄙夷起來：「活該她男人在外面納妾，這樣不守婦道的女人，就該讓她男人把她休了去。」

她正想義正詞嚴地呵斥唐焰焰一番，借著燈光忽地瞟見唐焰焰眼中閃過一抹促狹好笑的韻味，這才恍然大悟：「哎呀，原來她已認出我是女兒身了？」

「公子，怎麼不說話呀？」

吳娃兒忽地換了一副嘴臉，笑咪咪地道：「余娘子國色天香，本公子心儀已久了。這些天來，娘子的倩影時常徘徊於心頭，惹得本公子是輾轉反側、夜不成寐啊。既然娘子也對本公子有情，那正是郎情妾意，天作之合，來，小娘子，先讓本公子香一個。」

吳娃兒噘起可愛的小嘴，扮出一副豬哥模樣，張開雙臂色迷迷地便往前湊，唐焰焰被嚇得急退了一步，嬌嗔道：「你別過來！」一時間，她身上的雞皮疙瘩都起來了。

吳娃兒吃地一笑，故作驚訝道：「娘子這是何意？」

唐焰焰又好氣又好笑，嗔道：「好了、好了，算我怕了妳了，好端端一個女子，偏要扮作男人模樣，噁心死啦！」

吳娃兒忍俊不禁，哈哈大笑，唐焰焰張大了雙眼瞪她，瞪了半晌，終於也忍不住大笑起來。

二人笑得頰生紅暈，就在榻上坐了，吳娃兒笑道：「余娘子幾時看出我是女兒身來著？」

唐焰焰哼了一聲，洋洋自得地道：「妳以為自己扮得很像嗎？本姑娘早就看出來了，只是我本是搭乘妳船的一個客人，不想節外生枝，才沒有點破，誰想妳竟來窺探我的動靜。」

吳娃兒嘴角一彎，帶著淺淺笑意道：「本姑娘？妳不是說已經有了夫家，丈夫還在外面納了一妾嗎？哼，搭了本姑娘的船，卻要遮遮掩掩如此隱瞞，太也不夠光明磊落了。」

唐焰焰反脣相稽道：「姑娘妳女扮男裝，似乎也不曾告訴我真實身分吧？」

吳娃兒道：「這船是我的，我總不能帶了一個身分不明的客人同行吧？要知曉妳的身分理所當然，至於我嘛，姑娘不妨先將身分明示於我，我或可說與姑娘知道。」

唐焰焰心想，如今已離了開封，二哥的人怎麼也不會搜到這兒來，這位姑娘也沒那麼巧，就和我二哥有所瓜葛，便說與她聽也不妨事。便道：「實不相瞞，我並非汴梁人氏，而是來自西北，我那未婚的夫婿卻是在汴梁做官的。他來京師已有半年之久，行前本說待他在開封安頓下來，就上門提親娶我過門。

「本姑娘眼巴巴地在那兒等著，左等他不來，右等他不來，家中幾個哥哥攀龍附鳳逼我嫁與一個大官。我心中不願，便逃來京師尋他，結果我進了京師才知道，前些天他竟已納了一房妾，據說那美妾原本是汴梁青樓的一個花魁，那廝放著我這正室元配在西北不聞不問，自己卻在汴梁金屋藏嬌，妳說可不可恨？可不可惱？哼！」

唐焰焰憤然一哼，吳娃娃花容失色，登時便是一個激靈！

二百九一　泗水州

吳娃兒提心吊膽地道：「不知……妳那郎君尊姓大名啊？」

「他……」唐焰焰瞪了吳娃兒一眼道：「他跟妳這小滑頭一個姓，哼，姓楊的真沒一個好人。」

吳娃兒芳心一震：「糟了，果然是她，她定然就是唐姑娘，原來官人誤會了她，唐姑娘並沒有攀附權貴另覓高枝。當時官人只道她已移情別戀，哪裡還會問她同意與否？這下慘了，她氣勢洶洶來尋我晦氣，我可如何應對？」

唐焰焰恨恨地道：「那死沒良心的大混蛋如今就在朝廷南下江淮的那艘大官船上，本姑娘追上去，一定要當面問問那負心人虧不虧心，我還要瞧瞧那隻狐狸精，看她到底有什麼狐媚手段，迷得我家官人神魂顛倒！」

吳娃兒花容失色，唐焰焰一瞧她模樣，忙安慰道：「我所說的句句實言，妳現在知道我不是為非作歹的江湖匪類了吧。對了，姑娘妳又是什麼身分？為何女扮男裝，遠赴江淮？」

吳娃兒一驚，脫口便道：「啊！我……我追他南下而已。」

「他？他是哪個？」

「他嘛……」吳娃兒急急轉念，幽幽說道：「奴家本是汴梁人氏，與一位公子陰差陽錯地成了仇家，那位公子聰穎多智，品性高潔，有出口成章、七步成詩之才，奴家在他手上接連吃了幾次大虧，卻也因此對他生出傾慕。」

她說那位公子有出口成章、七步成詩之才，唐焰焰便全未想到自家郎君頭上，聽她說彼此先做了仇家，卻是因仇而生愛，想起自己當初在普濟寺中沐浴，卻被楊浩偷窺了身子，恨得自己一路追殺，與她的經歷大有異曲同工之妙，不禁生起親切感覺，笑道：「妳這丫頭才幾歲年紀，居然也動了春心，不過……妳這模樣我見猶憐，若換上女裝不知要迷死多少男兒，那人定也喜歡了妳的。」

吳娃兒微微頷首，羞顏道：「那位公子……感我一片深情，卻也對我有了情意。其實奴家出身卑微，並不算是大戶人家，自知以我身分，要尋這樣的良配，難為了人家正室，是以我甘居妾室。可是……那位公子家中早已定了一門親事，聽說那大婦十分厲害，奴家也不知能與官人相聚多久，今官人南行，奴家割捨不下，這才一路尾隨，只盼能與他多聚一時便是一刻。」

說到這兒，吳娃兒已是淚盈於睫，瞧來更是可憐。她這眼淚一半是作假，一半倒是真意。她初為人婦，兩下裡正是恩愛甜蜜的時候，本來滿懷的憧憬與歡喜。至於楊浩將來定要再娶正妻，她也並不擔心，因為她是楊浩娶妻之前納的妾，是必須被承認的。

天下間未娶正妻先納妾的人有許多，比如霸州那位曾想娶丁玉落為妻的胥舉人就已先納了兩房妾室，這樣的妾是受律法保護的。然而如果丈夫有了正妻，那納妾就需要經過妻子的同意了，汴河幫龍頭老大張興龍家裡鬧得不可開交，他娘子不點頭，那福田小百合就是進不了門，原因就在於此。

如今唐焰焰出現了，她並沒有變心，以楊浩的性情，一旦得知真相，只會對她既敬且愛，那時她仗大婦身分、倚楊浩敬愛，若是棒打鴛鴦，執意不肯承認自己的身分，該如何是好？想到這裡吳娃兒心亂如麻，心中確也悲苦。

唐焰焰見她淚珠盈盈，想起當初楊浩與折子渝兩情相悅時，自己一腔相思無人理會，幾次三番受人折辱，同病相憐之下，對她更為同情，便柔聲勸道：「看妳嬌美無儔，如此美人傾心於他，那是他的福氣。妳對他一往情深，他敢辜負了妳？若妳得了他的喜愛，相信他那妻子也不會太過為難妳的。」

吳娃兒淚眼迷離地道：「奴家……現在也只能如此期盼了，唉，只怕她執意不肯，從中作梗，我那郎君必也為難，到那時……」

唐焰焰怒道：「妳如此委屈自己還不夠嗎？她若容不下妳，就是心胸狹窄、好妒無德之輩。」

唐焰焰想起小樊樓中折子渝當著楊浩的面對她故示大度、背後卻把她氣得幾乎吐血；等到她與楊浩真的有了感情，她卻妒性大發，拂袖而去，害得楊浩意志消沉，自己整日裡擔驚受怕，直到楊浩要離任赴京這才壯起膽子去見他，那些時日不知吃過多少苦頭，吳娃兒口中那個妒婦在她眼中依稀便成了折子渝的可惡模樣。

她怒氣陡生，仗義說道：「那婦人若真這般蠻橫好妒、不通情理，就是犯了七出之條，還怕治不了她嗎？妳且把你們的事說與我聽，我這人最看不得人家受欺，我來幫妳出謀劃策。」

吳娃兒訝然半晌，拉住她手道：「姑娘對我真好，奴家真不知該怎樣感謝妳才好。奴家既無兄弟，也無姐妹，若是妳不嫌棄，我願與妳義結金蘭，不知妳意下如何？」

唐焰焰一聽登時大喜，她家中俱是些臭男人，兄弟眾多，但姐妹不但一個沒有，而且那些兄弟還都比她歲數大，論起排行她是家中老么，如今竟有這樣一個粉妝玉琢的小丫頭要與她結拜姐妹，心中哪能不喜，當下便連連點頭。

吳娃兒趁熱打鐵，當即便拉她結拜，唐焰焰說道：「既要結拜，論起齒序，我今年恰恰十七歲了，不知妳是幾歲？」

吳娃兒一語雙關地道：「怎麼看我都是比妳小的，從今往後便認了妳做姐姐。」

唐焰焰大樂，在她粉嫩嫩的臉蛋上捏了一把，笑道：「長了一張巧嘴，呵呵，不過義結金蘭，總要通報真名實姓，論起齒序生辰的，今日成了姐妹，一世都是姐妹，妳有什麼難處，姐姐總要幫妳的。」

吳娃兒感動地道：「姐姐溫柔賢淑、通情達理、姿容傾城、心地良善，我那郎君府上的正室夫人若有姐姐一半的好品性，妹妹也就知足了。」

唐焰焰被她誇得有些不好意思了，忸怩道：「妳已見過那位才子的正室夫人了嗎？她那人很是刁蠻嗎？」

吳娃兒道：「妹妹不曾見過她，有位折子渝姑娘是認得她的，折姑娘對我說，我家官人那位姓唐的正室夫人脾氣暴躁、性情剽悍、好妒無德、屢施拳腳，妹妹一想起來，心中就忐忑不安。」

唐焰焰笑上笑容一僵，失聲道：「妳說什麼，妳聽誰說的？」

吳娃兒一臉天真，眨眨眼道：「折子渝折姑娘呀，姐姐認得她嗎？」

唐焰焰兩道嫵媚的細眉慢慢豎起，眸中燃起兩簇火苗，吳娃兒驚退了一步，就見唐焰焰咬牙切齒，幾欲抓狂地道：「脾氣暴躁、性情剽悍、好妒無德、屢施拳腳，我……我唐焰焰就是那樣不堪的人嗎？她還編排了我些什麼？」

吳娃兒「大驚失色」道：「姐姐妳……妳說妳姓啥名誰？」

＊　　＊　　＊

這一天，欽差官船到了長橋鎮渡口，再往前去就是泗州城了。泗州城位於洪澤湖畔，是水陸都會、徐邳要衝，汴河漕運的一個極重要碼頭，和揚州一樣，是江淮地區極繁華的一處大阜，舟舡泊聚，車馬雲集，廛市繁榮，人文薈萃。如此要害之地，魏王趙德昭是無論如何都要在此停泊一陣，視察一番當地情況的。

因此官船只在長橋渡小停片刻，使人上岸購了些時令菜蔬，眾人稍作休息，就繼續趕路，壁宿恰於此時一路打聽來到了渡口，便即取出信物登船去見楊浩，隨船一同繼續趕路。

壁宿將他途中所見各處糧紳趁火打劫、屯積糧草的事情，一五一十地向楊浩說了一遍，怒聲道：「大人，這些人太無人性，大人應向魏王請旨，予以嚴懲。」

楊浩微微一笑，冷靜地道：「壁宿，你這偷兒也知道憐憫百姓了，可見那些不義糧紳趁火打劫，大發橫財，真的是天怒人怨了。不過，就算是一堆糞肥，也有它的用處，這些糧紳惡霸，現在同樣大有利用之處，不能急著下手。」

他在艙中徐徐踱步，沉沉說道：「等他們把糧食運進了京，賺了錢，才會發揮現身說法的作用，誘引更多的遠近糧紳把主意打到汴梁去，他們才會不遺餘力地幫助朝廷完成這件不可能完成的任務，如同螞蟻搬家，把京師所需要的數目龐大的糧草，運到京城裡去。甜頭，總是有些先下手的人會嘗到的，只有讓他們嘗到了甜頭，咱們才能讓更多的貪心奸商吃一個大大的苦頭。」

壁宿氣猶不平地道：「眼見他們如此惡行，我心中總是放不下。我原本是個偷兒，偷幾個小錢便人人喊打，他們卻俱是大盜，明目張膽地劫掠民財。」

楊浩含笑道：「且忍一時，想釣魚，總得下點魚餌吧？」

他拍拍壁宿肩膀道：「你這一路往來奔波，辛苦得很，先喝杯茶，在我艙中歇息一會兒，船正往泗州城去，在那裡是要停靠幾日的，屆時你再提前趕路，探訪一路官風民情。」

楊浩安頓了壁宿，便走出了房間，只見程羽等人正在船頭指指點點，楊浩走過去，只見道路兩旁水田處處、阡陌縱橫，看來今年風調雨順，糧食定然豐收。一見楊浩過來，程羽便向他笑道：「楊院使，如今已進了泗州地境了，你看這糧食長勢這麼好，豐收在望，泗州府的儲糧這下盡可放心地起運京城了。」

楊浩也是連連點頭，說道：「這泗州左近，頗多大小水源，只要不鬧蟲害，農事自然興旺，千歲要在泗州駐蹕幾日的，可曾派人通知知府準備接迎嗎？」

程羽道：「千歲不喜鋪張，一路行來再三囑咐不得擾民，若是早早通知下去，泗州必然要聚集大批仕紳名流，披紅掛綵，遠迎十里，未免太過張揚，所以不曾提前派人知會鄧知府。」

楊浩道：「泗州知府姓鄧嗎？不知此人為官如何？」

程羽微一停頓，淡淡說道：「此人嘛，聽說待下嚴厲刻薄，善於揣摩迎合上意，在這泗州任上，沒聽說有什麼特別的作為。」

一旁方正南隱約聽到一點聲音，若無其事地走來道：「泗州知府鄧祖揚乃乾德三年兩榜進士，歷任陽穀縣主簿、新都縣令、南京應天府判官，既能躬親政務，又兼幹練精明，如今做泗州知府已經兩年，忠誠體國、公正廉明，乃是一個難得的能臣，楊院使不妨好生結交一番。」

自從上次楊浩當面拂了慕容求醉的面子，眾人才曉得這位楊院使愣頭青之名果然名不虛傳，程羽、程德玄對他更加親熱了幾分，時常也會邀他一同飲酒，說些體己話，而趙普一系的人對他也客氣了許多，免得他當場衝撞，彼此下不了臺，所以表面上，大家倒是一團和氣，看起來融洽了許多。

楊浩一見這兩人評價大相徑庭，便知必然又牽涉到二趙之爭，果然，方正南一走開，程德玄便冷笑道：「鄧祖揚是趙相公一手提拔起來的，在他們眼中，這姓鄧的自然是個能吏了。」

楊浩現在雖然旗幟鮮明地站在趙光義這一邊，卻沒有從派系角度看人的習慣，而且他對這個鄧知府確實不熟，倒也不便多做置喙。

船兒繼續前行，大約一個時辰左右，河水漸漸趨淺，像這樣龐大沉重的官船已難前行，程羽納罕道：「泗州城傍著洪澤湖，向來雨水充沛，怎麼河水竟然這麼淺了？」

正說著話，前方一隻小舟駛來，前行探路的人登船稟道：「各位大人，泗州正在修建堰壩水閘，河水導向其他支流，所以大船已行不得了，前方不遠便是泗州城外碼頭，請魏王殿下登岸而行。」

程羽奇道：「修建堰壩？泗州城的動作竟然這麼快？」一旁方正南、慕容求醉卻是面有得色。眾人前去稟知趙德昭，趙德昭聽說泗州這麼快就招募民役農夫開始修建堰壩，心中也自歡喜，當下便登岸步行。

因為此處距碼頭已不甚遠，趙德昭也未坐轎，他也是自幼習武的人，身手強健，便與眾官員於堤上柳下步行，一路向前走去。

前方不遠就是泗州城外的大碼頭，來往客商大多在這裡捨舟就陸，起早僱車，這裡不但是漕運的重站，也是重要的水陸埠頭。所以就像東京城的瓦子坡一樣，以碼頭為中心，發展成一個熱鬧繁庶的城郊地區，客棧、食店、酒坊密布，便利那些不願進城投宿的旅客就近打尖。

眾人到了碼頭附近，只見上游果然堵起，自左翼引出一條支流，保持下流水源暢通，而碼頭前方因為水面落差較大，正在起築堰壩。這裡的地形，楊浩等人在水利圖上已經看過的，因為水面落差較大，所以在泗州城一南一北，各有兩處大碼頭，南來貨物在南碼頭卸貨，透過驢車、騾車，或是穿城而過的小船載運到北碼頭，再裝乘大船起運，如此一來耗時太久，而附近諸縣邑都要透過泗州這個重要的漕運關口向東京運糧的，因此這裡便被列為了修建堰壩水閘、調節水流水位的一個重要工程。

只是趙德昭等人從京中趕出來的速度並不慢，工部官員也只比他們早行了一日而已，泗州在這麼短的時間內就招齊了民役開始施工，其效率的確不凡，這位泗州知府當得起幹練之才的稱許，從程羽對他的評價可以看出，這位鄧知府確也沒有什麼可以指摘的地方，所以他只好用待下嚴苛、迎合上意來貶斥。但凡做官的，只要不是發了失心瘋，就喜歡跟上司對著幹，誰在上司面前不乖巧一些？治理地方如果想幹出一番政績，總要觸動一些人的利益，你要說他待下嚴苛，也總有把柄可尋的。

碼頭上，上千民工正在斷了水源的河道淤泥之中幹得熱火朝天，一些民夫肩拉背扛，將一車車、一筐筐的淤泥運出河道，墊高河堤，又有一捆捆竹席擱在堤岸上，竹籠子裡裝滿了沙石，只待河泥清罷，拓寬加深了河道，便在河中築造堰壩。

堤下一個督工的小吏無意間回頭一望，見堤上柳下站了一群人在那兒指指點點，便從堤下爬上來，他拍拍皂隸青衣上的泥痕，一看岸上這些人俱都是戴著官帽的，中間一人居然穿的是蟒袍，不禁有點發懵，吃吃地問道：「你們……各位大人，是……是什麼人？」

屬下從官還未答話，趙德昭已含笑答道：「本王奉旨巡狩江淮，剛剛趕到此地，你們舉動倒是迅速，泗州府截流築壩已經幾天了呀？依本王看來，這進度倒快。」

「王……王爺？王爺來了？王爺來了！」那小吏驚慌後退，一跤失足，順著那斜坡便滾了下去，他也不嫌痛楚，爬起來就跑，一邊跑一邊喊：「大人，大人，王爺到了，欽差到了。」

程羽忍俊不禁地道：「我們應該直接進城去見鄧知府的，這一下張揚開來，只怕這些小吏們要圍上來聒噪不休了。」

那小吏跑到人堆裡，不一會兒便帶出一人，兩人急急趕來，到了近前那人向趙德昭一打量，不禁面露驚容，連忙拱手道：「不知王駕千歲已到，下官有失遠迎，王爺恕罪。」

趙德昭見這官三十六、七年紀，面容清瘦，眉眼精神，青綢的衣襟塞在腰帶裡，一條駝黃色的褲子挽著褲腿，濺得全是泥巴，先就生了幾分好感，便笑道：「不知者不怪，你是泗州府衙的從吏嗎？你家知府鄧大人如今可在衙內？」

那人恭恭敬敬又施一禮，謹聲道：「回千歲，下官就是鄧祖揚。」

趙德昭等人聽了不由俱是大吃一驚。

二百九二　異曲同工

得知是魏王一行人馬趕到，鄧知府趕緊張羅著迎接他們進城，如此情形下，自然談不上什麼儀仗，只叫人把他的那頂綠呢小轎抬來，魏王坐了轎子，其他人步行相伴，好在這裡距泗州城已不遠，這些人乘了幾天的船，身子骨早已閒得發癢，權當是散步放風。

泗州城面臨淮水，距盱山二里，為夯土建築，城池周長九里，城牆高約兩丈五尺，環城皆水，將整個泗州城完全圈在當中。城牆上共開有五處城門，進出城池均需通過吊橋。因為這裡是水陸要衝，商賈雲集，所以相當繁華，一進城去，寺、廟、塔、樓、觀、庵、祠、壇等優美的建築處處可見，城內河溝交縱，舟楫通行，溝渠之上盡是橋梁，彷彿東方威尼斯一般。

泗州府衙建得也十分氣派，到了府衙，鄧祖揚吩咐大開中門，將魏王一行人恭恭敬敬迎進客廳，先上了茶來，這才告一聲罪，匆匆下去更換衣裳。由於天氣炎熱，也不需準備熱水，鄧祖揚匆匆用冷水沖洗了一番，換上官服，又趕到客廳正式參見魏王千歲。

這鄧祖揚在堤壩上一身褶綴衣裳、衣上俱是泥巴的時候，完全看不出一點官員的模樣，這時匆匆打扮一番，穿上官衣、戴上官帽，靠著衣裝，倒是立刻有了一方大員的雍容氣度。鄧祖揚匆匆拜見了魏王趙德昭和三司使楚昭輔兩位上官，又與程羽、楊浩等人拱手施禮，大家重新落座。

趙德昭對他親臨碼頭督建堰壩讚許了一番，順口又問起鄧祖揚的從仕經歷，以及泗州情形，鄧祖揚如同述職人，將自己的履歷和在泗州為官幾年的政績一一回稟了，趙德昭便問起此地蓄購糧草的進度。

鄧祖揚道：「千歲，朝廷的旨意一到，下官便立即部署人馬，緊急搶購糧食，前幾日已收購了一批糧草，加上府庫中原有的糧食，大約已經完成了規定徵糧數目的四成。本來，府庫中應該保障一定的存糧以防災情，不過如今已臨近秋收，如果無啥變故的話，這存糧也可上繳朝廷，泗州府的存糧，下官可俟秋收之後再做打算。」

和趙德昭說了這一會兒話，鄧祖揚緊張的神態漸漸鎮靜下來，他喝口茶水潤了潤喉嚨，又道：「不過，糧商們俱都十分機警，下官只收購了兩天，儘管極力做出尋常姿態，這樣大批購糧，還是讓他們察覺了情形有些異常，糧商們紛紛封倉停售，四處打聽消息，緊接著開封府缺糧的消息就傳出來了，這一下想要按時價收糧可就為難了。」

趙德昭聽了不禁緊張起來：「鄧知府，朝廷此番徵購糧草，不比尋常年分正常徵糧可以徐徐圖之，商賈唯利是圖，藉機漲價取利之舉本在朝廷意料之中，是以，朝廷特許各地官府酌情提價，但是不能任由糧商們漫天要價，否則朝廷府庫是承擔不起的。如此，就需地方官府多方籌謀，鄧知府親赴碼頭，督建河堤，如此克盡職守，本王是十分讚許的。不過，修好了河道，還是要有糧可運才成的，這糧草既已收不上來，鄧知府可有什麼對策？」

鄧祖揚聽他有責怪自己捨本逐末，不急於解決糧草收購，卻跑去築堤建壩的意思，忙解釋道：「王爺，下官趕赴碼頭督建堰壩，是因為泗州南瞰淮水，北控汴流，這堰壩水閘不僅關乎我泗州一地，江淮各地糧草都要透過我這泗水碼頭來運往京師的，是以這處堰壩若不修好，就會影響各地糧草運往京城的速度。至於泗州本地收購糧草的困局，下官現在亦採取了幾條對策，只是剛剛施行，尚不知成效如何。」

趙德昭轉嗔為喜道：「鄧知府已然有了對策？不知採取了些什麼對策，且請對本王一一道來。」

鄧祖揚拱手道：「是！」

他四下一看，廳中除了京中這些大員外再無一個旁人，便揮手把自己府上的下人也趕了出去，這才說道：「王爺，刁頑的商賈們但逢水災旱災、蟲病瘟疫，抑或重大軍事時，趁機倚糧自重，上則蓄糧不售，勒索朝廷；下則以糧易物，兼併民田，此風素來如此，他們知道朝廷缺糧，無論怎樣曉以大義，也是不肯放棄暴利為國分憂的。

「下官如今只能派遣胥吏於各處巡察，嚴禁糧商趁機漲價擾亂民心，違者嚴懲不貸；同時徵調民壯鄉勇，把守各處水陸交通要道，對販運糧草於外鄉者課以重稅，以稅賦調節，阻止糧草外流。然後委託下官的妻舅幫著籌措此事。

「下官的妻舅就是一個糧紳，每年發運司、轉運司、糴便司負責收購的本地糧草，一向多是由他出面幫助洽談幫辦的，在本地糧紳之中還算有些人望，下官讓他也效仿那些屯糧的仕紳商賈，暗中收購糧食，至於下官本人，則暫且擺出停止購糧的模樣，全力專注於構建堰壩、修建水利。」

他輕輕吁了一口氣道：「萬幸的是，今年風調雨順，病蟲害又少，是個豐收的預兆。只要夏秋之季不發生大水患，新糧必定是十分充裕的。」

趙德昭學的是經國之策，於這些事情畢竟有所欠缺，聞言頓時急道：「秋收？只恐等到秋收，糧食收割下來，再打米入倉，已是來不及足額起運京師了。」

楚昭輔粗聲大氣地道：「千歲，鄧知府的意思是說，那些黑心腸的糧商壓著倉糧不售，本是打的屯積居奇之心，勸是勸不來的。可是秋糧若是大豐收，他們壓在倉中的陳糧也就賣不出去了，這地方雨水多，潮溼得很，存糧賣不出去，放久了必然霉變。

「咱們朝廷上到時候固然是來不及購齊足夠的糧食了，可是他們那些黑心腸的奸商卻也占不到半點好處，如此一來就是兩敗俱傷的局面了。所以，如今就看誰能沉得住氣了，那些糧商們要是扛不住，眼看著舊糧難售，新糧已來，就得向官府服軟了。」

趙德昭嫩臉一紅，赧然道：「原來如此。」

鄧祖揚看了楚昭輔一眼，眸中露出一抹笑意，頷首道：「三司使大人說的對，下官先以重稅堵住他們外銷之路，又以重法壓制他們漲價的期望，同時下官又趕去堤上築壩，暫且放下購糧一事不理，那些糧商們既不知道本府到底需要徵納多少糧食，也不知道朝廷允許泗州府可以提價的底限，既見下官渾不在意，他們庫中蓄積了如山的糧草，心中豈能不慌？

「下官以靜制動，與他們捱上一時，待到時機成熟的時候，先放出風去，就說朝廷糧草已然齊備，然後再讓妻舅聯繫幾名有往來的糧紳帶頭售糧，他們那些商賈本來就各懷機心，聯盟之舉談不上牢固，到那時都唯恐被人搶了先機，這道屯糧停售的長堤只消決了一口，其他人必然爭先恐後降價出售舊糧。唉，身為一州的父母官，行此計策實在慚愧，但形勢迫人，下官也是不得已而為之。」

楊浩先前見這位兩榜進士以一府之尊親臨碼頭指揮這樁朝廷十分重視的水利工程建設，就覺得這樣肯實幹的官著實少見。如今聽他計策大為可行，與自己的下鉤餌誘引各地糧商自投羅網之計有異曲同工之妙，更是大生知音之感。

但他仔細想了想，有些擔心地道：「鄧知府這一計，倒是對付這些吃肉不吐骨頭的奸商的好辦法。只不過……這一計緊要之處就是切勿透露了消息，一旦事機不密，讓他們知道了底細，那時泗州府可就得任由這些奸商們開價了。」

鄧祖揚笑道：「這位大人提醒的是，只因王爺垂詢，下官才向千歲、三司使和諸位大人們提起此事，整個泗州府，在此之前，除了本府，就只有本府的妻舅才曉得了。」

楊浩脫口便道：「你那妻舅也是糧商，他……」忽地想到這樣問起未免失禮，而且天下商賈，也非全是腹黑之輩，憂國義紳也不是沒有，登時便住了口。

鄧祖揚見他欲言又止，便笑道：「下官的妻舅是絕對靠得住的，他在泗州興學築廟，修橋補路，設義渡，興水利，仗義疏財、行善鄉里，每逢災荒，便帶頭捐錢捐穀、設施粥棚子，乃是泗州一個有名的義紳。本府這次能及時搶購到四成的米糧，他也是居中籌措，出了大力的。」

楊浩聽了這才放心，向他拱了拱手，歉笑道：「府臺大人恕罪，是楊某多心了。」

趙德昭道：「嗯，如此甚好，本王且在泗州盤桓幾日，再多了解一些詳情，請鄧知府為本王安排一下住宿吧。」

鄧祖揚欣然道：「王爺既要駐蹕泗州，那就請王爺與諸位大人委屈一下，暫住於下官的府邸中吧。本地因雨水多，天氣潮溼，館驛又少有人住，所以溼氣濃重，不宜貴人居住。王爺和諸位大人住在下官府中，下官也好就近向王爺請教，與諸位大人商榷籌糧之事。」

趙德昭微笑頷首，鄧祖揚見王爺答允下來，便急忙吩咐人張羅安頓諸位大人的房舍。後宅中立即忙碌起來，挑那好的房舍騰出來給諸位大人居住，魏王身分貴重，鄧祖揚更是騰出了自己夫婦的住處，灑掃得乾乾淨淨，換了全新的被褥，請魏王入住。

趙德昭到了為他安排的住處，張府的人已打了幾桶溫水送來，魏王府上的人抬進房去，侍候趙德昭沐浴更衣，趙德昭洗浴已畢，穿了一身鬆軟舒適的便服，在廳中小坐飲茶，他沉思慢飲，一盞茶飲盡，忽地吩咐道：「來人，把楊院使給本王喚來。」

不一時楊浩匆匆趕來，他也剛剛沐浴，洗去一身汗漬，清清爽爽地向趙德昭施禮道：「千歲召見，不知有什麼吩咐？」

趙德昭沉聲道：「本王反覆思量，總覺得鄧知府這籌糧之策太過冒險，有劍走偏鋒之勢。」

楊浩也是那種喜歡劍走偏鋒、出奇制勝的人，對鄧祖揚的方法十分欣賞，聽到趙德昭的話不禁一怔，便委婉地勸道：「千歲，依下官看來，鄧知府這法子似乎並無不妥啊，這是沒有辦法的辦法，常言道兵不厭詐，在此情形之下，用些巧計以智取勝，似也無可厚非。」

趙德昭搖頭道：「以用兵之道治國，豈非大謬？以正治國，以奇用兵，以無事取天下。須知官府與百姓，乃舟水關係，而非戰場上的壁壘分明，事關社稷江山、萬千黎民，巧計奇謀，終究是行險之道，成則成矣，敗則一敗塗地，動搖的是社稷根本，傷害的是黎民姓命，此非可以倚重的辦法。泗州是由淮入汴的重要所在，泗州府承擔的糧草也不是個小數目，鄧知府雖成竹在胸，本王卻是放心不下，本王在此停駐幾日，就是想對這裡的情形多做一些了解，如非必要，不可倚仗於這樣以百姓為籌碼的鬥智鬥力。」

楊浩會意地道：「不知王爺想要下官做些什麼？」

「本王想要你到城中四處探察尋訪一番，看看此地糧紳富戶們到底是怎麼一個打算，鄧知府的辦法是否有奏效的可能？否則本王總是放心不下。」

「是，下官遵命。」楊浩躬身答應，心道：「這位年輕的殿下有這樣穩重的心思？還是他那位常常隱居幕後的太傅指點他的？」

趙德昭微笑著站起身，對他親切地道：「本王以前從不曾擔過什麼差使，這是封王之後第一次做了皇差，代陛下巡狩於地方，肩負如此重任，不由我不小心謹慎啊。楊院使，建堰壩水閘，暢通水道，集四方之糧，解汴梁之危的計策是你想出來的，本王希望你能助我，咱們齊心戮力為朝廷做成這件大事，到時候，本王在陛下面前為你請功！」

這位許多官員中已是理所當然的儲君語氣之中大有倚重和招攬之意，但楊浩深知朝中政局複雜，趙光義更非池中之物，也不知這歷史是否會因為自己這個小人物的插入而有所改變，豈敢就此棄了南衙，旗幟鮮明地站到他身邊去，是以只作沒有聽懂，恭恭敬敬應了一聲：「王爺吩咐，下官自當從命。如果沒有其他吩咐，那下官就去準備了。」

剛說到這兒，「錚」的一聲響，餘音裊裊，久而不復聞，二人詫異傾聽片刻，見沒了聲息，楊浩剛想退下，嘹亮的琴聲徐徐又起，漸如清風四下溢開，充盈著每一處空間，讓人在酷暑之下煩悶的心思滌然一清。

這曲子好，撫琴之人的琴技更是絕妙，趙德昭雙眼不由一亮，欣然道：「好一曲〈風入松〉！」

二百九三　微服私訪

琴聲絲絲縷縷，時而舒緩如流泉，時而激越如飛瀑，時而清脆如珠落玉盤，時而低迴如呢喃細語。琴聲中彷彿有一個風的精靈飄飄而來，逸出一片蕭蕭松濤，在這炎炎夏日中讓人心境頓時為之一暢。

趙德昭顯然也是個好曲樂的，聽得眉飛色舞，指尖已不知不覺隨著那琴音在案頭輕輕彈動起來，楊浩見這位魏王如此痴迷於琴樂，便向他輕聲一笑，長揖道：「屬下告退。」說完也不待他回答，便輕輕退向屋外。

「風入松而有聲，月穿水以無痕……」趙德昭輕輕吟哦著，目光落到置於室角的一具古琴上。

楊浩緩步走出魏王居處，就聽一陣悠揚的琴聲忽地自身後居室中傳出，洋洋灑灑，委婉連綿，恰似一股山泉從幽谷中蜿蜒而來，緩緩流淌，既而又錚錚如關山聳然，明月當空，清泠一片。

你奏〈風入松〉，我奏〈月關山〉。趙德昭是好琴的人，聽那人琴技高明，不覺起了爭勝之心，是以撫琴相和，但他琴聲一起，那人的琴音就停了，趙德昭不免有些失望，但又不便就此停下，只得繼續彈下去。

楊浩行於知府衙門後花園中，院中庭軒林塘間或掩映，塘中碧波粼粼，庭前垂柳依依，伴著那時而如明月當空、時而如關山對峙的琴音，彷彿人間仙境。忽地察覺左近似乎有人，他下意識地止步扭身，向右側望去，恰見一抹纖纖身影閃向茉莉花叢。

那人懷抱長琴，身形纖細，穿一條合體的淡綠色宮裙，纖腰細細，步姿裊娜，一眼望去，就像看到了一卷散發著墨香的書卷，衣袂輕揚，便閃入花叢不見，想來這少女就是先前撫琴之人，不欲與他這陌生男子相對，故而入林躲避。

「這人該是鄧知府家中女眷吧？」楊浩暗忖著走了出去，跨出月亮門後，就聽魏王琴音之外，那縷琴聲悠然又起，二個琴音時而相和、時而相爭，縱是他這不懂琴的人，也聽得出二人較量之意。

楊浩回到自己住處，喚來壁宿與他商議一番，壁宿便急急離開了知府衙門，不久便提了個包袱回來，包袱裡盛了兩套行商慣穿的袍服，二人換了衣衫，從衙門角門離開，到了泗州城街上。

泗州城處處溝渠，小舟穿梭往來，許多建築都臨水而建。二人遊逛到一處河岸，恰見河邊一角紅樓，酒幡高掛，樓前空地不大，有一道石階延伸到河中，河岸邊泊著一艘小船，一個漢子正向酒樓裡扛運著糧包，楊浩便向壁宿打個手勢，走進了那處店去。

這個時辰酒客不多，店中十分清閒，幾個小二有的閒坐，有的打著瞌睡，掌櫃的手裡拿著一個拂塵，有一下沒一下地拂著櫃檯，櫃檯上放著十幾碟切好的滷菜，上邊罩了個綠色的紗籠。

一見有客進門，那掌櫃的精神起來，忙吆喝兩個小二上前侍候，二人要店家宰了一隻雞，切了兩碟隔夜的燒滷，又要了碟小菜，兩角酒，便在臨窗一張桌上慢條斯理地食用起來。

不一時，便有一個閒漢看到了他們，上下打量一番，便折進了酒店，到了二人面前再仔細打量一番，叉手喝個肥喏，斯文笑道：「兩位客官是外地來的？」

這人穿一件交領長袍，衣襬塞在腰帶裡，身形不高，典型的南人面相，臉上透著幾分油滑氣色，這人乃是一個遊走於酒樓茶肆間的幫閒。幫閒專門為人地兩生的客人服務，以做掮客為生，其實就是經紀、跑合、中間人。

他們一般不自設鋪號，唯恃口舌腰腳，溝通於買者和賣者之間，幫著聯繫生意，從中抽取傭金。當然，他們的服務項目不止於此，如果你是來尋花問柳的，他們一樣照顧的十分周到，哪家樓院的姑娘漂亮、價錢公道，他們一樣瞭如指掌，如果你有這方面的需求，他們也會充任臨時龜公，盡職盡責地帶你去嫖，總要教你歡歡喜喜地掏腰包付帳就是。

壁宿咧嘴一笑，點頭道：「坐。」

那幫閒一見果有生意，精神不由一振，便拾了一條長凳，打橫坐了，滿臉笑容地道：「小的石陵子，見過二位客官，不知道二位客官是要走親訪友、買賣生意還是要風流一醉呢？若是走親訪友，尋人不著，這泗州城一座裡城，四十五座輔城，共十五條街、三十四條巷子、一萬四千餘家住戶，就沒有小人不熟稔的。

「如果是買賣生意，不止是賣還是買，想做哪一個行當，此地的商鋪店棧，小人大多也都能說得上話，至於想要風流一醉嘛，哈哈，楚腰纖細掌中輕，我們南方女子，身段窈窕、纖秀婉媚，較之北方美人另具一番韻味，兩位客官若是有興致，小人是熟門熟戶的，便帶二位尋幽訪勝一番，那小巷幽深，丁香一般的美女……」

「哦？」壁宿精神一振，迫不及待地道：「哦？那你快說，此地哪家樓院的姑娘最具風味？實話對你說，你們這兒的姑娘都太纖瘦了些，一個個都像女書生似的，可不對咱家的胃口，壁某喜歡豐腴一些、風騷一些、風月功夫高妙一……」

「咳！」楊浩咳了一聲，壁宿一看他臉色，趕緊把臉一板，一臉正氣地道：「我們兩人，既不是走親訪友，也不是尋花問柳，是來做生意的，你別扯那些沒用的。」

「是是是。」石陵子一聽更是喜悅，諸般生意之中，自然是做生意抽傭最厚，要是碰上個對做生意一竅不通的棒槌，他們和本地商人合夥多多敲搾一些，那收入更是豐厚。石陵子立即迫不及待地問道：「那麼，不知二位是要做些什麼生意呢？」

壁宿笑道：「我們兩兄弟，什麼生意賺錢就做什麼，如今什麼獲利最厚？自然是糧食。」

石陵子聽說他們做生意沒有固定的門類，什麼生意賺錢就做什麼，便猜到兩人經商怕是還沒有多久，而且本錢也不會太過豐厚，這樣的客人大可狠狠敲他一筆，從此一拍兩散，用不著誠信交結，以為長遠，於是便笑吟吟道：「二位是要買糧還是賣糧？」

楊浩插口道：「自然是要買糧，最近糧價飛漲，尤其是我們北邊，那是有價無市啊，我們兄弟琢磨著這是一條生財之路，所以便往這邊趕來。江淮之地，素來魚米豐盛，我們兩兄弟想買些糧米販往北方，賺幾文辛苦錢。」

石陵子聽說是買糧而不是賣糧，熱忱就淡了些，懶洋洋道：「不知二位客官要買多少糧啊？咱們這兒如今也缺糧啊，糧紳們全都屯糧不售，恐怕很難找到賣家。」

楊浩微笑道：「此地糧價再高，還高得過開封城去？我們知道如今官府雖然禁止提價，黑市裡糧價卻始終是居高不下，呵呵，只要有利可圖，我們還是會買的。」

壁宿也不耐煩地道：「你跟我們叫苦有什麼用？若是這糧食好買，我們直接去米糧鋪子購買就是，還何必找你這中人？」

「那……二位要買多少糧？」

楊浩伸出一個巴掌，石陵子嘴角微微一撇：「五百石？」

楊浩微笑搖頭，石陵子雙眼一亮：「五千石？」

楊浩含笑道：「五萬石。」

石陵子吃了一驚，失聲道：「五萬石？你……你們吃得下這麼大的數目？實話對你們講，官府可是對販運外地的糧食課以重稅的，糧價本已奇高，再課以重稅，你們縱運到京城，怕也賺不了幾文了。」

壁宿一揚下巴道：「沒你說的那麼嚴重吧？這店裡不還是照樣有糧可買？」

石陵子嘿嘿笑道：「那不同，這裡的酒樓客棧，俱是糧紳的熟客，所以才買得到糧食，就是這樣，買來的糧食也有限，而且價格同樣奇高，一會兒你們一結帳，就得知如今的酒食至少也翻了三番了。」

楊浩輕哼一聲道：「少說這些沒有用的，實話對你講，這麼大一筆數目，我們不但吃得下，而且自有門路運抵京師，我只問你有沒有門路搞得到糧？」

石陵子瞇起眼睛，看看他的談吐氣度，狡黠地試探道：「客官……在京師有門路？」

楊浩不置可否地舉杯喝了口酒，石陵子便摸著下巴琢磨起來：「如今糧價高漲，一時間魚龍混雜，各路好漢紛紛出馬，都想從中分一杯羹。看這兩個人談吐語言，可能是京中某個閒散官見有利可圖，打發了親信家人南來購糧，所以才不著門路、談吐也有些外行，不過……也有可能是那知府衙門的巡檢官差喬裝打扮，看看有無非法交易，五萬石，不是個小數目，我得盤清了他們的根柢，再去聯絡賣家。」

想到這裡，石陵子便道：「不瞞二位，本地的糧紳，小的自然是熟悉的。不過五萬石糧可不是個小數目，不知道二位客官住在何處？小人得多方籌措，如果有些眉目，才好與你們聯繫。」

微服私訪這活兒楊浩還是頭一回幹，哪想得到這幫閒也有幫閒的狡獪和機警，吃他一問，登時有些語塞，好在壁宿自打一進城就東瞄西瞄地尋找風流之地，客棧酒樓的招牌也著實看了不少，忙接口道：「我們兄弟住在得月客棧，你若有了消息，可去那裡尋我們。我叫壁宿，他叫壁浩，乃是一對堂兄弟，最好打聽不過。」

石陵子聽了忙記在心中，楊浩並不放他離開，繼續旁敲側擊問些消息，石陵子暫時還不知他們根柢，要緊的事自然是不會說的，不過他也需要賣弄一下，給這兩個北方客人一點信心，所以多多少少也弄露了一些其中內幕，楊浩一一記在心頭，對糧紳們的營運模式多少也有了些了解。初次見面，他也曉得這石陵子不可能把更緊要的事情說與他聽，如果急切問起，反而引起他的疑心，所以與生意無關的消息，盡量做出毫不在意的模樣不去打聽。

等到了解了一些必要的消息，石陵子便起身離開，壁宿把他送到門口，又囑咐幾句，要他盡快聯繫好糧食，抽傭方面斷不會虧待了他，隨即又興致勃勃地道：「泗州街頭所見的女子們都像筆桿般纖瘦，壓在身上只怕都要硌得慌，我兩兄弟喜歡豐腴一些、風騷一些、風月功夫高妙一些的女人，可不知本地哪家妓坊符合這樣的條件？」

石陵子笑道：「壁爺這不是騎驢找驢嗎？您入住的那家得月客棧旁邊不是有座『鳳鳴院』嗎？那裡就有許多北方姑娘，身材高眺，豐腴健美，只不過……客官從北方來，到了此地卻不品嘗一下本地美女的風味，未免……」

壁宿哈哈笑道：「啊！原來就是那家鳳鳴院，我曉得了，哈哈，不是我說，你們這兒的姑娘都像瘦馬一般，那嬌弱模樣哪經得起折騰？管他什麼南北，要騎得盡興才好，盡興才好。」

壁宿打發了他離開，便眉開眼笑地趕回酒樓去了，他一回來，楊浩便急問道：「你說的那座什麼『得月客棧』，果有此處嗎？」

壁宿道：「自然是有的，那座客棧旁邊就是一座好大的妓坊『鳳鳴院』，我進城時可是看得清清楚楚。」

楊浩瞪了他一眼，斥道：「你這小子一雙賊眼，不是人家的荷包，就是姑娘的衣帶。」

壁宿聳聳肩道：「大人這是飽漢子不知餓漢飢了，人不風流枉少年嘛。」

楊浩哼了一聲道：「結帳，馬上趕過去。」

壁宿笑道：「怎麼，大人也迫不及待了？也是啊，天氣熱，火氣大，娃娃姑娘又不在身邊。」

楊浩沒好氣地道：「放屁！你選的好地方，不趕緊過去準備一下，那個幫閒若是有心過去打聽一下，馬上就要穿幫了。」

石陵子出了酒樓，又找到幾個幫閒聊了幾句，大家各自分頭散去，石陵子便搖搖擺擺走進一條巷弄，行不多遠，肩上一沉，忽地被一隻大手按住，扭頭一看，只見一個膚色黧黑、頰上有道蜈蚣般傷疤的魁梧大漢用地道的當地口音向他獰笑道：「小子，剛剛那兩個漢子跟你說了些什麼？」

石陵子臉色一變，驚慌道：「你是什麼人？」

那大漢一把攬住了他的肩膀，把他拖向旁邊一間茶樓，陰笑道：「知府大人嚴禁黑市交易，擾亂坊市，偏偏有人為謀私利甘犯王法，嘿嘿，你說這樣的人該不該受到嚴懲呢？不用怕，只要你乖乖道來，爺懶得對你這小蝦米動手腳的……」

過了許久，那大漢施施然地出了茶樓，左右張望一眼，便快步離開了。石陵子在茶樓裡呆坐半晌，才像受驚的兔子似地逃了出去。

那大漢健步如飛一路出城，看看無人追蹤，便上了城外河邊停泊著的一艘小船，撕下臉上的蜈蚣般刀疤，掀開艙簾鑽了進去：「夫人、大夫人，老黑打聽消息回來了。」

艙中一雙正在下棋的玉人娉娉婷婷地站起來，正是唐焰焰和吳娃兒，一對顛倒眾生的禍水齊聲問道：「他在哪裡，現在做些什麼？」

老黑拱手道：「大人已入住知府衙門，如今嘛……他和壁宿去了鳳鳴樓。」

唐焰焰問道：「鳳鳴樓？泗州知府為他們接風洗塵嗎？」

老黑俯首乾笑道：「大夫人，鳳鳴樓……是一座青樓。」

他說完了一抬頭，就見唐焰焰一張臉突然變得比他還要黑，不禁打了個哆嗦。

二百九四　各行其道

吳娃兒一見唐焰焰沉下臉來，急忙向老黑說道：「莫要急，你坐下來，從頭到尾，把經過仔細說與我們知道。」

老黑在她們面前倒不敢坐，只把自己冒充官差，軟硬兼施逼問石陵子的經過原原本本地說了一遍。

那日在船上，吳娃兒悲悲切切，自訴傷心身世，又對那位剽悍無德的未過門大婦表現得十分畏懼，唐焰焰感念她的經歷與自己往昔十分相似，所以對她極為同情，頓生同仇敵愾之心。

不料說到後來真相揭開，這個荳蔻年華的少女竟然就是楊浩新納的妾室，而折子渝也不知怎地到了京中，還把自己編派得一無是處，新仇舊恨湧上心頭，她對吳娃兒的醋意大減，她心中更擔憂的倒是楊浩與折子渝的重逢，因為她知道楊浩對折子渝實未忘情。

吳娃兒一張妙口生蓮，這才說起自己與楊浩從相識到相鬥，從仇家到情人的整個經過，在她言語之中，楊浩如何思念焰焰，如何潔身自好，說的是生動感人，唐焰焰在如雪坊時，本就聽那丫鬟說過，先入為主，哪有不信之理？

隨即吳娃兒又說起楊浩收到她的絕交信，如何地悲傷淒苦，如何地酩酊大醉，終至二人成就姻緣，唐焰焰一直以來是倒追楊浩，這還是頭一回聽到楊浩如此思念牽掛她，感動得她眼淚汪汪，又恨自己兄長卑鄙無恥，偽造書信從中作梗，吳娃兒避重就輕，又把自己與酒醉的楊浩成就好事的事輕輕繞了過去。

最後，吳娃兒才說起折子渝與楊浩重逢的經過來，她要說明折子渝潛藏於媚狐窟的原因，又抱著「妳不仁，我不義，妳若不為難我家官人，我也不去壞妳好事」的心態，無法立即把折子渝一手策劃，使四兩撥千斤之計，鬧得大宋出現缺糧危機的乾坤手段說出來，只好說自己幼時曾受過折家的恩情，而折子渝進京交結權貴，不便公開露面，這才住進了她的媚狐窟。

各地藩鎮，乃至南唐、吳越諸小國，私下交厚於大宋朝臣，本就是一件公開的祕密，唐焰焰自然也是耳聞過的，所以倒未生起疑心。吳娃兒陪著小心，曲意逢迎，把這個愛憎分明、毫無城府的唐大姑娘哄得十分熨貼，也就承認了她的身分。

因見娃娃模樣嬌小，唐焰焰不知她真實年紀，也未想到她比自己還年長兩歲，聽她一口一個姐姐地叫著，性情乖巧可愛，對她倒真起了幾分憐愛呵護之意。唐焰焰知道了經過之後，又聽吳娃兒說楊浩對她痴心不死，就是為了她，才擔起這場天的重任，希冀立此不世之功，依傍魏王，求娶她過門，心中歡喜不勝，就想馬上追及楊浩，讓他曉得自己對他也是情比金堅，卻被吳娃兒攔住。

吳娃兒的理由是：楊浩身邊有晉王趙光義的人，一旦被他們察知她的身分，對楊浩的打算頗為不利，不如等到時機成熟，再與他相見。另外就是她在汴梁耳目靈通，聽說晉王與宰相素來不和，雙方各自派了人隨魏王南下，各懷心機，為了一己之利，難免會置大局於不顧，從中搗鬼，這樣的話，不如楊浩在明，她們在暗，幫官人完成這件大功業，那時再與他相見，則夫人必然更受官人敬重。再則……

吳娃兒理由充分，居然一口氣列了七條之多，唐焰焰從小在男孩堆裡長大，備受父兄長輩的呵護，從來用不著動什麼心機，本來一個極聰慧的女子，變得性情大剌剌，遇事更是沒什麼主意，讓吳娃兒一通勸，登時動了心意，便依她之言，悄悄跟在了楊浩身後。

吳娃兒把唐焰焰請進自己臥房同榻而眠，雙姝整日廝混在一起，吳娃兒多少年練就的本領，多少老謀深算的朝臣、老奸巨猾的商賈，被她幾句逢迎就能哄得飄飄然起來，何況是唐焰焰這樣的傻大姐，及至到了泗州城時，兩人已好得蜜裡調油，也就是吳娃兒，才有這般待人接物的本領。

聽吳娃兒讓老黑從頭說起，唐焰焰便忍住了立即趕去捉那急色混帳的念頭，也在一旁坐了，老黑便把事情從頭到尾說了一遍。其實老黑倒也不是有意激怒唐焰焰，只是他的消息都是從石陵子那兒問出來的，壁宿一直在向石陵子追問此地哪裡有豐腴風騷風情韻味動人的姑娘，表現得迫不及待，又說他與楊浩是堂兄弟，那他要逛窯子的話，自無不帶上楊浩的道理。

石陵子在楊浩面前自誇他門路精熟，整個泗州城就沒有他不認識的人、不認識的地方，其實只是大話，至少泗州府衙的差人他就認不全，他對老黑的話信以為真，只道這官差意欲對那兩個走私商人不利，便把自己所知道的情況都說了出來，為了不給自己惹麻煩，他交待的事無鉅細，最後還自作聰明地加了一句：「那兩位客官就住在得月客棧，不過差爺要是去了捉不到他們，可往旁邊的鳳鳴樓去瞧瞧，他們方才還向小人打聽，要去鳳鳴樓找樂子。」

老黑回來，自然一五一十地向兩位姑娘做了稟報。

吳娃兒既知楊浩此行下江淮的使命，對各地奸商的手段同樣有所了解，聽了老黑的話，她沉吟片刻，胸有成竹地笑道：「姐姐勿惱，官人絕不是到鳳鳴樓尋歡作樂的。」

唐焰焰只是自小所在的環境，接觸的人群，才養成了她直爽的性子，也懶得動心機，心智其實是非常聰明的，方才本能地一怒，這時坐了一陣，她已經反應過來，便頷首道：「不錯，泗州雖是繁榮大阜，卻不及開封十一，他能周遊於開封四大行首之間不及於亂……」

說到這兒嗔了吳娃兒一眼，笑罵道：「妳這隻小狐狸除外，泗州美女風情，又怎及得汴梁人物？他要嘛是想遮掩身分，要嘛是想像折子渝一般，遁跡青樓，打探消息，妳不是說，青樓妓坊之中，消息最是靈通？」

說到這兒她臉色一變，失聲道：「哎呀不好，如果是這樣，那老黑冒充官差盤問那幫閒，豈不是打草驚蛇，壞了他的好事？」

吳娃兒嫣然道：「官人應該打的就是這個主意。只是……官人原本只是霸州鄉間百姓，隨即便從徵入伍，開府建衙，於市井間人物，終究還是不甚了解。那些地頭蛇耳目之靈通，簡直無孔不入，官人臨時起意，微服私訪於民間，其實行藏可謂是漏洞百出，就算沒有老黑打擾，那幫閒也一定要弄清他的身分才肯交易的，以他們這些城狐社鼠的本事，隨隨便便就能查出大人入住得月客棧的時間，到那時必然露出破綻。」

唐焰焰拍拍胸脯，餘悸未消地道：「不是我壞他好事就成，要不然他又要說我只會幫他倒忙。」

吳娃兒莞爾道：「官人時常還要趕回府衙的，如此往來要瞞過本地耳目實屬不易，不過……有官人吸引那些本地糧紳也是好事。那些人曉得他是喬裝改扮打探他們消息，就絕不會想到在官人之外還有一路人馬也是喬裝打扮來尋他們的把柄。姐姐可以趁此機會，讓官人曉得姐姐也是可以幫他大忙的。」

唐焰焰雙眼一亮，趕緊問道：「妳是說……咱們也扮成外地糧商，誘蛇出洞？」

吳娃兒微笑頷首道：「正是！」

唐焰焰一聽摩拳擦掌道：「要說做生意，我還真不是一無所知，冒充個糧商，那是易如反掌。只不過……」

她遲疑了一下道：「妳我俱是年輕的女子，喬裝改扮的功夫又不到家，若是女扮男裝出面，馬上就要惹人疑心。若是乾脆以女兒身分拋頭露面，恐怕更加教人覺得奇怪，這一計……只怕不成。」

吳娃兒蹙眉沉思片刻，說道：「此事倒也不難，咱們只消找個人來充作糧商，咱們姐妹扮作他的妻妾，從旁指點就是了。」

唐焰焰反問道：「這假冒之人使不得外人，咱們身邊，可有這樣伶俐的人物？」

二人對視一眼，不約而同地看向老黑，老黑站在旁邊聽得清清楚楚，一時激動起來，腎上腺素陡增兩百餘倍，兩條腿「突突突」地直轉筋，臉龐都漲紅了起來。

眼前這兩個女子，在他心目中，那都是如天上的仙子般不容褻瀆，平時他都不敢正眼瞧上一瞧的，雖說要扮這糧商，與她們只是假鳳虛凰一番，可要是聽她們嬌滴滴喚一聲官人，那真是……讓他馬上投進洪澤湖去餵王八他都肯吶。

老黑立即把胸脯挺得高高的，滿懷期望地看著兩位主婦，等著她們點將。

唐焰焰和吳娃兒上一眼、下一眼，仔細看了半天，不禁雙雙搖了搖頭。老黑長得黑點也就算了，身材魁梧粗壯，微微有點駝背，滿臉的橫肉，一身的兇悍之氣，扮公差有那麼點味道，扮山大王，倒有十分的威風，他充當打手慣了，哪裡像個和氣生財的油滑商人？

就在這時，張牛懶洋洋地走了進來，有氣無力地道：「兩位夫人，咱們要是想在泗州住上幾日，還得進城去住才好，要是一直這麼住在船上，停泊久了，要引起有心人注意的。」

唐焰焰和吳娃兒一見他進來，登時雙眼一亮，吳娃兒便輕輕俏俏地起身，走過去背著小手，繞著張牛慢悠悠地打量起來，看得張牛莫名其妙。

張牛兒本是媚狐窟的一個外管事，媚狐窟是吳娃兒當家，宅院都是媚狐窟自己的產業，只有這保鏢護院的夥計自成一路人馬，這些人的頭目稱為外管事，就像如雪坊的趙吉祥一樣，負責保鏢護院，和官府、地頭蛇、同行們打交道。

張牛就是這外管事之中的一位，負責迎來送往、答對客人，這人生得五短身材，其貌不揚，一張有些市儈的臉龐長著兩撇鼠鬚，屬於扔進人堆裡就找不著的那種，不過他在媚狐窟做了這些年的管事，倒是練就了一身見人說人話、見鬼說鬼話的本事，為人精細，能說會道，又兼南來北往的客人見的多了，各有風土人情瞭然於心。

吳娃兒越看越是滿意，盈盈地繞著他轉了兩圈，向唐焰焰回眸一笑：「姐姐，妳看此人如何？」

唐焰焰笑道：「像，像極了，給他換套衣裳，便一點破綻也看不出來了。」

張牛愣然道：「夫人，大夫人，妳們在說什麼？」

吳娃兒咭的一聲笑，調皮地道：「我們在說，您該更衣了，官人。」

老黑垮下肩膀道：「那我呢？」

唐焰焰向他扮個鬼臉，笑道：「你嘛，做管家護院正好，嗯……連衣裳都正合適，換都不用換！」

* * *

楊浩和壁宿匆匆趕去得月客棧租了兩間房，又使壁宿趕回府衙，暗中向魏王趙德昭通報了一聲，二人便暫時在客棧住了下來。第二天，那個幫閒石陵子出現了，帶著他們出入於一些糧油鋪子、拜訪一些糧紳，還引見宴請了一位倉場庫務吏吃花酒，著實做足了功夫。

可是這些人只說糧儲不足，自己也是毫無辦法，至於一些大糧商手中是否有糧，是否肯私下販糧，他們也是不甚瞭然，任憑楊浩價錢開得再高，也是一副愛莫能助的模樣。楊浩漸漸察覺不對，那石陵子帶著他們拜訪的，都是一些無足輕重的人物，整個泗州，似乎形成了一道針插不入、水潑不進的關係網，他一個外人，若不能取信於人，根本難窺門徑，如此下去，徒耗時光而已。

「這樣下去不成，恐怕……我們已經被那石陵子識破了身分，他在帶我們兜圈子，我們在泗州待不了幾日的，若是再查不出什麼眉目，就只得繼續南下了。」楊浩憂心忡忡地道：「各地官府，但存私心的，恐怕都已派了人來觀察行色，如果我們在泗州無所進展，他們的膽氣足了，必然紛紛效仿，到那時，肥的是地方這些蠹蟲碩鼠，朝廷就算把糧購齊了，也要耗盡國庫，元氣大傷。」

壁宿無奈道：「那怎麼辦？這幾天陪著那些一身銅臭的糧紳瞎磨牙，我可是忍著一直沒下手掏他們的荷包，要是一無所獲，那我不是虧大了？」

楊浩咬著牙冷笑：「他有他的翻牆計，我有我的過牆梯。一計不成，我還有一計，看看誰能笑到最後！」

二百九五　夫妻同心

泗州城裡來了一位大豪商賴富貴，南京應天府人氏。

說他是豪商，倒不是他來了多少人，帶了多少車馬僕從，而是人家那氣派，處處就透著富貴之氣。車只三輛，但是南海金絲楠木精心打造的華貴名車，一輛價值萬金，據說在南方這樣的車子一共也只四輛，其中倒有三輛在嗜好收集名車的前宰相魏仁浦府中，被他視為心愛之物，從不示人。

還有那商人的兩個美妾，據說看到兩個美人的人追著他們的車子足足走出七、八條街，一路只顧望著車中美人，一不小心掉進河裡的都有。大多數人沒見著那兩個美妾，但是很多人見到這兩位美妾身邊的那個小丫鬟采兒了。

這個青衣布帕、不著珠玉胭脂的小丫鬟，眉目如畫，顰笑嫣然，真的是又美又俏，其姿容較之泗州第一美人「環采閣」的頭牌紅姑娘祝玉兒也不差分毫。其言談舉止，落落大方，較之許多大戶千金毫不遜色。沒有一個長相平庸的女人會在身邊留下一個殺傷力這麼大的一個丫鬟，望其婢而知主人，那兩位美妾美到什麼程度可想而知。

這一來可就引起了許多人的關注，可是他們一進城，就把「泉香苑」這家庭園別墅似的客棧整個包了下來，以致很多人慕名而來，卻是無緣與美人一晤。

第二天，這位應天府來的大豪商開始走訪本地有名的大糧紳，一俟見著這位大豪商的尊榮，知道他那對美妾千嬌百媚、國色天香的男人就不由得替兩個美人難過。這位應天府豪商生得五短身材，其貌不揚，一張油滑奸詐的面孔，兩撇細長的鼠鬚，肩膀頭上就是腦袋，看不到脖子，肚腩挺起老高，福福泰泰，真他娘的好白菜都讓豬拱了。

可是人家有錢啊，別的富人家拜帖都是燙金的、泥金的，這位爺夠騷包的，整個拜貼都是金箔打造，出手如此豪綽，自然一鳴驚人。頭一天，這位賴大老爺宴請了泗州知府鄧祖揚夫人的娘舅劉向之。今天又宴請了另一位泗州大糧紳周望叔。

劉向之和周望叔，是泗州舉足輕重的兩大糧紳，劉向之是知府鄧祖揚夫人的娘舅，隨鄧祖揚上任才來到此地，而周望叔家族的郡望就在泗州，十幾代傳承下來，根基深厚，家底殷實。這一新一舊兩大糧紳，一個有官府背景，一個根基深厚，都與江淮道的轉運司、發運司、糴便司關係密切，但是這兩人之間卻是勢同水火的。

這位應天府的賴老爺居然毫不避諱地與彼此有隙怨的兩大糧紳先後接觸，而兩大糧紳居然也不以為忤，欣然赴宴，更教人對他的身分產生了猜疑。很快，有關賴老爺的身分背景就傳揚開來。原來，賴氏家族是北方珠寶行業的翹楚，根基就在南京應天府，世家豪門，富比王侯，有些排場自然不足為奇。

聽說，賴家現在與來自西北的大富紳唐家掛上了鉤，有意拓展生意，多找幾條生財之道，像這樣的大豪紳，一旦與他攀上了關係，無疑是一步登天，不只可以走出泗州，而且北方豪紳多有官場背景，一旦朝中有人，想要拓展家族事業那就容易得很了，難怪劉、周兩家對他都是這般重視。

酒席宴散，雙方興盡而散，席上酒興大發、喝得酩酊大醉的周望叔周大老爺讓兩個美妾扶著上了自己那輛以明珠為簾的馬車，一偎進座位，眼中的醉意立即消失不見，閉目沉思半晌，他向左邊那個身材惹火的美妾問道：「娥容，妳看……這位賴員外可信嗎？」

那個名喚娥容的美妾識文斷字，精於算術，人既美豔，又聰慧機靈，周望叔許多帳務都倚賴這位賢內助打理，不止是他的妾室，而且也算是他事業上的一大臂助。聽他問話，那美人嬌哼一聲，酸溜溜地道：「老爺都要拿娥容去換賴員外身邊那個稚容美妾了，您的事，人家哪裡還管得了？」

周望叔微笑道：「我不過是佯醉試他罷了，豪門世家子，豈重美妾姿色，我以『八美圖』換他一個美妾，他若應允的話，我現在就不會尚存疑慮了。呵呵，老爺豈會真的把妳換出去？所謂借酒裝瘋，這就是了，待我『酒醒』，自然反悔，到時只說換的是圖，而非真正的美人，他若不肯，賠個不是也就是了，他豈會因之與我失和？」

周望叔有八個美妾，個個姿色上佳，曾邀名士繪就一副「八美圖」，將八個美人各具特色的妍態丰姿俱都繪在畫上，飾以之鑽石寶石，名貴無比。娥容聽了方才轉嗔為喜，卻仍撇嘴道：「老爺盯著人家那個稚幼的美人，恨不得和一口酒，便一口吞下了肚去，他若真的肯換，誰曉得你動不動心？」

嘴裡嗔著，她仍仔細想了想，說道：「應該是真的，如果是有人行騙，擺不出這樣的排揚，而且，如果他們是假的，必然心虛，一個心虛的人，豈敢如此大張旗鼓？又冒充應天府有名的豪紳，卻不怕露了馬腳？」

周望叔「唔」了一聲，沉吟不語。另一側名叫闌珊的美人說道：「奴家也曾仔細觀察過他們主妾的言態舉止，確是大家風範，應該是作假不來的。」

她也是八美圖上一個美人，向來得到周望叔的寵愛，沉思又道：「南人北人，風氣不同，南人易妾賣妾、以妾饗客，習以為常，北人風氣卻不盡相同。這世上有個身為宰相，卻慷慨以妾侍客的韓熙載，還有一個富甲天下，卻寧可破家喪命，也不肯以美妾換取自家安危的石崇，老爺如此相試，原作不得準，依我看呀，娥容姐姐說的對，老爺是真的對人家的女人動了心了。」

周望叔哈哈大笑，在她香腮上捏了一把，說道：「八美圖變成九美圖，又有何不好？妳也多一個姐妹作伴不是？」

說笑罷了，他笑容一斂道：「我看他們也無破綻，不過魏王正駐蹕於泗州，風聲很緊吶，如無十全把握，這口風我是露不得的。」

他輕拍美人滑膩柔軟的大腿，緩緩說道：「老夫派往應天府查探虛實的快馬，這一兩天就該回來了，且拖著他，等有了準信再說。」

「嗯！」娥容掩口輕笑，媚然道：「老爺，您別忘了得月客棧還有一個買家呢，五萬石糧可也不是個小數目，您就不動心嗎？」

「呵呵呵……」周望叔輕笑起來：「楊浩，楊浩，好一個南衙院使，拆雞棚、搗豬圈的活兒他還成，想盤老夫的根柢，就憑他一個愣頭青？哼，吩咐下去，讓石陵子繼續帶著這位楊大人兜圈子去吧，待他們離開泗州的時候，老夫會張燈結綵，搭出十里綵棚去為魏王千歲和他楊大人送行的，呵呵呵……」

* * *

「老爺，您喝多了，走得慢些。」

「老爺，腿抬高著點，可別絆著。」

娃娃、焰焰爭相獻媚，嬌滴滴的嗓音聽得人直酥到骨子裡頭，張牛本來只有三分醉意，倒有七分作假，現在讓她們兩個攙著，你一聲我一聲嬌聲滴滴地一喚，走起路來都有點同手同腳了。

可是一進了車子，這兩位就把他張大老爺給踢到一邊去了，兩個美人往榻上一坐，張牛趕緊拾起兩把扇子，哈著腰給兩位捏著鼻子的美人搧起風來。

「你不錯嘛。」吳娃娃笑吟吟地瞟了張牛一眼：「以前本姑娘還真沒看出來，你居然有這樣的本事，周望叔也算是十餘代傳承的商賈豪門，在他面前，你居然氣焰比他還要囂張，舉止比他還要雍容，教他生不起絲毫疑慮。」

張牛本來就胖，又喝了酒，在這麼小的空間裡，還得巴結著給兩位姑奶奶搧風，腦門上汗珠子劈里啪啦地往下掉，聽吳娃兒誇獎，他自得地一笑道：「周望叔雖說是十餘代豪門，說穿了不過是泗州地方上的一霸，見過什麼大世面？小的在姑娘面前，名震京師的公卿王侯、聲傾天下的鴻儒名士也不知見過了多少，他們席間飲樂的談笑作派，小的都看得熟了，隨便模仿模仿，再揀幾個他們談笑過的話題，還怕鎮不住一個泗州土豪？」

吳娃兒抿嘴一笑道：「說你胖你還喘上了，如今為山九仞，還是大意不得。這麼大一筆生意，到嘴的肥肉他是按捺不住的，我看他已然意動，如今只是吃不準咱們可不可靠罷了。姐姐，妳編排的這個身分沒有問題……」

她扭頭一看，只見唐焰焰板著一張俏臉正在生悶氣，不禁怔道：「姐姐怎麼了？」

唐焰焰重重一哼，沒好氣地道：「若不是咱們現在還要用到那個姓周的，我一定要他當面好看，他把咱們女人看成什麼了，居然要跟咱們這位賴大老爺換妾，真是氣死我了。」

張牛連忙把腰哈得更低，陪笑道：「小的這不是沒敢答應嘛。」

吳娃兒聽見唐焰焰竟是為她抱不平，不禁感動地握住唐焰焰的手，幽幽說道：「唉，天下間的男子，大多是如此了，情濃時候，當妳如珠似寶，山盟海誓滔滔不絕，一旦厭了，就像騾馬牲口一般隨意處置，哪個真把我們當人看了？也只有我們官人，王爺的權威也罷、自家的前程也罷，看的都不似自己的女人為重。也只有姐姐妳這樣的當家主婦，才會為小妹如此不平，小妹有福氣啊。」

「我倒不是為了這個……」唐焰焰憤憤然道：「那個周望叔不把我們女人當人看，竟然大醉之後提出換妾，這個本已教人生氣，更加教人氣憤的是，他用八個美妾換妳一個，怎麼卻不來換我？本姑娘難道就生得差了，入不了他的眼去？真是個該死的東西，長了一雙什麼狗眼！」

「呃……」

吳娃兒登時無語：「我家這位大婦，怎麼腦子裡似乎缺根弦啊？」

＊　＊　＊

石陵子一進房門，就搓著手，齜著牙，點頭哈腰地笑道：「哎喲，兩位壁爺，都在房中歇著呢，呵呵呵，小的剛又聯絡了一位糧商，這位住的遠了點，在城東馬家集，您二位看，是不是雇兩頂抬轎呀，要不然可辛苦多了。」

楊浩似笑非笑地道：「馬家集就不用去了吧，呵呵，今兒去了馬家集，明兒再去牛家坡，見的都是無關緊要的貨色，答的一概是無糧可售，你每日收了我們的錢，帶著我們像沒頭蒼蠅似地東奔西走，這麼走下去，恐怕猴年馬月，也收不上來一粒糧吧？」

「啊？壁爺這是……這是什麼意思，這個……這個這個……小的是個粗人，實在聽不明白。」

「粗人？」楊浩慢悠悠地踱到他的面前，摺扇一收，在他腦門上「啪」地一瞧，笑容一斂，森森然道：「粗人？你這麼瘦，風一吹就折的身子骨，也敢自稱粗人？你拿本大人當猴兒耍，是嗎？」

石陵子臉色微變，狡詐的眸光一閃，裝傻充愣地道：「壁爺到底在說什麼？小人……小人真的聽不懂。」

「聽不懂？那本官就說與你聽！」楊浩一回身，將袍裾一甩，往椅上安然一坐，沉聲道：「壁宿。」

「屬下在！」

壁宿踏前一步，振聲說道：「上坐的這位，就是右武大夫、和州防禦使、南衙院使楊浩楊大人，還不跪下？」

「啊？什麼？你……你們不要誆我，我石陵子……」

石陵子臉色大變，卻不肯就範，支支吾吾只是裝傻，壁宿飛起一腳踹在他的腿彎上，石陵子噗通一聲就跪了下去，一時雙腿欲折，痛得齜牙咧嘴，卻不敢起來了。

楊浩冷冷一笑：「你不用怕，無論在誰面前，像你這樣的角色，都只過是個聽命跑腿的傢伙，本官不會自降身分，跟你這樣的小蝦小蟹較勁鬥氣的，你給我聽清楚了！」

楊浩微微向前俯身，沉聲說道：「回去告訴你的主子，這件事本官既然要查，就一定會一查到底。開封府多少權貴勳卿家的不法建築，本官只消畫上一個圈，就拆也就拆了，他精心編織的這張網，本官也一定能扯得破，不是強龍不過江，叫他好生候著，本官自有辦法把他這條老泥鰍，從洞裡頭挖出來！」

二百九六　許人陳報

楊浩將石陵子教訓了一頓，便帶著壁宿揚長而去。石陵子跪在原地，大汗淋漓地發了半天怔，忽然如夢初醒一般，跳將起來便急急衝了出去。

壁宿早換了一身衣衫，稍作改扮，在客棧對面坊市中候著，立即悄悄尾隨其後，石陵子匆匆行至五遊橋，忽地在橋上站住，他望著河水怔怔思忖一會兒，忽然折身閃入橋側坊市，慢悠悠地踱去，壁宿更加小心，只在遠遠人群中慢慢地跟著。

楊浩回到知府衙門，就在門房下面遮陰處候著，過了一陣，壁宿急急趕了回來，楊浩問道：「那石陵子去見過了什麼人？」

壁宿搖頭道：「我悄悄地跟著他，到了五遊橋口，他站了一會兒，便折向『五遊閣』酒樓，似乎仍在招攬生意，他和那兒的幾個幫閒漢子閒扯了幾句，便各自散去，而他自己，則碰到一個到泗州買妾的鄉下豪紳，便收了傭金，領那人尋牙婆去了。」

楊浩點點頭，又搖搖頭，輕嘆一聲道：「這些市井漢子油滑狡詐得很，我還是看輕了他們，本以為亮出身分故意恐嚇一番，他驚慌之下，會馬上去見那幕後主使，想不到他一個幫閒無賴也有這樣的心機。」

楊浩在院中徐徐踱了一陣，止步說道：「那些幫閒與他皆有溝通，消息隨時會透過別人送回去，想盯他的梢，從他身上打主意是不可能了。看來還是魏王說的對啊，以正治國、以奇用兵，我們代表著官府，有著不可拂逆的威權，只要抓到他們一星半點的把柄，就可以藉題發揮，這樣的長處我棄之不用，偏去與那些地頭蛇們較量陰謀詭計，這是落了下乘了。你且回去歇息一下，我去見魏王。」

楊浩匆匆趕到後庭，尚未進入月亮門，就聽一陣幽幽的琴音傳來，其中一曲傳自趙德昭房中，另外一曲卻是來自花樹綠叢之中，琴音裊裊，互相應和，聽來心曠神怡。

魏王侍從侍候在廊下，一見他來，認得是近來與魏王走動極親近的朝官，不敢阻攔他去路，只是向他打個手勢，示意他不要打擾了王爺撫琴，楊浩會意頷首，逕直進入廳中，那近侍卻折身繞向屋後去了。

楊浩放輕了腳步進入房中，就見趙德昭寬袍大袖地盤坐於光滑清涼的竹席上，在他膝前橫置一案，橫上放著一具古琴，對面是八屏的沃雪梅花屏風，屏風下的小几上點著一爐檀香，香氣撲鼻而來，趙德昭則微闔雙目，正在自得其樂地撫著琴弦。

楊浩駐足一旁，只聽兩曲琴音忽而如遏行雲，忽而婉若流水，應和纏綿，趙德昭一臉的陶醉，彷彿根本不曾察覺人來。待一曲彈罷，趙德昭方展袖起身，對楊浩呵呵笑道：「她奏一曲〈梅花三弄〉，我便奏一曲〈陽關三疊〉，相襯相映，珠聯璧合，這位姑娘不但琴彈的好，而且人極聰慧，聽其音而思其人，年方妙齡、清麗靈秀，如同畫畫躍然心頭。」

楊浩想起花叢掩映下那翩然閃去的一抹纖影、錦衣羅裙，不禁笑道：「莫非是男是女也能從琴音上聽出來？千歲既不曾見過她，怎知她定是個年輕聰慧的女子？」

趙德昭啞然失笑：「那怎能聽得出來？本王是向府中下人問起，才知那撫琴的是鄧知府的千金鄧秀兒，年方十七，撫得一首好琴。她的模樣本王雖不便問起，可是只聽其琴音，卻是可以想得出來的，若非蘭心惠質、貌若仙子，怎能撫得出這樣曼妙不俗的琴音？」

楊浩見趙德照無限嚮往的神情便忍不住想笑，看背影想犯罪、看正面想自衛的所謂美人實也不少，有一副曼妙嬌麗好身材的女子，可未必就能長出一副精緻嫵媚的五官，楊浩便打趣道：「王爺若想見她，卻也不難，王爺在鄧府中住了也有兩日了，找個什麼藉口不能與這位琴友知音一見？」

趙德昭急忙擺手道：「不成不成，借住於鄧府內宅，已然有些不大妥當，只好再尋藉口窺伺人家女眷？」說到這兒，他輕輕吁了一口氣，有些迷醉、有些嚮往地道：「這兩日每天都要與她鬥上幾曲，雖不曾謀面，在本王心中，卻像是相熟已久的知音了，這種感覺，真的很好，若要讓本王見她，一時反而忐忑。」

「這位魏王從小養在深宮大院裡，雖說有不少名師調教，學識、才幹皆是不俗，只是這EQ……似乎和IQ發展的不太平衡。不過卻也苛求不得，他們這裡以琴音遙相交談，和我們那裡的男女以網絡所幻化的才子佳人互相痴迷大抵相似，王妃是官家指定的，先入洞房，後生情感，看魏王這架勢，恐怕實際上尚是初戀，憧憬激動一些也屬尋常。」

楊浩正胡思亂想，趙德昭已收拾了心情，肅然問道：「楊院使尋訪的如何了？」

楊浩忙道：「那些地頭蛇確不好鬥，下官用盡了心思，可是就連一個市井間的潑皮閒漢，也有十分狡詐的心思，若是慢慢尋訪，下官也未必不能抽絲剝繭，找出操縱泗州糧市的幕後黑手，奈何我們時間有限，不能在泗州長住下去，是以下官才來向千歲請示，咱們得另闢蹊徑才成。」

趙德昭點點頭道：「連著兩日不見你有消息傳來，本王也猜出幾分了，糧商是不可缺少的，調劑餘缺、流通有無，許多朝廷做不足的功夫，都需他們輔助補充。可是，唯利是圖乃商賈本性，是以為富不仁者大有人在。

「他們聚錢運本，乘粒米狼戾之時，賤價以糴。翹首企足，俟青黃不接之時，貴價以糶。糴米時，巧施手段，一再壓價，糶米時，雜糠秕而虧斗斛，猶不知足，還要屯糧居奇，只盼天下水旱災頻、百姓飢無可食方稱其意，最是不仁不義。這個痼疾，古已有之，想要根治，何其難也。

「可是正如你在工部所言，如今火燒眉睫，不求千秋萬世，總得先解了眼前危難再說。你要各地抽調人丁，建築只供三月之用的堰壩水閘如是，清理管理地方糧市，同樣要為達成這一目的而行，你說吧，需要本王做些什麼，本王必全力配合。」

楊浩喜道：「如此，下官就直言了。我們人地兩生，又不能在此久待，那些不義糧紳看準了這一點，所以才有恃無恐。下官想，他們蓄糧屯糧，不是不肯賣糧，只是為了牟取暴利罷了，泗州府在嚴抑糧價，他們必然私下高價出售糧食；泗州府控制了水陸交通要道，對販糧於外地的糧商課以重稅，他們也必有祕密管道可以交易。糧食不是金珠玉寶，隨便找一名心腹藏於胸懷之中就能運得出去，知之者必眾。咱們如今私訪不得其法，唯有利用官府之力，如此這般……」

楊浩將自己打算一一說出，趙德昭沉思片刻，頷首道：「使得，本王若是親自登衙……唔……卻是有失妥當，這樣吧，你是欽差副使，當得起這個差，本王就全權授權予你，鄧知府那裡，本王去說。」

楊浩微微一怔，拱手應道：「下官遵命。」

待楊浩告辭離去，趙德昭微微蹙眉道：「老師何以阻止學生？」

原來方才楊浩向趙德昭授計，趙德昭本已全部答允，聞訊自後堂轉來藏於屏風之後的太傅宗介洲忽地探出一隻手來向他搖了搖，趙德昭這才臨時改口，授意楊浩主持其事。

宗介洲自屏風後面閃了出來，微笑道：「殿下思慮有欠周詳呀，許多事情還是由下屬去辦的好，成則成矣，敗也不傷羽毛，一旦陷入僵局，還可從中斡旋，進退方才自如。泗州知府身為本地的父母官，尚且拿這些糧商無計可施，殿下若依楊浩所請親自坐衙，一旦仍是抓不著糧商把柄，消息傳開，豈不惹天下人恥笑無能？此其一也。

「王爺親自坐衙，公告鄉里許人陳告，這就是對鄧祖揚不甚信任了，泗州知府是個精明幹練的官，而且又是趙相公一手提拔起來的人，如果王爺真的親手抓住了把柄，於趙相公臉面上須不好看，若是抓不著把柄，更是要讓趙相公和鄧知府這朝廷和地方兩位大員都對殿下心生芥蒂了。」

趙德昭微微有些不悅，說道：「老師時常教誨學生，民心似海，應珍惜點滴之水；權重如山，勿濫用半捧之土。要去私為公，出於公心自然寵辱不驚，兩袖清風始能正氣凜然。如今國事危急，何以老師卻要學生先為自己打算？」

宗介洲道：「大道無言，視之不見，聽之不聞，摶之不得，正道從此出，小道從此生，邪道從此滅，相生相剋，無時不在，無處不在。欲行大道，非強者不可為，而殿下如今正拾階而上，尚未成為九五至尊，強者非一日可強，豈可不求穩重？何況，楊浩是欽差副使，以他官職，坐鎮府衙，受人陳報，足以令得百姓信賴，殿下又何必強出頭呢？」

趙德昭聽了默然半晌，唯只長長一嘆。

二百九七　下有對策

楊浩本意是想請趙德昭出面，以當今皇長子、魏王殿下的身分親自坐鎮府衙，許人陳告。以趙德財貴重的身分，民間但有知情者、受糧紳欺迫不堪者，必然踴躍而來，不想趙德昭卻讓他出面主持其事。

楊浩被那石陵子一個小小潑皮閒漢戲弄了一番，本就一肚子火氣，正想尋他們把柄，懲治奸佞，出這一口惡氣，雖說自己出頭總不及魏王出面更能令百姓依賴信服，卻也應允了下來，便立即回去準備。

趙德昭一向敬重太傅，雖依其言自己並不出面，還是喚來鄧祖揚，親自向他說明此事，要他全力配合。鄧祖揚一心為公，胸懷坦蕩，倒沒有為此心生嫌怨，楊浩這法子若是可成，就能打開泗州糧市僵局，於他也有莫大好處，便也欣然應允了。

趙德昭見這位鄧知府秉誠為公，心中也甚歡喜，公事說罷，他本想問起那位令他念念不忘的鄧秀兒姑娘，終是因為從不曾涉及情事，所以還有些面嫩，赧然半晌，欲言又止，鄧祖揚心生好奇，試探著問起，趙德昭卻心慌起來，趕緊顧左右而言他，岔開了話題。

鄧祖揚離開魏王居處，立即召見主簿、通判、巡檢等一干人等，將魏王的命令傳達下去，自己仍去督建河工，令各司衙門全力配合欽差楊院使，又將三班衙役盡數撥去，聽候楊浩差遣使喚。

一時間楊浩坐鎮泗州府衙，榜文一張張地貼出去，五個城門，三條入城水道，乃至大街小巷，泗州四郊鄉里隨處可見。

「今上遣魏王德昭、三司使楚昭輔、開封府院使楊浩南巡於江淮，查訪糴購糧米事宜，察泗州地方有不法糧紳，趁機屯糧提價，脅迫朝廷、兼併地方，行種種不法之事以牟暴利。開封府院使楊浩，奉欽差正使魏王德昭之命，於泗州府衙許人陳告，但有循私枉法、與不法糧紳私通款曲之官吏，主吏處死，本官除名貶配，仍轉御史臺科察。其所貪墨，不論多少，盡數支與告事人充賞。此榜公示之日，主吏自首者免罪，既往不咎，糧紳有不法之舉者亦可赦其舊罪。」

榜文一出，轟動了整個泗州城，小小泗州城中不過一萬四千家人口，除了不懂事的小孩子，幾乎盡皆知曉此事。茶樓酒肆之中，都在談論不已，誰也不知道這位欽差搞出如此大陣仗，會在這泗州城中掀起一番怎樣的風雨來。

但是事實上，什麼風雨都沒有來。

天還是那麼熱，連一絲風都沒有，路邊的柳樹枝條都有氣無力地垂著，行在樹下的人也是懶洋洋的，提不起精神。

泗州府衙門口一字排開接受陳告的官差們早上還齊刷刷地站在那兒，挺胸腆肚，威風八面，現在全都跑到大門洞裡，坐在齊膝高的門檻上，讓過堂風吹著乘涼去了。一條大黃狗趴在石獅子的陰影地裡，耷拉著舌頭呼呼地喘氣。

大堂上，楊浩也坐得乏了，午後天氣更加悶熱，知了不眠不休的叫聲叫得人昏昏欲睡，從大堂裡向大門口望去，半晌才見三兩行人慢慢走過，那百姓向府衙中看來，遠遠的看不清五官模樣，楊浩卻分明感覺到了一種嘲笑的意味。

「羅班頭，把劉牢之給我喚來。」楊浩坐得不耐，向堂下吩咐道。

那個班頭拄著水火棍正在打瞌睡，楊浩一叫，他立馬醒了過來，趕緊一擦嘴角口水，答應一聲便跑了出去。過了一會兒，守在大門口的劉牢之趕了進來，抱拳道：「大人有何吩咐？」

這劉牢之是劉向之的兄弟，四十六、七歲年紀，也是鄧知府夫人的娘舅，靠著鄧知府的關係，在這泗州府做了捕頭，不是什麼幹吏，但是平素做事還算勤勉。

楊浩鬱悶地道：「劉捕頭，告示已貼遍街巷了吧？」

劉牢之道：「大人，不止街巷城門，就是鄉鎮村莊，也讓鄉官里正們領了告示回去曉諭百姓了。」

「嗯，」楊浩無奈地道：「始終不曾有人赴衙陳告嗎？」

劉牢之笑得也有點苦：「大人，沒有。」

這時羅班頭叫道：「欽差大人，知府大人到了。」

楊浩抬頭一看，就見鄧祖揚正向衙中走來，旁邊有一個五旬左右的員外，便連忙離案迎了上去。

府衙附近的街巷中，一些閒漢三三兩兩地蹲在樹蔭牆角下乘涼，高聲談論著欽差重賞陳告的事。

「糧紳老爺咱們惹得起？人家有權有勢，在這泗州一畝三分地上，那是多大的勢力？欽差待上幾日就走了，到時誰為你撐腰啊？真要得罪了那些糧紳老爺，到時候，這泗州城你還想不想待了？得了失心瘋的才去陳告。」

「就是說，糧紳老爺們跟發運司、轉運司的官老爺們都有來往，說白了，官府裡頭都有人，漫說告不倒，就是告倒了，倒楣的還是咱們平頭百姓，老話說的好：『打死不告官。』為啥咧？就算讓人逼死了，父母雙親老婆孩兒至少還有條活路，告官？你一家老小可就都沒了活路了。」

「可不，誰要是真犯了糊塗，自己好好想想下場吧。噯，你，說你呢，往哪兒去？」

一旁推著一車梨子的小經紀趕緊站住：「喔，我往東二坊去販梨子。」

「販梨子？」一個幫閒搖搖晃晃地走過來，順手從車上拿起幾個梨丟給仍蹲在那兒的幾個朋友，自己拿了一個，「喀嚓」咬了一口，冷哼道：「白老六啊，你瞧瞧你，這麼大年紀了，怎麼不懂事呢。欽差老爺可是正張榜等人舉告呢，你從那衙門口一走，我們看見你是去販梨的，可旁人不知道啊，這要真是哪位糧紳老爺叫人給告了，還不得疑心到你頭上去？到那時你還想不想在泗州混了？」

「啊？」

「啊什麼啊？我點撥的還不夠明白？你換條道走啊。」

「喔，多謝指點，多點指點。」那白老六擦了把汗，陪著笑臉推起小車拐進了一條巷弄。那幫閒望著遠處冷冷清清的衙門口冷冷一笑，又咬了口梨子，走回樹下去了。

* * *

一間酒樓，二樓牆角臨窗坐著一個白衣少年，這少年生得脣紅齒白，眉目柔媚，因為天熱沒束頭巾，一頭長髮梳成馬尾，額頭繫了一條鑲翠玉的帶子，往窗口一坐，頗有玉樹臨風之感。

窗外就是一條河，此處有習習微風，水光粼粼映上樓來，把他那明玉一般的肌膚映得忽明忽暗，彷彿玉凍冰雪一般剔透。在他外面那間桌子，張十三獨自據占了，要了滿桌的酒肉，正在埋頭大啖，這時一個青衣瘦削的漢子「登登登」地跑上樓來，張十三只抬頭向他看了一眼，便低頭飲酒，恍若不識。

青衣漢子上得樓來左右一張望，便繞過張十三到了那白衣少年桌前打橫坐下。白衣少年伸手翻過一個細瓷杯，提起酒壺為他斟了杯酒。青衣漢子坐得筆直，並不接杯，只是望著細細一道酒液注入杯中，低聲說道：「泗州府已蓄購了四成糧草，至此再收不上一粒糧食了。欽差魏王爺很是焦躁，看樣子還要在泗州停留幾日，欽差副使楊浩已張貼了布告，懸重賞要泗州百姓陳告檢舉。」

「布告，我已經看過了。」白衣少年俊俏的臉蛋上那線條鮮明迷人的嘴脣輕輕一撇道：「楊浩此人，倒是常有迴異於常人的想法，發動民眾揭發檢舉地方豪紳？他不曉得那些在官府眼中不堪一提的地方豪紳，在百姓們眼裡就是一方的土皇帝嗎？舉告，哼！異想天開！這種主意，待大宋掌控天下三、五十年之後，若天下安泰、吏治清明，倒也未嘗不可。如今嘛……是行不通的，就算有人舉告，也是不痛不癢，難以撼動那些糧紳。」

「正如小姐所料。」那青衣漢子輕輕地笑起來：「那八大金剛往門口一坐，又有哪個百姓敢靠近了去？府衙本來平日還有人擊鼓鳴冤打打官司的，如今為了避嫌，也沒人去報官了，知府衙門的大門口清靜得都可以去捉麻雀了，這個楊浩也不知道是怎麼做官的，真是一個大大的草包，據說他在開封府時就是有名的愣頭青，也虧他……」

「啪！」酒案被那白衣公子素手一拍，發出一聲脆響，那青衣漢子一呆，忙住了口抬頭看去，就見那白衣公子眸中露出一抹慍怒，明玉般無瑕的俏臉也沉了下來，冷若寒霜地斥道：「就算是一條蛟龍，困在泥沼裡也要被草蛇戲弄，就算是一隻猛虎，落於平陽地上也要被惡犬相欺。不義糧紳投機取利，自古使然，諸般手段不可勝數，這個痼疾，還沒有哪位明君賢相、地方幹吏能夠根治的，趙官家用了個豬一樣的三司使替他管家，結果本姑娘略施小計，不就整得他焦頭爛額？楊浩人地兩生，孤掌難鳴，還能有什麼好辦法，怎麼就成了草包？你說！」

那青衣漢子被她斥責的莫名其妙，連忙惶惶稱是，心中忖道：「楊浩若是無能，不正稱了小姐的心意嗎？我說他一句草包，怎麼小姐老大不開心？」

坐在前邊一席，無形中將他們與其他人隔開了來的張十三，已隱隱約約知道自家小姐往昔的情事，聽那兄弟被小姐一通教訓，嘴角不由勾了起來：「楊浩再如何不堪，小姐可以說得，旁人可說不得，要不然……可是捅了她的馬蜂窩了……」

二百九八　大煞風景

折子渝呵斥一番，青衣漢子只是唯唯諾諾地應是，折子渝這才斂了怒容，惋惜地一嘆道：「趁著糧荒人心不穩，李煜若是此時起兵，也還是來得及的。只要唐兵一發，對宋國目前來說就是雪上加霜，開封民心動搖，趙匡胤必不敢孤注一擲再對漢國用兵。

「漢國危局一解，天下形勢頃刻變化，這盤棋，他趙匡胤又得花上七、八年光景重新布局了。可惜，李煜此人空負男兒之軀、帝王權柄，卻耽溺享樂，胸無大志，一塊敷不上牆的爛泥，還不及我一個婦道人家！」

青衣漢子猶豫道：「小姐，咱們府谷若是出兵呢？」

折子渝搖頭道：「西北諸藩，唯圖自保不被吞併而已，並無與宋一較長短的實力和雄心。如今中原，能與宋國一戰的唯有唐國，唐國若出兵壞了宋國吞併漢國的大計，雖是觸怒了宋國，但是反而會安全了。

「可我府州不成，府州不過一州之地，如何能與宋相爭？況且，外受諸羌牽制，李氏坐擁五州之地，也只想當他的草頭王罷了，如果府州不自量力，主動對宋用兵，說不定夏州會搶在宋軍之前攻占府州，撿一個大大的便宜。」

她思索一陣，說道：「我們在中原只有一些探馬細作，濟不得什麼事，如今局已經擺下，能否解局、如何解局，已經不能我們所能掌控的了。李煜此人鼠目寸光，不是一位雄主，讓他出兵斷然不能，林虎子坐擁七萬雄兵也是徒呼奈何，不過，要他幫點小忙還是成的，我修書一封，你立即去一趟鎮海，要他在大江練兵，加劇江淮一帶的緊張氣氛，如此，趙德昭欲平息此事，或可再增幾分難度。」

「是！那小人退下候命。」青衣人頷首領命，悄悄起身退了出去。

折子渝看著他的背影消失在階梯處，一雙黛眉輕輕地蹙了起來：「本以為，就此與你山水相隔，再無相見的可能，誰曉得你陰魂不散，偏是又生這許多波折。我為宋國設這一難，最後居然是你跑來解局，你解得了嗎？」

她把眉梢一揚，不無幽怨地道：「亡命奔逃於廣原時，助你出頭的是我們折家；把你置於蘆嶺，讓你飽受內憂外困、險死還生的是趙家，給予你援手、助你風光無限的還是我折家；功成之後，奪你之權、欲害你命的仍舊是趙家，也不知他趙家有什麼好，你就這麼死心踏地地為他賣命。」

她嘆了一口氣，喃喃自語道：「大宋官場上，你異軍突起，算是一個異數了。文官裡頭，你是異類，武官裡頭，你還是異類。不管是官家、晉王、還是宰相，三家勢力中，你都算不上嫡系，就算立了這樁功勞，毫無根基的你站在風口浪尖上招搖，那也是自蹈險地。這一遭你被泗州奸商設計，若是果然失敗，未必不是你的福氣。楊浩，你好自為之吧……」

*　　*　　*

「劉員外如今又籌措了多少糧食？」

楊浩關心地問道。他得鄧知府介紹，才知道與他同來的那位五十出頭的員外就是劉向之，泗州一大糧紳，鄧知府夫人的娘舅，此人對泗州糧市必然是相當了解的，所以三人到了二堂，閒談幾句，楊浩便直奔主題。

劉員外五十出頭，看起來卻有六十上下，一張狹長的臉有些消瘦，滿臉密密的皺紋，膚色粗糙黧黑，頭髮鬍鬚都是花白的，一點也沒有養尊處優的富紳模樣，如果給他換身粗布衣裳，簡直就是一個蹲在地壟頭上的鄉下老農。

這位老農一般的員外皺緊了眉頭，額頭出現一個深深的川字，彷彿溝壑一般，他搖搖頭，沉重地嘆了一口氣，緩緩說道：「院使大人，泗州知府是我的外甥女婿，胳膊肘沒有往外拐的，如能相幫，我豈有不幫的道理？可是現在，糧食真的是難收了，這幾天我到處奔走，收上來還不足四千石！」

他拍了一記大腿，恨恨地道：「那個為富不仁的周望叔，壞事做絕，有他在這兒，這泗州的糧市就休想太平，可是祖揚對他也太縱容了些……」

鄧祖揚有些尷尬地道：「當著院使大人，就不要發這些牢騷了，本府也知道那周望叔不甚規矩，可是他世居泗州，十餘代下來，周家子弟遍及江淮，各行各業、官府地方，勢力盤根錯結，根基深厚，他沒有太出格的作為，抓不住他為非作歹的實據，如何懲辦於他？」

劉向之嗔目道：「這還叫沒有證據？」

他轉向楊浩，目光熱切起來：「楊院使，周望叔隻手遮天，操控泗州糧市已非一日兩日了。許多糧食都被他截買了去，現在糧市上缺糧，不是因為欠收，而是因為他聯絡了許多糧紳，聯手操縱市場，有糧就收，使得市上無糧可售，糧價這才節節升高。這人財大氣粗，對付售糧者也是花樣百出。」

楊浩精神一振，忙道：「劉員外，你慢慢說，他收糧到底有什麼手段？何以官倉收不上糧，他卻總是有糧可收？」

劉向之道：「大人，他們打下糧食運來泗州，官倉糴場是要按成色評估出等級，然後稱量入庫的，周家在本地財大勢大，許多糴場小吏役人都收受過他們的好處，其中有些還與周家有些親戚關係，這時候，他們就會有意壓價，把價錢壓的越低越好，糧戶自然不願把糧食販給官倉。

「這時又有許多幫閒經紀，整日廝混在官倉附近，與他們搭訕說和代為引見，周望叔就能以比官倉價格稍高些的糧價，把糧食收到自己手中。遠來的糧戶，人地兩生，需要找個幫閒經紀，更是被他們直接領走，至於小糧戶，嘿！更不消提了，那些潑皮無賴跟在左右虛聲恫嚇，他們怕惹是非，豈敢不把糧食賣與他們？」

楊浩截口道：「官倉胥吏與糧紳勾結，明知其事，卻無法杜絕嗎？」

鄧祖揚嘆息道：「不瞞大人，本府剛剛上任時，為了官倉蓄糧，著實地頭疼了許久，可是，其中關節雖聽得明白，但倉場胥吏乃至許多役人，也不是說換就換的，就算是換了，換上來的人依然故我，本府只能連下飭令，卻也無法分身天天守候在糴場做一個庫務吏。

「本府夫人的娘舅原本是做些小生意的，此後便做了糧紳，以其法制其人，這才如虎口奪糧一般，從其他糧紳手中盡量搶購糧食，保證了官倉應蓄購的糧食數目。每年下來，所耗雖比時價還要高出一些，但較之其他州縣，我泗州的付出卻已是最少的了。」

楊浩心中一動，忽地想到自己在霸州分發種子時讓農戶互相監督的法子來，轉念一想便又打消了主意，這一州的情形可比一村複雜多了，那村中都是地位相等的農戶，為了自家的幾畝地，可真是相爭不下，誰也不怕誰的。但是這裡牽涉的就廣了，有了階級、有了尊卑、有了強弱，許多事情你明知弊端所在，也是想不出合適的對策的，杜絕是不可能的，就算最大程度地防範減少這種勾當，也得從制度上著手，而這就不是他的職權、也不是泗州知府的職權範圍了。

楊浩倒也沒想憑一己之力，就有辦法改變數千年官場商場相互勾結的弊病，開封缺糧之事是他提出了解決辦法，但現在只想完成自己的任務，如今要想軟硬兼施，逼迫那些糧紳乖乖地把糧食吐出來，只有抓住他們行不法勾當的小辮子做為交換條件，逼其售糧。

所以他現在只想從這方面著手而已，但他仔細思索一陣，卻不禁有些失望，官倉壓價哪怕你明知是弊病也抓不住把柄的，糧食成色如何，全在庫務吏們一雙眼一張口，本無一定之規，你說他錯了，那是各人判定標準不同，何錯之有？至於糧紳購糧，一個願買，一個「願賣」，同樣做不得什麼可以讓他們乖乖就範的憑證。

楊浩有些煩惱地問道：「那麼，如今官府抑制糧價，鄧知府又派稅吏把守交通要道，對私販糧米的課以重稅，那些糧紳可曾安分了些？還有私下提價的、販糧的嗎？」

劉向之肯定地道：「有的，肯定是有的，像周望叔那種人，是一日不賺進幾斗真金白銀，他就一日不快活的財迷，怎麼可能眼巴巴地看著糧米在庫倉中不化成金銀？只不過……我在泗州做糧紳才兩年左右，門路耳目都遠不及他，再加上人人都知道我是知府大人的親戚，有些門道是不會教我知道的，我……我明知他們必有不法勾當，卻是沒有真憑實據的。」

楊浩聽了不禁默然。

劉向之又道：「不過，官府這般打壓，大宗的糧米交易肯定是要受到影響的，只要官倉加納的糧食數目他們不知詳情，捱到秋收之前他們必然服軟，會乖乖以平價把糧食交出來的。」

楊浩苦笑道：「話是這樣說，可是此計太也行險，一旦他們比朝廷還沉得住氣的話，那時的花銷比現在還要高得多。」

見劉向之也露出尷尬神色，楊浩忙道：「魏王千歲放心不下而已，不管如何，兩位所想的這法子，目前倒是對付那些奸商最好的辦法，但願能夠成功。不管如何，劉員外今日趕來，將許多糧市隱情坦誠相告，楊某心中都是感激的。」

劉向之露出笑容道：「應該的，應該的，幫院使大人就是幫我們知府大人，劉某自然要竭盡所能。」

楊浩打起精神和鄧祖揚一起把劉員外親自送出府門，對面斜向一條巷弄中，一個破衣襤衫好似乞丐的身影正畏畏縮縮地往這邊走，忽地看到三人出現在衙門口，楊浩笑容滿面地與鄧祖揚、劉向之拱手道別，目送他們上車離去，這才返回府衙。

那乞丐見楊浩與劉向之如此親熱，不禁吃了一驚，登時露出怯意。這時街上有幾個閒漢已經注意到了他，他趕緊低下頭，扭轉了腳步，行若無事地向對面一條巷弄中走去。

楊浩和鄧祖揚回到府衙，鄧祖揚便告辭去了後宅，楊浩回到大堂坐下，看看東倒西歪、有氣無力的衙役們，苦笑擺手道：「你們都去廊下歇著吧，若是有人擊鼓，再來升堂侍候便是。」

那些衙役們早站得兩腿發麻了，一聽這話如蒙大赦，趕緊溜之大吉。楊浩越想越惱，在大案上狠狠地捶了一拳道：「這些奸商，難道本官真就整治不得你們了？」

壁宿在一旁打個哈欠，懶洋洋地道：「整治不得便整治不得，這天下是他們老趙家的，可你看王爺千歲他著急嗎？王爺整日在後院裡用一具破琴勾搭鄧家千金。

「這禍是三司使楚大人惹出來的，可你看他著急了嗎？整日躲在房裡，巴不得把這事全撇給別人。王爺不急，三司使也不急，就你著急上火的，這裡邊有你什麼事啊？就算籌糧失敗，也不是你的罪過。」

楊浩道：「話不能這麼說，原本沒有插手此事也罷了，可是如果我不出這一計呢？說不定朝中自有能人會想出更好的辦法。如今官家既然依了我的計策，也就等於堵塞了其他的可能，如果糧食不能保證充足，哪怕只餓死了一個人，我也難辭其咎，心情不安吶。」

他長長地嘆了一口氣，說道：「可是，如果能賺一百萬貫，你讓他只賺五十萬貫，天下間有幾人肯心甘情願的？現在想要他們乖乖地交出糧食來，曉之以大義那是與虎謀皮，他們不是三歲的小孩子，幾句好話那能就哄得他們乖乖把手裡的果子交出來？唯有抓住他們的把柄，逼他們就範，可這憑據，嘿！他們明知咱們是為糧草而來，豈肯露出馬腳等咱們去抓？」

壁宿翻個白眼，陰陽怪氣地道：「官府嘛，想要入人之罪還怕找不到口實？他們為了糧食，買通官倉胥吏，欺壓迫害糧戶，就算現在沒有，以前少不得也有過打砸搶燒一類的惡霸之舉，我想官府卷宗裡總有那麼幾樁陳年舊案有記載吧？要是還找不到憑據，那就栽他們的贓啊。」

「嗯？」

「你是官啊，你嘴大嘛，是非黑白還不是由著你說？喊，冤假錯案這種事，我『渾身手』見得多了，可不是我誣衊你們當官的。」

「對啊！我怎麼像頭驢子似的，讓糧食這種繩子繫著，就只知道圍著磨盤打轉，哈哈，我是受了法制社會的害了，哈哈，聰明人想不出辦法的時候，笨人想出的法子果然最管用，我再去向千歲請一道命令。」

壁宿摸著後腦杓，詫異地看著他的背影，好半天才反應過來：「笨人……我嗎？」

*　*　*

鄧知府原本的住處讓給了趙德昭，自己搬去了旁邊的廂房，他回到府中，先到自己房中準備更換了衣裳便去拜見王爺，剛剛換好便服走到廳中，女兒便聞訊趕來。鄧祖揚笑道：「女兒，今日不是去清靈寺上香了嗎？這麼快就回來了？」

鄧秀兒道：「爹爹，女兒去清靈寺上香，遇上一樁事情，聽說爹爹回來，才急急趕過來稟知爹爹。」

「哦？什麼事呀？」鄧祖揚喝了口涼茶問道。

「爹爹，女兒今日去上香時，恰遇一戶人家也在寺中祈告，焚香膜拜，泣不成聲。女兒好奇問起，才知是三表兄造的孽。」

鄧祖揚吃了一驚，急忙問道：「妳三表兄做了何事？」

鄧秀兒怒道：「三表兄是做行錢放貸生意的，那戶人家的田地去年秋汛遭了水，因賦稅繳不上，向三表兄借了五貫錢，利滾利，如今已成四十五貫，今秋就算是豐收，恐怕家中也存不下一文錢，盡數都要歸了表兄，可是誰知前兩天他家中即將成熟的稻子又不知遇了誰人禍害，被人偷偷放火燒去大半，表兄聞訊知他難以還債，便逼上門去，趁火打劫，要他以地抵債，那人苦苦哀求，表兄又看上了人家女兒，欲強索為妾，可是人家女兒早已定了親事的。表兄或要地或要人，餘此再不鬆口，迫得那人走投無路，一家人幾乎急得上吊，真是好不悽慘。」

鄧祖揚一聽氣得臉都紅了，拍案罵道：「這個混帳東西，竟敢行此不義之舉，來人，來人，把那畜牲給我找來。」他氣得嘴唇哆嗦，端起杯來想要喝茶，杯剛沾唇一股怒火升起來，茶杯狠狠摜到地上，「啪」地一下摔得粉碎。

「怎麼了、怎麼了，什麼事呀？剛回來就大呼小叫的？」一個身材修長的紅衣婦人自後廳走出來，緋羅衫子緋羅裙，裙繡石榴花，足蹬一雙鳳頭靴，纖腰裊娜、胸脯渾圓，頗具成熟婦人的嫵媚風情，只是兩隻眼角微微上挑，透著幾分犀利和精明。

一見她來，鄧祖揚把袖一拂，怒道：「還不是妳那寶貝外甥幹的好事？」

婦人莫名其妙，鄧小姐忙上前把經過緣由說了一遍，鄧夫人一聽，不以為然地道：「我當多大的事呢，至於你大發雷霆的？行錢放貸，願打願挨，從鄉里到城池，從偏遠州縣到首善之區，哪兒沒有行錢放貸的？這事不礙王法吧？咱們宋國律條裡面可沒有禁止行錢放貸，要是欠帳不還，告到你的衙門裡頭，你還不能不管，對不對？」

鄧祖揚怒道：「夫人，放貸行錢，也得存著三分仁義吧？他奪人活命之田，又欲趁機勒索人家女兒為妾，這是欺天滅性之舉。」

鄧夫人大為不悅，怫然道：「什麼叫奪人活命之田，勒索人家女兒為妾？行錢放貸，有行錢放貸的規矩，劉忠放貸，那錢可不全是他的，他也要按時給錢民付息的，帳要不回來，難道錢民不尋他的麻煩？」

鄧祖揚喝道：「若非妳一味袒護，我看他也沒有這麼大的膽子，哼！放貸行利，放貸行利，這事我自會去查，若讓我曉得那火就是他放的，斷然不會饒他！」

鄧夫人見丈夫聲色俱厲，先是呆了一呆，隨即便啼哭起來：「旁人還沒說什麼，你倒先把屎盆子扣在自己親戚腦袋頂上了。好啊，你現在做了官，嫌棄我劉家要傍著你了是不是？你當初窮得房無一間、地無一壟，我劉娥可曾嫌棄過你？你父母早喪，叔伯兄弟視你如路人，赴京趕考都拿不起盤纏，是誰給你湊的錢？是我舅舅賣了自己家裡的老牛才給你湊足了盤纏，要不然你能金榜題名？你能有今日風光？」

鄧祖揚氣勢頓時矮了三分，放低了聲音道：「妳……妳說這些幹什麼？二舅做了糧紳，三舅做了捕頭，姨丈不是也託人安排到羅便司去做了庫吏了嗎？我幾時不感念劉家恩德了？」

鄧夫人咄咄逼人地道：「感念？你若真的感念，今日就不會借題發揮，要拿我外甥作文章。放債取利，亦擔風險，明知高利而去借貸，又不是做善事，還不上當然要賠償。若是忠兒喜歡了他家女子，願意代償債務，娶那女子為妾，也要他家自願才成，可沒有強搶民女吧？殺人償命、欠債還錢，人家一說可憐，那債就不用還了？」

鄧祖揚被夫人的氣焰完全壓制住了，嚅嚅地說不出話來。當時，放高利貸確實是官府允可的一種行為，而且不但民間有人放貸，就是寺院道觀，也常常向百姓放貸，以致一幫和尚道士上門索債的奇觀偶爾也是可見的。官員個人放貸那是公開合法的，不用提了，就是地方官府也有偷偷挪用府庫的銀子交與行錢人去放貸牟利的。

鄧祖揚當初剛到泗州，因為與周家素有淵源的原任知府營私舞弊，是被御史參劾罷官的，當地官吏和財大勢雄的周家對他極有敵意，所以極盡排擠和挾制，他便不拘規矩，大肆任用私人，劉家上下為了鞏固他的權位是出了大力的，為了把夫人的二娘舅劉向之扶持起來，成為一個大糧商對抗周望叔，而他宦囊又不豐厚，當初他也曾在把府庫掌握在自己人手中，偷偷把錢轉給行錢人放貸，賺取豐厚的利息做為本錢，可以說他並不是一個迂腐木訥的官，但是劉忠的行為真的是教他十分氣憤。

可是如今夫人氣憤莫名，劉家上下對他的幫助和恩情的確太大，鄧祖揚有些氣餒，不禁暗想：「我該偷偷把劉忠喚來，教他莫行如此不義之舉，寬限那戶人家一些時日的，如今惹了夫人大光其火，何苦來哉。」

鄧秀兒見爹爹被娘親罵得不吭氣了，有心相幫，便上前說道：「娘，此事怪不得父親，表兄他……」

「妳住嘴！」鄧夫人狠狠瞪了女兒一眼：「當初妳娘沒有奶水，是妳妗子把妳餵養大的，妳這丫頭好意思告妳表兄的黑狀？」

鄧秀兒委屈地道：「娘，女兒不是有心為難表兄，實是那戶人家太過可憐。」

就在這時，廳口一個清朗的聲音笑道：「鄧知府回來了嗎？什麼事如此吵嚷？」

鄧秀兒回首一看，只見一個盤髻簪髮，戴寶珠金冠，穿一襲滾銀邊的蔥白色長袍，袍上繡四爪蟒龍的英俊青年微笑著站在廳口，俏臉頓時一紅，她已想到此人就是與她接連幾日鬥琴為樂的那位魏王趙德昭了，這位王爺，果然生得俊俏。

趙德昭與鄧秀兒琴曲相和，渴慕之心越來越切，今日聽見這廂吵鬧，正有了露面的藉口，忍不住便踱了過來，一見廳中那少女翩然回首，趙德昭腳下如踩雲朵，魂兒飄飄蕩蕩，登時也呆在那兒。

好一個美人，白素為下裙，月下為上襦，把個人兒襯得美玉雕琢一般，窄袖短襦、曳地長裙，聯珠對孔雀紋錦的緊身半臂衣，兩個聯珠恰在嬌美的前胸賁起處，在她肩上還披著一件繡著鷓鴣的綠色縵衫，彷彿才剛從外面回來。

她的容貌不是那種令人驚豔的美貌，但是很有江南女子的風韻，月眉細細長長，鼻兒小巧，紅脣薄薄，剎那對視，雙方都有一種心驚魂飛的感覺。

「啊，只是……只是一些家庭瑣事，想不到竟驚動了王爺，王爺恕罪。」鄧祖揚一見趙德昭趕來，連忙搶步上前施禮。鄧夫人忙也擦擦眼淚，勉強擠出一副笑容與夫君雙雙迎上前來。鄧秀兒卻側了身，螓首半垂，向趙德昭俏巧地福了一禮，就要避入內室中去。

趙德昭本來正要去扶鄧氏夫婦，一見這朝思暮想的人兒要避開了去，連忙咳嗽一聲：「私宅相會，哪來這許多禮節？賢伉儷快快請起，啊！這位姑娘是？」

鄧秀兒本來已盈盈退至書架旁邊，馬上就要閃入屏風後面，王爺忽地問起她的身分，倒是不便再走了，她身形向前一傾，隨即便又站住，一傾一止，自成風景，俏生生立在那兒，彷彿便是書架上一卷猶自散發著墨香的書卷。

鄧祖揚見趙德昭不再問起他們爭吵的原因，心中暗自慶幸，忙道：「這是小女秀兒，秀兒，快來見過王爺。」

鄧秀兒又瞟趙德昭一眼，芳心亂跳，姍姍走上前來，正要福禮下拜，楊浩急匆匆走來，進門張眼一望，也沒看清廳中微妙形勢，風風火火地便道：「哎呀，府臺大人在，王爺也在，好極、好極，楊某又來討旨了！」

二百九九　天下熙熙

楊浩這一出現，趙德昭哪有理由再拉住人家一個姑娘談天說地，鄧秀兒眉眼盈盈，向他溜溜地一瞟，福身見禮已畢，便避往後室中去了。趙德昭好不容易鼓足了勇氣來見傾慕已久的琴友，誰料剛有那麼點感覺，話還沒說上一句，楊大棒槌便來橫插了一槓子，心中著實鬱悶。

可他看看這位工作狂一臉熱忱的模樣，又不好說他什麼，心中甚至還有些慚愧，說起來，這些日子可一直是楊浩在忙，他只是在太傅的指點下提綱挈領，坐鎮幕後。這是他趙家的江山，楊浩似乎比他還要上心，朝廷有這樣忠心的臣子，還能責怪他嗎？

當下，鄧夫人也避開了去，鄧知府使人上茶，恭請魏王上座，自己與楊浩對面坐了，聽他訴說來由。楊浩現在是屢戰屢敗，屢敗屢戰，越挫越勇，跟那些到現在還未正式照過面的糧紳們飆上勁了。

楊浩把自己的目的和想法從頭到尾說了一遍，崇尚堂堂正正、以大道秉政治民的魏王不甚苟同，不過事急從權，也未提出反對，倒是鄧祖揚擊節稱讚，說道：「此計大妙，對付這些無所不為、無孔不入，從中搗鬼又滴水不漏的奸商，正該以毒攻毒。本府贊成，如果王爺同意，那下官就把近幾年涉及糧商訟訴的卷宗都移交楊院使處理，看看能否找出破綻，不知王爺意下如何？」

「這個……」趙德昭微一遲疑，頷首道：「兩位大人既然都同意這麼做，本王應承了便是，你們只管去做，若是闖出什麼禍事來，本王一力承擔。」

有這樣一位肯放手任他施為的王爺欽差，楊浩心中大暢，當下三人又商量了一番細節，與天鬥其樂無窮、與地鬥其樂無窮、與人鬥其樂無窮的楊鬥士便興沖沖地告辭離去了。

趙德昭看看牆角一扇屏風，美人芳蹤裊裊，此時再要喚她出來相見，勢必難以啟齒，人家是知府千金，又不是教坊中的姑娘，自己一個王爺，怎好莫名其妙地強要與人相見，只得落寞起身，也向鄧祖揚告辭。

趙德昭行至門口，一陣琴聲忽又傳來。一曲〈高山流水〉仿若幽谷松根下湧出的清泉細流，清清泠泠，淙淙錚錚。〈高山流水〉……覓知音？趙德昭精神一振，頓時心花怒放。

不一會兒，趙德昭房中一曲〈鳳求凰〉便也彈奏起來。

相遇是緣，相思漸纏，相見卻難。山高路遠，唯有千里共嬋娟。無限愛慕怎生訴？款款東南望，一曲〈鳳求凰〉。趙德昭此曲一彈，心意已訴，鄧秀兒閨房中的樂曲聲登時便靜了下來，只聽他一人彈奏，鄧祖揚雙眉緊鎖，正想如何妥善好自家外甥劉忠之事，既不得罪了夫人，又不使他坑害了百姓，心事重重，全未注意。

「鳳兮鳳兮歸故鄉，遨遊四海求其凰。時未遇兮無所將，何悟今兮升斯堂！有豔淑女在閨房，室邇人遐毒我腸。何緣交頸為鴛鴦，胡頡頏兮共翱翔……」

趙德昭並未高歌，歌聲自在心中響起。兩下裡，兩個人悄悄牽起了一絲情愫。

＊　＊　＊

鄧知府還要正常處理公事的，楊浩總不能鳩占鵲巢久而不去，於是便讓出了府衙，搬去了羅便司查閱陳年舊案，他調來的卷宗都是涉及米糧交易，或有關糧商的一些訴訟案子。這羅便司旁邊便是官倉，案子中涉及需要調查詢問的公人以這兩處最多，在這裡就近調人質詢也方便些。

壁宿也隨了來，這裡的房子比較陳舊，二人各住一間，楊浩查閱檔案，發現了疑點，就著壁宿去喚人來詢問，這樣有的放矢，果然成效卓著，一個上午便挑出了三個涉及糧紳強買強賣、投機倒把的案子，但是鄧祖揚上任之前的舊案，不過這三個案子舉告的都是米牙人和潑皮幫閒，如果從此入手很難觸及那些大糧紳的痛處，楊浩又無時間剝絲抽繭，細細勘察，是以暫且做了記號放在一邊，繼續向下翻閱。

吃過了午飯，楊著喝著濃茶提著精神繼續調閱卷宗，忽地發現一樁案子正是舉報泗州糧紳周望叔的，這起案子當初曾經引起極大轟動，原告叫朱洪君，原本是泗州極殷實的一家糧戶，家中有田十餘頃，在泗州一帶算是一個不大不小的地主。

他告周望叔在代理官府徵收糧賦的時候，私自加賦三成，從中牟利。但有不肯相從者，必然暗中招來一些潑皮無賴施以種種騷擾，橫禍不斷，明裡又受到周望叔聯絡官府進行打壓，他家千畝良田，數年工夫便被敲詐強買去近三成。結果因為知府包庇，此案屢告屢敗，官司打了兩年，打官司又白白賠進去兩百畝好地，此事終是沒有著落。

朱家老父一怒之下，趕到江淮觀察使衙門口一根繩子上了吊，這一來事情鬧大了，江淮道監察使、觀察使聯名上書御史臺，朝廷為之震驚，御史臺、大理寺派人聯袂趕來，會同地方監察、觀察衙門徹查此案，結果揪出原任泗州知府殷靜的諸般不法行為，這才將他繩之以法。

但是周望叔私自加賦三成的罪名卻無據可查，周家買地的契約白紙黑字擺在那兒，徵收稅賦卻是口頭公示，而且當時負責下鄉徵糧的幾個潑皮俱都逃之夭夭，稅賦司衙門又推諉搪塞，這事便查不下去了。

朱洪君不服，新任知府鄧祖揚上任後，他繼續上告，鄧祖揚接了狀子果真繼續查起來，他與當地仕紳關係緊張，遭致當地官吏和仕紳們大力排擠，與此案不無關係，結果此案又查了一年有餘，還是沒有得力的證據，這時朱洪君心灰意冷，撤訴不告了，鄧祖揚與抱成團的當地仕紳鬥了這麼久，也是精疲力盡，此案便不了了之了。

楊浩看到這裡，心想：「那朱洪君老父不耐欺壓，上吊自盡，朱家被敲搾去一半家產，朱洪君豈肯就此罷休？他是真的久告無果，心灰意冷，還是受了周家更多的脅迫？說不定能從他這兒打開突破口。」

楊浩計議已定，便要壁宿按卷宗中所載住址去提人來問，壁宿去了兩個時辰，回來說朱家大宅早已換了主人，據說朱洪君的兒子嗜賭，賠光了家產，朱家破敗，變賣了祖業，如今不知去向。壁宿扮作尋常茶客，與朱家老宅對面茶肆掌櫃的閒聊了一陣，得知朱洪君曾經在城東了禪寺一帶出沒過。

因賭破家？楊浩心中不由一沉，說道：「你找個熟悉門路的幫閒經紀……罷了，此地幫閒與那些不法糧紳沆瀣一氣，俱是他們耳目，官倉衙門裡的人也是信不過的，今日已晚，明天一早，咱們兩個親自去找。」

* * *

劉忠從環采閣回來，下了馬車，施施然地進了自家後宅。

近來，他迷上了環采閣的紅倌人瀟瀟姑娘，這是一個秀眉大眼、水嫩嫩香蔥似的苗女，吃慣了江淮風味的劉忠，乍一遇到這位活潑熱情的蠻女，便被她迷住了。這個小娘皮真是夠浪，劉忠是慣經風月的人，也架不住這位姑娘如膠似漆的廝磨功夫，到現在兩腿還有點打晃呢。

「那細腰、那豐胸、那一股浪勁……」劉忠色淫淫地回味著：「真有些不捨得放手呢，不如明日支一筆錢把她贖回來作妾。」這一想到作妾，他忽又想到了泗河邊上的胡家姑娘，那個水靈靈的大姑娘也頗招人眼饞呢，本來要把他家那幾十畝良田都弄過來，可是這姑娘又實在不捨手，唔……明天還得派人去催債，早晚把那姑娘弄回來嘗嘗鮮。

劉府很大，在這江淮水鄉地帶，六進六出的院落已是相當龐大了，院中花木疏朗，亭臺樓閣，顯得十分華麗。劉忠是泗州有名的行錢，錢財自然不在話下。

行錢就是放利貸的，他從官員、富紳那裡收了錢來，再高利放貸，那錢財如滾雪團一般增長的極快。這行錢是很有勢力的，借錢給行錢的富戶稱作庫戶錢民，別看他們是出錢的人，也要巴結著行錢，尤其是有權有勢的行錢，劉忠若是到哪個富戶家去，那是要反客為主坐在上首的，主人反要侍立一旁陪笑巴結。

劉忠想著美事逛進後花廳，就見老爺子劉向之正坐在那兒閉目養神，身後一個俏丫鬟使一雙青蔥玉手正給老爺輕輕揉捏著肩頭。劉忠父母早亡，是由爺爺養大的，一見他正在花廳坐著，便笑道：「今日回來的可早，不曾飲宴去嗎？」

劉向之聽見聲音，張開雙眼冷哼一聲，面孔似水地道：「你這小子，又去哪兒鬼混了，到現在才回來？」

劉忠聳聳肩，在椅上坐了下來：「去環采閣耍樂了一陣而已，家裡有什麼事嗎？」

「當然有事！」劉向之揮揮手屏退了丫鬟，怒容道：「你說，你在泗河邊上胡作非為了些什麼？你姨丈方才把我找了去，看他模樣，氣得著實不輕。」

「泗河邊上？」劉忠眨眨眼，忽地明白過來，不由跳將起來，惱怒道：「此事是誰傳去姨丈耳中的？真是豈有此理，若讓我曉得，一定打斷他的後腿。」

劉向之板著臉道：「你去吧，是你表妹告訴你姨丈的。」

「表妹？」劉忠軟了，訕訕地在椅上又坐了下來：「表妹……表妹不大出門的，怎麼曉得了此事？」

劉向之瞪他一眼，搖頭嘆道：「真是不爭氣啊，盡給我惹事。本想著，讓你和秀兒來個親上加親，憑著咱家如今的富貴，再加上你姨母必定是同意的，這事十停中就成了九停，可是你這小子太不爭氣，去年與人為了環采閣的祝玉兒姑娘大打出手，打斷了人家的腿，鬧得你姨丈、姨母都有些不待見你了，現在又這樣不檢點，真是不給我掙臉。」

劉忠撇撇嘴，不以為然地扭過頭去。表妹是很漂亮，不過真要把她娶過門，哪裡還能似現在這般逍遙快活？姨丈看不上他正合他的心意，他才不想攀這門親，把自己捆得死死的。

劉向之見他一臉無所謂的樣子，氣就不打一處來：「不止你姨丈生氣，你這樣胡鬧，我辛辛苦苦闖下的好名聲也都要被你敗光了，我告訴你，你姨丈可是發下話來了，不許你幹出逼人女兒為妾的混帳事來，這筆款子，能寬限就寬限些日子，不許繼續滾利，聽清楚了沒有？」

劉忠一聽，不甘心地道：「人家傍棵大樹好乘涼，咱們倒好，他要做清官，讓咱們都喝西北風去？寬限、寬限、寬限！我乾脆做善事去得了，還開什麼生意啊？那塊肥田，你捨得下？」

「糊塗！」劉向之怒道：「你非得自己出頭不成？」

劉忠恍然道：「啊，我明白了，嘿嘿，你放心吧，這事我知道怎麼做了。」

劉向之搖搖頭：「你啊，真是個不成器的東西，如今有我撐著，有你姨丈靠著，你在泗州呼風喚雨，風光無限，要是沒有我們，憑你能跟人家周望叔相鬥？哼！這事是你搞出來的，自己去把屁股揩乾淨了，莫要給我惹麻煩！」

* * *

太白樓中，周望叔與「賴富貴」攜美妾對坐，正喝到興處。

周望叔悄悄派往應天府的人已經回來了，他打聽到賴家長房確有賴富貴這麼一號人物，左耳下有個肉痣，年歲特徵與眼前這人完全相符，而且，這位賴員外赴京師時，確實帶著兩個最寵愛的美妾，這對美妾本是一對姐妹，一個叫舒舒，一個叫服服，外人雖不見其面，卻也早已風聞二姝各具佳妙，色藝雙絕。

那探子還打聽到那位賴富貴賴員外此刻不在應天府，頭兩個月前就離開了，據說要與西北遷往京師的唐家合夥做一筆大生意，具體是什麼，還不曾透露出來，只知是與漕運有關的一樁大事。

漕運，素來是獲利豐厚的大生意，財源滾滾，綿綿不絕，以唐、賴兩家的財力，如要插手漕運，說不定幾年之後整個民間漕運就要被他們兩家完全瓜分。周望叔一聽頓時心熱起來，貪心陡增，他不想與賴員外只做這一樁買賣了，他想攀上這棵大樹，走出泗州，撈一場天大的富貴。

酒酣耳熱之際，周望叔的一雙美妾都有些放浪形骸起來，娥容羅裳微敞，綺羅纖縷見肌膚，胸前瑞雪燈斜照，一道誘人的乳溝落在張牛眼中，「賴大老爺」的一雙眼珠子差點快要落進去了。

娥容向他嬌媚地一笑，舉杯啜了口酒，輕舒玉臂勾住周望叔的脖子，無比香豔地渡了個「皮杯」過去，轉首又復看向張牛，一雙紅脣濡濡地道：「賴員外，我家老爺有意與你做一樁長久生意，員外可想聽聽嗎？」

「啊？喔，好啊，呵呵，周兄不妨說來聽聽，不過……賴某此番南下，是為糧米而來，這樁生意咱們應該先談妥了才好吧？」張牛如夢初醒一般，那雙眼睛又狠狠飛在她乳溝裡剜了一眼，這才說道。

「呵呵，賴員外真是性急呢，這兩件事呢，原本就是二而一，一而二的事，員外何不耐心聽我家老爺說一說呢？」

娥容向張牛拋個媚眼，心中不屑：「臭男人，一個個都是這副德性，自己身邊兩個如花美眷，還是吃著碗裡的，看著鍋裡的，巴不得所有的女人都由得他左擁右抱。」

周望叔呵呵一笑，說道：「賴兄啊，周某這幾日四處奔走，八方籌措，總算不負賴兄所望，籌措了賴兄所需的糧食。不過……我泗州府已四處差派稅吏，但凡販糧於外地的均課以重稅，賴兄，若是繳了重稅，這利也就薄了，賴兄有辦法把這麼龐大的一批糧食繞過稅吏運出泗州嗎？」

張牛傲然一笑，說道：「沒有金鋼鑽，不攬瓷器活。這件事周兄就不必操心了，賴某自有賴某的手段。」

周望叔笑道：「呵呵，這個……我信得著，應天府賴家，到了哪兒都是一條強龍，只不過……首先，你上下打點，買通官府，總要花上一筆不菲的錢財吧？再者說，魏王千歲正在泗州，賴兄就算手眼通天，也未必就能把魏王也買通了，這麼大宗的糧食運輸，一旦落入魏王耳目之中……哈哈哈，俗話說強龍不壓地頭蛇，如果周某肯幫忙的話，我能保你這糧食神不知鬼不覺地運出泗州……」

「哦？」張牛目光一凝，透出幾分精明味道，他緩緩舉杯，微笑道：「無功不受祿，周兄如此熱忱相助，恐怕……與你所說的長久生意有關了？」

周望叔神色一正，說道：「不錯，坦白說吧，賴兄給我的價格是十分公道的，不過周某願意再降價三成，把糧食賣與周兄，而且還全權負責幫賴兄把糧食運出泗州，條件只有一個，周某希望……能與賴家和唐家合作。」

張牛一怔，目光微微閃動，含糊笑道：「周兄喝醉了嗎？什麼賴家、唐家，賴某怎麼聽不懂呢？」

周望叔豁然大笑：「哈哈，唐家富可敵國，賴家北地翹楚，你們樹大招風，豈能瞞人耳目？真佛面前不燒假香，周某可是一片赤忱啊，唐賴兩家是兩條強龍，我周某是比不得的，不過……在這江淮一帶，我周家也算是枝繁葉茂的一棵大樹，三人成眾，與我合作，對賴、唐兩家來說，並不吃虧，賴兄以為如何？」

「嗯……」這可出乎張牛的預料，他不知該如何應答，只得作沉吟狀低頭撫鬚。

「老爺，請吃杯酒。」舒舒姑娘眸波一閃，連忙舉杯說道。舒舒就是焰焰，焰焰今天穿了一襲白衣，蟬翼羅衣白玉人，溫柔若水，娉娉婷婷，看不出絲毫潑辣模樣。

「啊……」張牛連忙就著她手將杯中美酒喝了，目光與她一碰，當即便已瞭然。

「好！我賴、唐兩家一居於北，一居於西北，要做這大河上的生意，也的確需要南邊的一方豪霸相助，賴某先允了你便是，不過此事還需與唐家商議，賴某一人可作不得主。」

周望叔見他答應，不禁大喜過望，忙笑容可掬地道：「那是自然，那是自然，相信憑周某的實力，再有賴兄的說項，唐家也無不允之理。如果賴、唐兩家願意與周某合作，有賴唐兩家坐鎮於北，周某呼應於南，還怕不能財源廣進嗎？哈哈哈哈……」

「哈哈哈哈……」張牛也暢然大笑起來，周望叔睨了眼他左右陪笑的美人，笑道：「今日能得賴兄有諾，咱們以後咱們就是一家人了，周某心中歡喜，欲邀賴兄再暢飲一番，不若……請賴兄過府，咱們兄弟重新置酒，促膝長談，不知賴兄意下如何？」說著，他的目光有意無意地向娥容一瞥。

舒舒姑娘還未品出其中味道，一旁服服姑娘已嬌嗔地抓住了賴員外的衣袖，吃味道：「我家老爺不勝酒力，不能再喝了，待我家老爺醒了酒，明日白天再過府一敘就是。」

張牛握緊了酒杯，看著對面那個妖嬈迷人的美人，好想大聲說一句：「我願意！」可娃娃已經這樣說了，他只能佯醉裝狂，似不明其意地笑道：「今日天色已晚，賴某確已不勝酒力，待明日賴某再過府一敘吧，哈哈，哈哈……」那笑聲怎麼聽似乎都有種悲憤的味道。

娃娃今日也是一身白衣，卻因體嬌面嫩，不學焰焰做淑女打扮，而是素衣垂髫，雙環綠墜，一雙纖秀的美足趿著一雙木屐，走起路來踢踢踏踏，稚態說不出的可愛。可是偏偏就是這樣一個稚齡女童般的小美人，撒起嬌來卻是媚眼橫波，又嬌又甜，周望叔看了那樣憨嬌神態也不禁色授魂銷，只是如今確認了賴富貴的北地豪紳身分，又知他對這嬌妾愛之甚深，可是不敢打她主意了。

兩下裡又談笑一陣，這才各自登車離開，周望叔一下子攀上了北地兩大豪門，自然是志得意滿，滿懷歡暢，張牛卻是痴痴望著娥容裊娜離去的倩影如喪考妣。

「舒舒服服」兩姐妹哪去理他心情，兩個人登上車子，便把這位用過了就扔的可憐大老爺踢到一邊去，歡歡喜喜地說起了話。

「娃娃，咱們現在可以去見他了吧？叫他預埋伏兵，早做準備，把姓周的一幫人一網打盡！」

「姐姐，這時還不急。」娃娃輕輕勾起轎簾，乜著杏眼向外一瞟，嫣然道：「須知越是此時越要警醒，以免打草驚蛇，功虧一簣，待明日，與他敲定了交接的時間、運糧的路線，種種消息盡皆在握的時候，咱們就去見官人。」

第三百章　絕戶計

「姓胡的，出來！」

門「匡當」一聲被踹開了，幾條彪形大漢晃著膀子闖進院中，一個個半裸胸襟歪戴帽，橫眉立目沒個正形，一時間鬧得雞飛狗跳。

胡老漢聞聲驚惶地趕出來，一見裸著黑黝黝胸膛的那條大漢，認得是城南一帶有名的潑皮頭子張興霸，心中不由一驚，趕緊上前陪笑道：「張五爺，您……您這是做什麼？」

張興霸斜著眼睛睨他一眼，伸出兩指從懷裡慢慢挾出一張紙來，順手抖開，遞到他的眼皮子底下，陰陰笑道：「睜大你的一雙狗眼，給爺爺看個清楚。」

胡老漢退了兩步，定睛一看，認得是自己與行錢人劉忠簽訂的那份借款合同，不由得一驚，失聲道：「張五爺，您這是……這是？」

張興霸獰笑一聲道：「這是你借錢的憑據，劉爺可跟你耗不起，也不想自降身分和你這樣低賤的人物打交道，如今你這張借據已經折讓給咱了，爺爺今兒登門就是來收錢的，三天之內，把錢給爺準備齊了，要不然……嘿嘿嘿嘿……」

張興霸一陣冷笑，胡家閨女急急從裡屋跑出來，見此情形，連忙扶住搖搖欲墜的胡老爹，慌張喚道：「爹爹……」

胡家姑娘布衣釵裙，卻是深山育俊鳥，柴屋出佳麗，別具一番美色，尤其是那種清純善良、質樸溫柔的味道，是在許多城裡姑娘身上見不到的，難怪吃慣膏腴的劉忠會對她念念不忘。

張興霸一見胡姑娘，不由得色心大起，胡家居然敢把事情捅到他姨丈那兒去，已是澈底地激怒了劉忠，他是絕不容許這種事情再度發生的，如果旁人有樣學樣，那他們劉家在泗州今後如何逍遙？

不管如何，他劉家還是要倚仗鄧祖揚的，如今事情已經洩露，他心中那點憐香惜玉的心思便收起了，不敢再打胡家閨女的心思，不過他卻是發了狠心，一定要讓胡家家破人亡，給其他人一個教訓，是以早就授意張興霸，不管使什麼手段，都要讓這膽大包天的人家從此消失。

有了劉忠的吩咐，張興霸自然是肆無忌憚，他淫笑著在胡姑娘粉腮上摸了一把，笑咪咪地道：「夢霏姑娘，這可是越長越水靈啦，瞧著教人心裡就饞得慌。聽說，劉爺有意清了你們家的債務，娶妳過門作個妾，妳瞧，進了劉家門，吃香的喝辣的，這不是挺好嘛，妳這老子不識抬舉，現如今惱了劉爺，得，這債轉給張某了，要不然妳嫁給我得了，做了我張五爺的渾家，嘿嘿嘿，自己丈人的債嘛，我可以考慮……寬限妳個三年五載的。」

胡夢霏氣得俏臉緋紅，扶著老爹連連退了幾步，避開了他的魔掌，對他怒目而視。張興霸不以為忤，聳聳肩道：「胡老漢，爺給你面子，今兒可是親自登門，話就撂在這兒了，三天之內還債，一共四十八貫，到時收不到錢，爺可要收房子收地了，有字據在手，官司打到州府衙門爺也不怕，哼！」

胡老漢失聲道：「怎麼……怎麼又成了四十八貫？」

張興霸白眼一翻，沉下臉色道：「這幾天不算利錢的嗎？嗯？哥幾個，走了！」他把手一揮，掉頭向外就走，手下兩個打手跑去雞窩裡把兩隻老母雞都給抓了出來，翅膀捏在手裡，跟在張興霸後面吆五喝六地走了。

「閨女啊，咱們……咱們如今可怎生是好？」胡老漢驚惶失措，忍不住流下淚來。

胡姑娘也不覺淚下，父女二人哭泣半晌，胡姑娘把眼淚一擦，咬牙說道：「爹爹不必為難，女兒……女兒去尋那劉忠，答允了他便是。」

「那怎麼成？」胡老漢一把拉住女兒：「那劉忠是個什麼貨色，爹爹也是知道的，怎麼能推妳入火坑？再說，妳與證才打小就有了婚約，爹豈能幹出那讓人戳脊梁骨的事？」

唱黑臉的剛走，唱紅臉的就來了，父女二人正說著，一個青衣小帽、面色有些陰沉的中年漢子背著雙手踱了進來：「喲，這大清早的，可是出了什麼事情？」

胡老漢抬頭一看，見是泗州城有名的大豪紳周望叔府上的一個外院管事，周家在城南也有一大片地，這位管事姓楚，叫楚攸嘯，平素時常到莊園附近晃悠，胡老漢是認得這位貴人的，忙擦擦眼淚，垂手道：「楚爺。」

「呵呵，有什麼為難事呀？跟我說說。」楚攸嘯笑吟吟地勾過一隻杌子自顧坐了下來。

胡老漢把事情原原本本地一說，楚管事瞄了一旁正低頭垂淚的胡姑娘一眼，嘆口氣道：「劉忠這人，心黑著吶，他看了你女兒，你當初就答應了也罷，這一難也就捱過去了，你去寺裡上香就上香，何必拿著府臺大人家的小姐當觀音娘娘呢？你看，這事捅上去了，鬧得劉忠面上不好看，莫說你不願賣女兒，就算夢霏姑娘孝順，為了你胡老漢甘願捨了自己這身子，劉忠也是絕不肯再要的了。你還看不出來，他把這借據轉給張興霸，那是發了狠地要讓你家破人亡啊！」

胡老漢跺腳道：「我……我去府衙擊鼓鳴冤去！」

楚攸嘯臉上笑容不變，眼中卻露出針一樣鋒利的光芒，陰聲笑道：「呵呵，鳴冤？敢問你冤從何來啊？你欠了債，是真的吧？白紙黑字擺在那兒，當初借債的時候就知道它是利滾利的高利貸，人家也沒瞞著你吧？一個願打一個願挨，現如今還不上債了你就想鳴冤？鄧知府那是覺得自己家親戚給他丟臉，這才約束了劉忠，換一個債主去，依著王法，他是斷斷不可能給你說話的，你打官司有用嗎？你忘了咱泗州朱員外打了幾年官司，落得個什麼下場了？」

胡老漢失魂落魄地倒退幾步，一屁股坐在地上。

楚攸嘯嘿嘿一笑道：「說起來，我這兒倒是有個辦法，不曉得你胡老漢意下如何？」

胡老漢兩眼一亮，趕緊撲上前道：「楚管事，您有辦法？您說，您說，我這兒聽著呢。」

楚攸嘯摸摸八字鬍，慢條斯理地微笑道：「胡老漢，你也知道，這泗州城裡，不怕他劉家的，也只有我們周爺。」

「啊！」胡老漢茫然地應了一聲。

楚攸嘯又道：「現如今你得罪了劉忠，劉忠擺明了要讓你家破人亡的，你還在這兒等死不成？這地，你是保不住了，依我之見，你不如把這地賣與我們周爺，然後趁著張興霸還未找上門來，帶了錢財趕緊逃走，你那女婿叫趙證才是吧？我記得是……喔，對了，是泗水碼頭上扛貨包的力夫，對吧？」

「啊！」胡老漢又茫然地應了一聲。

「趙證才也是孤家寡人一個，你呢，把這地賣與我們周爺，帶了女兒、女婿逃離此地，天涯海角的，不管是劉忠也罷、張興霸也罷，他們上哪兒找你去？憑著賣地的錢，做點小本生意，也能養家餬口，不比在這兒坐以待斃強嗎？」

「逃……逃走？」老實巴交的胡老漢被人逼到這分上，也沒想到欠了債可以一走了之的道理，被楚攸嘯一說，不覺有些意動。

「當然，你這房子地一收，難道你帶著女兒沿街乞討去不成？人挪活樹挪死，得多長個心眼，就算逃離了家鄉，不比你在這兒等死強？」

胡老漢不覺意動，聽著他的話點頭不已。

楚攸嘯話鋒一轉，又道：「當然，你這地賣給周爺，可不能按時價，看你可憐，我幫你說項說項，一畝地五百文錢，你要是覺得還成，我這就去與周爺說說。」

胡老漢吃了一驚，失聲道：「一畝地五百文？」

楚攸嘯白眼一翻道：「人家張興霸手裡還有你的借據的，你這地賣給周爺，回頭打起官司來，請訟師不花錢嗎？如果衙門裡判罰幾成債務，我們周爺不用給你賠錢的嗎？你不要不知足了，要是張興霸來討債，你可是一文錢都拿不到，我楚管事今天是看你們父女著實可憐，這才發了善心，你當周家貪圖你這幾十畝地？願不願，隨你，本來就不關我什麼事，我走了。」

楚攸嘯站起身，拍拍屁股就往外走，眼看著都要走出院門了，胡老漢突地急叫一聲：「楚管事，請留步！」

楚攸嘯嘴角一勾，露出一抹詭譎的笑意，再轉過身時，臉上已是一片不耐煩的神情：「還有什麼事？」

胡老漢把牙一咬，頓足道：「這地……我賣了，求楚管事發發善心做件好事，幫我……幫我向周老爺說說。」

* * *

江淮一帶多水，香火鼎盛的多是龍王廟，這座破敗的土地廟早就無人打理了，低矮的夯土院牆已經倒塌了一半，院子裡長滿了野草，廟頂上刷的那層摻了糯米汁的黃泥多年來被雨水沖刷卻始終不見修補，已經露出了下面乾枯的茅草，許多鳥雀在茅草中搭窩、屋簷下也有七、八個燕子啣泥搭起的鳥窩，有的已燕去窩空，鳥窩只殘留一半，有的裡邊正有小燕探出頭來嘰嘰喳喳地叫著，辛勤的燕子飛來飛去地捕捉小蟲餵進牠們的口中。

土地廟的門只剩下半扇，門上的漆早就掉光了，石板的臺階也被人揭走，不知挪作了什麼用處。再往裡去，土地廟的窗子早就沒了，此時是用碎磚瓦礫堆起封閉的，想是為了冬日禦寒，夏日卻也沒有搬開。

楊浩和壁宿站在廟門口發了半天怔，他們從昨天打聽的情況中，已經預料到昔日泗州縉紳、擁地千畝的朱洪君朱員外如今的日子只怕是不太好過，卻沒想到居然破敗到這種地步，居然在這破土地廟裡棲身。

兩人對視一眼，這才遲遲疑疑地走進去，土地廟裡非常荒涼，踏著野草間的小徑走進門去，只見殿中十分陰暗，對面小小的土地公、土地婆的神像缺胳膊少腿地矗在那兒，香案等一類的東西已經不同了，神像下用磚石壘了一個簡單的三角形火灶，上邊放了一口破鍋，殿右側柱子下鋪了一堆破爛的被褥，二人適應了一下，才發現那堆被褥中似乎有人睡著。

楊浩試探著咳嗽了一聲，那堆東西動了一下，二人這才看清，那堆破爛被褥中果真有人睡著，要不是他這一動，根本看不出個人形來。

二人小心地走過去，被褥中那人用呆滯的目光也望著他們，這人頭髮披散，臉色灰敗，幾乎看不出是男是女來，壁宿試探著問道：「呃……請問，你是朱洪君朱員外嗎？」

看著這人的模樣，叫出朱員外的名字來，壁宿心中都覺得異常荒謬。

那人輕聲道：「你們……是誰？」

楊浩這才聽出她是個女人，楊浩拉了壁宿一把，蹲下身子，溫和地說道：「妳不用怕，我們沒有惡意，我們來此，是尋訪朱洪君朱員外的，請問妳是……？」

「呵呵……」那婦人嘴角牽動了一下就算是笑過了：「當然……不會有惡意，我們夫妻，現在還有什麼值得人惦記的呢……」

「妳是朱夫人？」楊浩十分意外，定了定神才道：「本官是朝廷的右武大夫、和州防禦使、南衙院使，奉旨巡狩江淮道的欽差副使，此番隨從皇長子魏王德昭南下江淮，巡察江淮納購糧草一事，發現泗州有奸商作祟，本官意欲嚴懲奸商，奈何這些地頭蛇耳目靈通、爪牙眾多，始終抓不到什麼憑據，本官調閱積年舊案，發現了朱員外一案有諸多疑點，是以才微服巡訪至此，不知朱員外現在何處，可能予本官一些幫助？」

楊浩這一連串的官銜報出來，顯然是給了這婦人莫大的信心，她的雙眼陡地亮了起來，激動得想要坐起來：「你們……你們是朝廷上下來的官員？」

「正是，夫人，請問尊夫現在……」楊浩見她掙扎不起，忙扶了她一把，就在這時，門口一人怒喝道：「你們是什麼人，想幹什麼？」

楊浩霍地回頭一看，就見一個乞丐扔掉破碗，舉著一根棍子便衝了過來……

三百一章　打死不告官

壁宿倏地彈起身來，閃電般扼住了那人的手腕，將他手中的棍子奪去，那人手腕關節被壁宿手扼住，就像鐵鉗一般，疼得他唉唉直叫，那女人驚慌叫道：「兩位大人莫要傷了我家官人！」

楊浩一聽，急忙對壁宿道：「放開他！」

楊浩緩緩走去，對那人道：「想必閣下就是朱員外了？本官朝廷欽差副使楊浩，奉君命巡狩江南，有些事情，想與朱員外談談。」

這個乞丐雖是驚魂未定，卻未露出驚訝神色，散亂的髮絲間那雙眸子只是冷冷瞟了楊浩一眼，他便繞過楊浩去攬住了自己夫人，頭也不回地道：「我不是什麼朱員外，只是一個沿街行乞的乞丐，幫不上大人什麼忙，你們請離開吧。」

那婦人急道：「官人！」朱洪君默然不語。

楊浩十分意外，沉默片刻，才道：「朱員外，我知道你原本是泗州地方有頭面的人物，家境殷實，生活優渥，如今到了這步田地，難道你甘心嗎？本官誠心要為你作主，重提舊案，希望你能相信本官的誠意，與本官合作。」

「呵呵呵……」朱洪君一陣慘笑，搖頭道：「朱某的案子早就已經結了，告到一個知府垮臺，我知足了，真的知足了，我不告了，這一輩子都不告了，打死……都不告了！」

那聲音無比地淒涼絕望，楊浩的心弦不由一顫，一時竟不知說些什麼才好。壁宿啐了一口道：「虧你還是個男人，好沒骨氣的東西，老爹上了吊，兒子投了河，何等殷實的一戶人家落到這步田地，你倒忍得，簡直比只烏龜也強不到哪兒去。」

朱洪君肩背一顫，淒然笑道：「是啊，我是該做烏龜的，如果我聰明些，早早地做了烏龜不去告官的話，怎麼會落到這步田地？我糊塗啊，為什麼明白的那麼晚、明白的那麼晚？」

楊浩吁了一口氣，耐心說道：「朱員外，這一次是魏王千歲南巡於江淮，本官與千歲身負購糧重任，但有不法奸商從中作梗者，勢必要嚴懲的，不管是泗州商賈還是朝廷命官，本官只要掌握了他的不法證據，就絕不會官官相護，本官今日微服來尋，員外還信不過本官的誠意嗎？」

朱夫人雙眼溢出淚水，望著丈夫道：「官人，咱們除了這條爛命，還有什麼？這位大人能尋訪到這兒來，顯見是個有誠意的，官人何不把咱們的冤屈訴與大人知道？」

朱洪君僵硬著身子仍不回頭，壁宿嘆了一口氣，對楊浩道：「大人，枉費你一番心思了，這個人是個沒血性的，殺父之仇不共戴天，他忍了。獨生兒子被人引去關撲賠光了家產投河自盡，就此斷了朱家香火，他也忍了。好端端一戶人家，成了如今這副模樣，他仍然忍了。這個人，只要還能活命，沒有他不能忍的，豬狗一般的人物，何必在他身上枉費心思？大人，咱們走吧。」

朱員外額頭的青筋都一根根綳了起來，牙齒咬得咯崩崩直響，卻仍是一言不發，周夫人突然發狂般地叫道：「官人，咱們落得這般田地，不曾有人聞問，如今好不容易來了個肯為咱們作主的，你為什麼不把冤屈訴與他們知道？你不說，我說！」

朱夫人掙扎著就要爬上前來，朱員外抱住了她，嚎啕大哭道：「夫人，我們若非告狀，怎麼會落得這步田地？不告了！不能再告了！」

朱夫人淚流滿面地道：「官人，我們如今除了一條爛命還有什麼？公公死了、孩兒死了，朱家敗落至此，這位大人既有心重審此案，我們夫妻便豁出了這條命去又能如何？」

朱員外泣聲道：「夫人，你不知那些官們俱是官官相護、心腸歹毒的，他們說的再如何冠冕堂皇都是信不得的，明鏡高懸於堂上，明鏡之後卻是骯髒不堪，種種機巧，俱是殺人不見血的手段。為夫如今一無所有，死不足惜，可是我若死去，夫人妳半身癱瘓，欲討一口飯吃也不可得，那時可如何是好？」

朱夫人流淚道：「官人啊，你我如今生不如死，若能沉冤昭雪，妾何惜一死？官人勿念妾身，只要報了大仇，縱然千刀萬剮，妾也甘之若飴。」她說著，忽地抄起當作枕頭的一塊青磚，狠狠向自己額頭砸去。朱員外驚呼一聲，急忙伸臂擋住，然後便去奪她磚頭。

楊浩霍然動容：這兩人告了幾年的狀，究竟遭遇了怎樣的不公，才會心灰意冷至此？

他上前一步，沉聲道：「本官若說一定將歹人繩之以法，那是欺哄你們了。因為我需要證據，但教本官拿住了證據，除非罷了我的官，否則本官絕不枉縱一個歹人，言詞鑿鑿，天地可鑑。賢夫婦不管昔日受過怎樣的委屈，但請你們信我！」

朱夫人抓住丈夫的手哀求道：「官人！」

朱員外如同風中落葉一般簌簌發抖，他忽地轉過身來，嘶聲叫道：「秉公而斷？你真能秉公而斷？」

楊浩沉聲道：「不然……你既不曾告官，本官主動來尋你做什麼？天氣太熱閒得無聊不成？」

朱員外狠狠瞪他半晌，一字字說道：「冥冥中自有天地鬼神，看著人間一切，你敢發誓嗎？你若誆我，天地亟之，身遭橫死！你家中滿門，必也落得似我朱家一般下場！」

這樣惡毒的詛咒，聽得壁宿勃然色變，當即便要發作，楊浩卻攔住他，淡淡一笑道：「好，本官楊浩，就在土地公公、土地婆婆神位前立誓，方才所言，但有半句虛假，必落得與朱員外家中一般下場！朱員外，現在……你可以說了嗎？」

朱員外怔怔地看著他，半晌才喃喃地道：「這樣活著，也真的了沒生趣。說就說了吧，大不了搭上這條性命而已。」

他像得了失心瘋似地怪笑兩聲，忽地說道：「前幾日你張榜許人陳告，朱某曾悄悄前往府衙，本來抱著萬一的希望，是想向你鳴冤的，可是朱某親眼見到你與鄧知府、劉向之稱兄道弟、親親熱熱。楊大人、楊欽差，如果你真肯為了我一個爛乞丐得罪同僚和朋友，那朱某豁出這條命去，再向您遞一次狀子，如若不然，朱某夫婦已淪落至斯，悽慘無比，求您抬抬手，就放過了我們吧。」

楊浩臉色攸然一變，失聲道：「你說什麼？」

* * *

胡老漢做了一輩子老實人，這是破天荒頭一回起了賴債的心思，他壯起膽子答應了楚管事。楚管事做事倒也幹練，沒多久就帶了里正來做保人，與他當面簽了契約，一共四十七畝上好的水田，再加上他這三幢房舍，最後變成了二十貫錢。

胡老漢等著楚管事回來的時候，就已託了個同村遠親去城中尋找和女兒自幼定親的女婿趙證才。這時晝了押收了錢，他什麼也不帶，打了個小包袱，帶著女兒便急急離開了祖祖輩輩生長於斯的家園。

楚管事打發了里正離開，望著匆匆行走在地埂田壟間的那對父女，冷冷地一笑，招手喚過一個幫閒，吩咐道：「去，告訴張五爺，就說地我已經拿到了，叫他準備拿人吧。」

胡老漢的未婚女婿趙證才本是碼頭上扛活的力工，這幾日因為碼頭封河築壩時被人一鋤頭刨傷了腳，正在城中養傷歇息，他得了消息一瘸一拐地趕來，兩下裡在南城門見了面，胡老漢說明了情況，三人急急商議一番，趙證才想起他在雄州有個遠房舅舅，三人便決定穿城向北，逃到北方去尋條活路。

不想他們剛剛走到了禪寺附近，張興霸突然帶著七、八個潑皮出現在他們面前，冷笑道：「胡老漢，這是去哪兒呀？」

胡老漢大吃一驚，再看到站在張興霸身旁一個陰陰而笑的潑皮，正是方才楚攸嘯身邊的人，頓時什麼都明白了，他急忙攔到女兒前面，悲憤地道：「我上了這幫禽獸的當了，證才，你快帶夢霏離開，我跟他們拚了！」

趙證才傷了腳，哪裡跑得起來？再說他雖是碼頭上扛包卸貨的力工，身上著實有點力氣，卻是個老實巴交的百姓，一見了那些橫眉立目的潑皮無賴，先自怯了幾分，連一點反抗的意思都不敢生起，這時一被他們圍住，早就被嚇得手軟腳軟，動彈不得了。

胡老漢衝上前去，張興霸眼皮都沒眨，一個潑皮飛起一腳，便把胡老漢踹了個滾地葫蘆，另一個也跳將起來，一腳踹在趙證才的胯骨軸子上，把他踹了個嘴啃泥，冷笑罵道：「我們五爺看上的女人，你也敢拐帶走？」

張興霸四下一看，冷冷地吩咐道：「把他們三個弄進土地巷去，這裡行人頗多，莫要落入有心人眼去。」

幾個潑皮裹挾著胡老漢和趙證才，便往一條荒涼的巷弄中走去，張興霸攥住胡姑娘的手腕，不由分說把她也拖了進去，路上縱有三五行人看到，見是南城一霸張五爺拿人，又有哪個敢吱聲。

一進了巷弄，幾個潑皮便拳打腳踢，拳腳如狂風暴雨一般，打得胡老漢和趙證才口鼻淌血，滿地打滾。

「爹爹……」胡姑娘哀哭痛叫，但是她被張興霸緊緊抓住，根本掙脫不得。

「五爺，張五爺，小的不敢了，小的不敢了，求您……求您饒了小的。」趙證才只是個十八歲的後生，身體雖然強壯，膽子卻不大，哪敢與那潑皮招架，被打得鼻青臉腫，只是開口求饒。

張興霸抓著不斷掙扎的胡姑娘，就像拖著一隻小雞似地走過去，在趙證才大腿根上狠狠踩了一腳，笑罵道：「你個小猢猻，也敢跟五爺搶女人？」

趙證才慘叫一聲，佝僂了身子哀求道：「小的不敢了，小的不敢了，五爺饒命。」

「五爺。」一個潑皮把從胡老漢身上搜出的二十吊錢捧過來，張興霸順手揣進懷裡，獰笑道：「二十吊？可還差著二十八弔錢呢！要是還不上……那就只好拿你女兒抵債，敬酒不吃吃罰酒，這可是你們自找的。」

他睨了趙證才一眼，問道：「你怎麼說？」

趙證才臉上瘀青一片，口鼻淌血，依依不捨地看了胡夢霏姑娘一眼，把心一橫，叩頭道：「小子沒話說，情願將她讓與五爺。」

張興霸連聲冷笑道：「你現在識相了？遲了，遲了。」

他轉眼看到胡姑娘，雖是又急又怕，臉蛋漲得潮紅一片，兩眼汪汪的帶著可憐，可那梨花帶雨的模樣，卻更加地惹人憐愛，不由色心大起。

劉忠被人在姨丈面前掀了他底，是真的惱恨了胡老漢，他使了這招絕戶計，叫張興霸、楚攸嘯兩個人一個唱黑臉、一個唱紅臉，軟硬兼施騙得胡老漢簽字畫押，堂堂皇皇地奪了胡家的地，同時還蠱惑他負債潛逃。這事有當地里正作證，胡家父女連著他們的未婚女婿趙證才三個大活人，如果在當地消失，那是沒有絲毫後患的。

這三個人的命運已經注定了，胡老漢和趙證才將被塞進麻袋，運到碼頭河堤上填河泥。而胡夢霏胡娘將被賣到揚州青樓裡去，永無出頭之日。這就是劉忠的手段，殺一儆百，衙門口給你敞著，青天大老爺堂上坐著，看你誰敢去申冤？

可是一看胡姑娘哭得梨花帶雨的俊俏模樣，張興霸心中邪念陡生，就這麼把她弄走賣掉，真讓人有點捨不得，反正劉爺說過，要把她賣到最低賤的窯子裡去，留她個完璧也多賣不了幾文錢……」

張興霸想到這裡，淫興頓起，便對手下吩咐道：「把他們先弄到土地廟去，五爺替趙證才入個洞房，跟胡姑娘親熱親熱。」

那潑皮一聽，頓時興奮起來，搓手道：「五爺，您看，等您爽快過了，是不是讓兄弟們也痛快痛快？」

張興霸哈哈大笑道：「你這小子，不嫌給五爺涮鍋，那就等五爺爽快夠了再說。」

胡姑娘聽在耳中，駭得花容失色，欲待喊救命，已被人摀住了嘴巴，唔唔地喊不起來，三人被他們急急拖向土地廟，張興霸施施然跟在後面，到了土地廟門口，一邊解著褲腰帶，一邊邁步進去道：「整個南城誰不認得我張五爺？五爺要辦事，哪個不知死活的愣頭青敢出頭？小娘子，妳還是留著點勁，等會兒再叫給五爺聽吧。」

張興霸一頭撞進院中，只見兩排頭戴紅纓盔，身穿緋紅色戰襖，頸上還繫著一塊紅色汗巾的士兵正站在土地廟門口，先進來的那幾個潑皮已被幾名士兵逼住，雪亮的鋼刀、鋒利的槍尖，全都招呼在他們的脖子上，一個個汗如雨下，動也不動。

張興霸登時一個激靈：「我的乖乖，這……這……這是大宋的禁軍吶！」

抬頭再一看，一個眉目英眉的白袍青年笑吟吟地從大殿中踱了出來：「這是誰叫喚愣頭青呢？原來我楊浩的綽號都傳到泗州來了？」

張興霸登時石化，雙手一鬆，「唰」地一下，褲子就落了地，露出兩條毛茸茸的大腿……

三百二章　拔起蘿蔔帶起泥

楊浩尋找朱員外本來是想找到周望叔等不義良紳的一些為非作歹的證據，以此相要挾，要他們乖乖配合自己完成泗州收購糧食的任務，想不到卻從朱洪君口中聽到這樣一個驚人的消息。

朱員外把自己這些年的冤屈都說了出來。當初，周家為了侵吞朱家產業，使出種種卑劣手段打壓排擠，兼併朱家產業，朱家自然不服，官司打到了府衙，可是周家早與殷知府沆瀣一氣、官紳勾結，害得朱家苦不堪言，朱家為了打官司花錢如流水，結果反而敗訴。周家更是洋洋得意，不斷派些潑皮無賴上門挑釁，朱家老太爺一怒之下在江淮道觀察使衙門口上吊自盡了。

這一來事態鬧大了，那位觀察使怕惹禍上身，便會同監察使衙門聯名上書御史臺，那時大宋剛剛打下荊湖地區，勢力擴展至江淮以南還沒有多久，正要肅清南方吏治，御史臺對此案十分重視，立即派人趕來徹查此案。

只是，說是徹查，但是地方上的官員胥吏大多是連著地盤一併接收過來的，這些官員仕紳、胥吏役差之間利益相連，互相庇護，只從開封府空降幾個朝廷大員下來，想要拿他們的罪證談何容易？

這樁案子查了幾個月，地方上的胥吏仕紳們有意掣肘，弄得風聲鶴唳、人人自危，政事無人打理，經濟糜爛不堪，再查下去恐怕就要鬧得更加不可收拾了，兩相權衡，朝廷只得處置了已抓到確鑿證據的前任知府殷靜，便將此案草草了結。

新任知府鄧祖揚上任以後，朱員外繼續告狀，希望能拿回祖上傳下來的土地，懲辦逼死老父的周望叔。朝廷派人來泗州查辦此案時，周望叔心中恐慌，倒是蟄伏了一陣，待後來見朝廷來人也奈何不了他，氣焰便再度囂張起來。

他見朱洪君還敢告狀，便指使人對朱家肆無忌憚地下手打擊，一時間朱家橫禍連連，不是後院失了火，便是田地遭了水，家裡頭今兒有人出門無端被打，明日大門上被人潑的到處都是豬血、狗血，嚇得朱家的家院僕從們紛紛請辭離去。

朱員外橫下一條心，誓要把周望叔繩之以法，但是他漸漸發現，鄧知府新官上任時對他還算客氣，後來卻漸漸不大待見他了。每次去衙門時，朱員外總要受到多方刁難，不管是衙差胥吏、堂官主簿，見了他都是不陰不陽的，想要見上鄧知府一面簡直是難如登天。

好不容易見到了，說不上三句話，也一定會有府衙中的小吏捧了「重要公文」請府臺大人馬上處理，這位鄧府臺只要一離開，再想見他又不知要等到什麼時候，一個

「拖」字訣，把朱員外拖得是精疲力盡、五癆七傷。

朱家的產業全都顧不上打理了，這種軟刀子殺人的功夫把朱員外磨得心灰意冷，告狀的心思也就淡了。可是這時周望叔反而不肯罷休了，每天繼續派潑皮無賴來鬧事，攪得朱家雞犬不寧，沒多久，朱員外的兒子又被一幫紈褲子勾引去關撲，把朱家的田地、店鋪、房產全都押上，輸得一乾二淨。

等到周望叔派人拿著朱家兒子親手畫押的憑據上門來收房子收地時，朱洪君才曉得這是周望叔為了趕盡殺絕使的一計，朱家瞬間破敗，他的兒子自知上當，羞見父母，一時想不開投河自盡了，朱洪君從養尊處優的朱員外，一夜之間淪落成了乞丐，家中獨子又投河自盡，朱夫人受此沉重打擊一病不起，在破廟中既請不起醫也吃不起藥，整日睡在潮溼的地面上，竟爾落得個半身癱瘓的下場。

聽了朱員外的血淚控訴，壁宿氣得眥裂髮指，恨不得立刻去殺了周望叔那吃人不吐骨頭的老賊，楊浩畢竟在官場中廝混了許久，知道意氣用事無濟於事，除非他去扮個路見不平的江湖好漢，否則總要有真憑實據，才能將那惡人繩之以法，是以強抑心中不平，沉聲說道：「朱員外，你也知道，僅憑你這一面之詞，是辦不了他周望叔的。憑你的猜測，也不能斷定鄧祖揚與周望叔私下有所勾結，這裡你不能住了，我馬上把你接走，尋個穩密安全處安頓了你們夫婦之後，咱們再作詳談，看看能否抓到他們的真憑實據。」

朱員外深深望了他一眼，一副欲言又止的樣子，最終只是點了點頭。

楊浩在泗州也是外人，要想安頓朱員外夫婦，做到既安全又隱密，實在沒有一個好去處，他想來想去，也只有魏王那艘官船才是泗州官府和地方豪紳的勢力滲透不到的地方了，於是便讓壁宿立即趕去調人來接朱員外夫婦去欽差坐船，自己在廟中陪著他們。

壁宿得令飛快趕去船上調人，他持著楊浩的信物，楊浩是欽差副使，對欽差儀仗、扈衛的禁軍也有調動之權，立時便調了一隊兵來，他們到了廟中拆下那半扇門板，將朱夫人抬上門板上，正要離開這土地廟，誰想張興霸色心大起，想要白晝宣淫，竟把胡姑娘拖進了土地廟，讓他撞個正著。

一見欽差還有那如同殺神一般的禁軍虎賁，張興霸一眾在泗州作威作福、囂張不可一世的潑皮嚇得魂飛魄散。楊浩就把這土地廟做了大堂，當即「升衙問案」，張興霸本來還想避重就輕搪塞過去，就算被這位欽差辦他個強姦未遂關進牢裡，等欽差一行人馬離開泗州，有劉爺和周爺維護，他也一定出得來。

可是楊浩現在正要搜羅有關周望叔的一切罪證，他得知這樁奪地案不但涉及周望叔，而且還涉及鄧知府的外甥劉忠，從側面印證了朱員外所說的鄧祖揚與周望叔私下有勾結的事，哪裡還肯讓他們離開？

這裡除了張興霸和他的一眾嘍囉，還有胡氏父女、趙證才，張興霸縱然想遮掩，胡老漢三人也是不可能替他隱瞞的，胡老漢把事情原委一說，從楚攸嘯那兒趕來向張興霸通風報信的潑皮楊青，便被兩個人高馬大、膀壯腰圓的禁軍侍衛拎小雞似地提出來往地上狠狠一摜，就他那體格幾乎被摔得背過氣去，當下不用人打，便乖乖地把自己知道的情況像竹筒倒豆子一般全說了出來。

楊浩一聽，還有個楚攸嘯與這張興霸分別是周望叔和劉忠的爪牙，兩下裡明著一正一邪鬥得不可開交，私下裡卻是沆瀣一氣互相配合，深知這人也是一個關鍵人證，便趕緊向這個混蛋本家問道：「那楚攸嘯現在何處？」

楊青吃吃地道：「楚管事……啊不，楚攸嘯到姚姐兒那裡去了。」

壁宿抬手就是一記耳光：「你他娘的說清楚，到哪個窯姐兒那裡去了？」

楊青哭喪著臉道：「這個窯姐兒她姓姚，就叫姚姐兒。」

壁宿聽明白了，不禁又好氣又好笑，回頭對楊浩道：「大人，你看？」

「這是一個重要人證，要把他一併捉來。」楊浩沉思片刻，又道：「周望叔、劉忠那裡，幾時要你等回去稟報消息？」

到了這一步，張興霸也無可隱瞞了，垂頭喪氣地道：「幾十畝地的小事哪用得著劉爺、周爺時時上心，只是胡家得罪了劉爺，劉爺這才親自吩咐下來，這事辦妥了，卻不急著回報的，劉爺和周爺這兩天正忙著。」

楊浩聞之大喜，當即吩咐道：「這些潑皮在泗州城裡相熟的人太多，若帶著他們，可不方便馬上出去了，你們且在這裡歇息，等天黑之後，把他們帶出南城，繞道回船上去。你們幾個……」

他指了幾個身形不算太過魁梧的禁軍護衛，命令道：「把軍服脫下來，換上這潑皮的衣服，隨本官去拿楚攸嘯。」

朱員外冷眼旁觀，見了楊浩如此作為，方才有些動容，楊浩轉身對他道：「朱員外，本官本想馬上把你們請上官船，可是這麼多人動靜太大，為免打草驚蛇，你們也要在這裡暫候一時，待天黑後，隨禁軍一起上路，本官現在去拿那楚攸嘯。」

「使得使得，楊院使請稍候……」

朱員外至此終於相信了他的誠意，他急急奔進破廟，到了土地公的神像前面，在滿是破洞的神臺下掏摸了一陣，掏出一個爛包裹來，重又奔到楊浩面前，激動地道：「小民慚愧，方才還有些疑心大人，是以不敢將它獻出。如今草民真的相信大人欲秉公斷案了，大人，自破家淪落至此，朱某並未閒著，每日遊走於大街小巷，藉著乞討飯食，時時盯著劉周兩家的不義之舉，但我所聞所見，盡皆謄錄於此，院使大人按圖索驥，必有所獲。」

楊浩打開包裹一看，只見裡邊一枝禿筆，半塊破硯，其餘的都是些參差不齊、樣式各一的紙張甚至布片，上面密密麻麻記滿了文字，粗略一看，都是聽說某人做了些什麼，或親眼見到他們指使嘍囉做了些什麼，時間、地點、人名、事情原委，均羅列得詳細，看來打了幾年官司，他是頗有作訟師的心得了。

楊浩大喜，這時也顧不得細看，連忙揣進懷中，慨然安慰他道：「朱員外屢受構陷，心存警惕理所當然，慚愧的應該是我這個官才對，你放心吧，這件事既落到本官手裡，就一定要還你一個公道！」

三百三章　一團亂麻

姚姐兒是南城一帶有名的暗娼，她是女繼母業。

當初於亂世之中，她的母親無所依助，就做了個半掩門的窯姐兒，待到年老色衰沒了生意，這女兒就接替了母親繼續做暗娼，後來找了個男人入贅，這老公倒是做龜公的材料，把門望風，端茶送水，甘之若飴，全沒點男兒骨氣。

這姚姐兒姿色確是不俗，那種半良家的韻味更是青樓姑娘所不具備的，楚管事就嗜好這一口味，自打跟她有了一腿之後，食髓知味，一有機會就來尋她淫樂，這一陣子因為事務繁忙卻是沒有過來，老相好見了面，自然打得火熱。

此時，二人就在中堂裡坐著，姚姐兒那條透著香汗的腰巾被丟在地上，外衣已被楚攸嘯寬去，露出裡邊的貼身褻衣，褻衣內胴體曲線畢露，成熟婦人的身體極為惹火。她跨坐在楚攸嘯腿上，正在輕輕親吻著他壯實而長滿胸毛的胸膛。

繡了團花的緋紅色胸圍子裡包裹著兩團豐滿，楚攸嘯一雙大手探上她的前胸，肉球在他的大手揉捏下不斷變幻著形狀，姚姐兒顯得似乎難以承受，兩道柳眉不禁微微蹙了起來。

楚攸嘯嘿嘿淫笑道：「姚姐兒，楚爺可是有日子沒來啦，有沒有想楚爺啊？」

姚姐兒嬌滴滴地道：「哼，誰知道你這死鬼這些時日又看上了哪家的婦人，奴家還道你再也不來了呢，好沒良心的男人，惹得人家也不知有多傷心。」

楚攸嘯明知她說的是假話，卻也聽得眉開眼笑：「哈哈，怎麼會呢？不瞞妳說，我們周爺這些時日忙著截購糧草，我老楚的腿都快跑細了，哪有妳這般悠閒自在？兩腿一分，哼哼唧唧的就能賺錢？」

姚姐兒吃吃地笑，伸出紅蔻纖指在他額頭一點，嬌嗔道：「狗嘴裡吐不出象牙，我就說呢，有個外地的米商跟我發牢騷，說咱們泗州官倉的收購價格比市價足足低了四成，這麼低的價誰肯賣呀？嘻嘻，那糧價自然是你們壓下來的了？最後糧食都落到你們手中了吧？」

楚管事嘿嘿笑道：「外地米商？嘿，楚爺這些天為妳守身如玉，胯下這位小兄弟，就沒讓它立起來過，妳倒日日不缺肉吃。」

姚姐兒掩口笑道：「楚爺看著如此精壯的一個漢子，若是每天早起這根旗桿都不曾豎起來，身子定是虛得很，奴家就是等著你，你能餵得飽奴家嗎？」

楚管事在她肥臀上狠狠一捏，笑罵道：「好騷的小娘子，來來來，且來吮吮妳家楚爺的大鳥兒，看它餵不餵得飽妳！」說著把姚姐兒削肩一壓，便往自己胯下按去。

楊浩和那幾個扮潑皮的禁軍侍衛，押著楊青到了姚姐兒門前，姚姐兒的男人正懶洋洋地蹲在門口摳著鼻屎，一瞧這架勢，連忙起身道：「喲，幾位爺頭一回來吧？裡邊正有客人，你們還得等等。嘿嘿，我家姐兒只有一個，你們怎麼來了這麼多人吶？只怕我家姐兒消受不起，不過……要是你們肯付三倍的價錢嘛……嘿嘿嘿……」

他伸出一隻手，諂笑著顛了顛，那領頭的禁軍侍衛是跟著趙匡胤混的，向來目高於頂，哪裡肯跟他一個龜公聒噪，劈面就是一個大耳刮子，搧得這龜公暈頭轉向，還沒明白怎麼回事，就被那侍衛一手揪住脖領子、一手抓住腰帶，「嘿」的一聲把他給舉了起來。這些侍衛跟著趙匡胤都學了一個壞毛病，就是喜歡亂丟東西，那侍衛舉起了龜公，劈手向前一擲，便用他砸開了房門。

房裡頭楚攸嘯心急火燎地褪了褲子，按著姚姐兒的腦袋便往下體湊，那雙紅唇剛剛沾著他的麈柄，「砰」的一聲響，兩扇門便被撞開，一個人影滾地葫蘆一般摔了進來，後面緊跟著便走進幾個彪形大漢。

楚管事到底是經過大世面的，臨危不亂，處變不驚，騰地一下便跳將起來，嗔目大喝道：「你們是幹什麼的？不曉得楚爺我是泗州周家的管事嗎？你們……」

楊浩抬腿邁進了房間，一瞧他赤裸著下體的醜陋模樣，不禁失笑道：「今天到底是什麼日子啊？剛剛碰上個寬衣解帶的，現在又碰上一個。」

楚攸嘯剛剛看到那幾個潑皮打扮的漢子，還以為是哪裡的地痞無賴趕來尋釁滋事，這時一瞧楊浩的模樣，卻不禁遲疑起來：「你……你是什麼人？」

楊浩笑吟吟地看看房中情形，把手一揮道：「來啊，把這廝請上船去，與他那難兄難弟好生親近親近。」

*　*　*

知府衙門裡，一個禁軍小校進了魏王趙德昭的住處，過了片刻，便有魏王內侍匆匆趕去把楚昭輔、程羽、慕容求醉一干人等全都請了來，見趙德昭穿起袞龍袍，戴起翼善冠，一副要出門的模樣，眾人莫名其妙，楚昭輔忙道：「千歲召下官等來，不知有什麼吩咐？」

趙德昭擺手道：「並非本王相請，而是楊院使有緊急的事情，請本王和諸位大人速速趕回官船，具體是什麼事情，本王現在也不曉得。」

方正南蹙眉道：「這個愣頭青又要做什麼了？」

趙德昭笑道：「楊院使看似莽撞，做事其實倒也懂得分寸的，若無大事，他斷然不會行此一舉，諸位切勿抱怨，且隨本王一行吧。」

眾人應是，趙德昭隨口問過鄧知府尚未回府，便只知會了鄧府管家一聲，這位管家叫劉全，也是鄧知府夫人娘家的一個遠房親戚。鄧家的叔伯兄弟們生性涼薄，對鄧祖揚這個父母早亡的本家兄弟一向懶得理會，他困苦時劉家人對他卻很是照顧，他是個知道感恩的人，再加上夫人常常提起娘家人的恩情，所以他做了官之後，劉家人已經全都跟了他來，倚靠著他的關係，在衙門和地方謀得了一個差事。

那位管家聽說王爺要出門，忙叫人去告知夫人，自己亦步亦趨地陪著魏王一行人往外走，魏王頭前而行，繞過一叢葡萄架，就聽訝然一聲輕呼，一個少女聲音道：「啊，原來是魏王千歲，秀兒見過殿下。」

趙德昭閃目一看，見假山旁站著一個纖體如月的柔美少女，正是鄧知府的千金，不禁露出歡喜神色，趨前兩步道：「秀秀姑娘。」

這時楚昭輔一干人等也都跟了過來，鄧秀兒一見，連忙福身一禮，垂下頭去不敢直視，趙德昭遲疑了一下，微笑道：「本王正欲趕回船上處理一樁公務，天色已晚，今晚恐怕回不來了，還請姑娘代為告知令尊一聲。」

鄧秀兒垂首應道：「是。」

趙德昭略一遲疑，當著這許多從屬，終究不便放言，便向她頷首一笑舉步行去。

待一幫人前呼後擁地陪著趙德昭消失，鄧秀兒輕輕抬起頭來，往幽深花徑中一望，只聽鳥雀唧唧，人蹤已杳，不禁悵然若失。

幾日下來，她從貼身丫鬟那兒已經曉得每日傍晚趙德昭都要在庭院中散步，為了這場「偶遇」，她不知準備了多久才鼓足了勇氣，誰曉得他今晚有公務要辦。情竇初開的秀兒姑娘，長這麼大還是頭一回心裡頭有了一個男人的影子，偏偏好事多磨，怎不令人嗟嘆。

寂寂林蔭花徑，秀兒姑娘手扶太湖磊石，痴痴望著滿天殘霞，不禁幽幽一嘆。

* * *

欽差官船上，楊浩已弄了一輛驢車，把周府的外管事楚攸嘯和姚姐兒夫婦載了來，俟魏王趙德昭一到，他立即把整樁事的來龍去脈向他稟明。趙德昭聽了也不禁面上失色，此時壁宿那邊因為人多勢眾，恐行藏落到有心人眼中，所以還不曾趕到。

楊浩已抽空看過朱員外藉大街小巷中行乞所探察過的那些資料，最了解一個人的果然不是他的親人，而是他的仇人，朱員外偵知了周望叔許多不法行徑，就連他在泗州府隻手遮天，與劉家明爭暗和，軟硬兼施吞併他人財產的資料也弄到了許多，一一記載了下來。

楊浩是欽差副使，三個欽差中他官職最低、資歷最淺，就連慕容求醉、方正南和程羽三人，此番雖未掛著欽差身分，論起資歷和來頭也不比他小，自然沒有隔著鍋臺上炕的道理，而且此事若不經過趙德昭，勢必無法查下去，是以便把他們都請了來，反正人人都知道他是愣頭青，做事莽撞不計後果，這事當著大夥的面捅開，任誰也不好遮掩，有什麼事大家擔著就好。

慕容求醉把朱員外所記的那些罪證要去，與方正南擠在一塊仔細研究了半天，向魏王拱手讚道：「楊院使幹的好呀，這些罪證只要一一查實，不怕泗州糧紳不乖乖就範，依在下看來，可以把鄧知府請來，由其主持，全力偵緝此案。」

程德玄瞿然變色道：「慕容先生，此案事涉鄧知府，就是讓他參與也不宜，由他主持審理此案？那不是把刀柄授予人手？」

方正南道：「這些惡行，並不直接牽涉鄧知府，家人親眷瞞著他為非作歹也是有的。何況這只是朱洪君一面之詞，此案尚未查明，我等自開封來，若無本地主官協從，如何辦案？」

他們是趙普的人，而鄧祖揚是趙普大力舉薦的官員，若是鄧祖揚倒了，難保不會有人藉此參劾趙普，是以大力維護。程羽不動聲色，笑吟吟地道：「方先生此言差矣，莫說鄧知府也有嫌疑，就算鄧知府並不知情，此案涉及他的親眷，他也應該迴避才是。若是讓他參與進來，如何能讓苦主心安？王爺在此地人地兩生，無一兵一卒可用，這也無妨，查緝官員的案子，正是本州的觀察使、監察使之責，他們如今正在附近鎮縣督察購糧事宜，可緊急召回，直接查問此案，而由魏王千歲總掌全局。」

慕容求醉道：「鄧祖揚公體為國，勤政廉政，這是人所共睹的，若說他作奸犯科，未免可笑，就算不允他涉入此案，也不該讓這地方長官蒙在鼓裡，何況許多事還是需要他來配合的。」

楚昭輔坐在魏王身側，一看相爺和王爺的兩班人馬互掐起來，兩道眼神立刻變得有些迷茫起來，坐在那兒一言不發。

宋朝的官相對於其他朝代來說，是比較能夠納入體制的，不管是地方官還是朝廷欽差，沒有多少專斷之權，當然，若是有官員私下與豪紳勾結，對地方的危害同樣不小，但是其運作過程常常也是在暗中進行，僅僅依靠朝廷賦予地方官員的權柄，是不足以讓他們成為破家縣令、滅門府尹的。

趙匡胤不允許地方再出現藩鎮那樣的國中之國，對這縣令、府尹的約束力也大增，他們是不能像其他那些朝代的地方官一樣，如同「百里侯」一般為所欲為的，不能因為你官大就什麼事都可以插一手，在地方上開「一言堂」，比如知府的副手通判，在許多事情上對知府就有監督和制約的權力。

從長遠來看，從現代經驗來看，這麼做其實是一樁好事，官員若擁有太大的自主權，那凡事就只能完全依靠他的個人品性，一旦他的品性欠佳，這地方官權柄太大，對地方的禍害可就難以想像了。

但是凡事有一利必有一弊，因為權柄受束縛的太多，應付突發事件的能力就差。慕容求醉與方正南兩人深恐鄧祖揚事涉其中，會牽連到趙普，所以就以制度擠兌魏王，而程羽、程德玄卻覺得這是一個千載難逢的機會，想趁此機會把泗州府刨個底朝天，就算不能把趙普扳倒，也能讓他噁心半年。

兩下裡正較著勁，楊浩說道：「千歲，此番於各地購運糧草事關重大，臨出京時官家已經許了千歲專斷之權，這件事，千歲是管得的。依下官之見，若求妥當，可以一面派人去把觀察使、監察使找回來，再把泗州通判喚來，由此三人主持此案。

「千歲可以同時以六百里快馬飛報京師，這樣就妥當多了，事急從權，是不能顧慮太多的，要知道這可是泗州府，他們耳目眾多，如果消息洩露，他們在我們眼皮子底下就可以把罪證一件件湮滅無痕，那時就糟了。」

楚昭輔咳嗽一聲，慢吞吞地道：「千歲，本官覺得……楊院使這樣安排還算妥當。」

趙德昭猶豫片刻，霍地立起身道：「好，就依楊院使所言。楊院使，本王馬上派人召本府觀察使、監察使回來，並召泗州通判來見，再遣人稟奏官家。在此之前，本王專斷地方，你說，咱們現在該做些什麼？」

楊浩振奮地道：「這裡是他們的地盤，以往查辦屢屢失敗，就是因為讓他們有了準備，可以利用久在地方，勢力盤根錯節、無孔不入的優勢從容布置，把人證、物證全都消滅得乾乾淨淨，這一遭咱們得快刀斬亂麻，立即拘捕所有涉案人物，咱們固然是手忙腳亂，他們也要措手不及，亂拳打死老師傅，任他再如何狡猾，到那時也必有漏洞可抓！」

趙德昭還未應聲，一個禁軍侍衛躡手躡腳地走了進來，施禮道：「楊院使，有一個人在官船附近鬼鬼祟祟，被我們捉了來，那人自稱認得院使大人，有大事相告，請楊院使示下。」

楊浩訝然道：「認得我？那人叫什麼名字？」

那禁軍侍衛道：「他說……他叫老黑，還說大人一聽自然就明白了。」

楊浩一聽可就不明白了：「老黑……老黑……啊！媚……」楊浩連忙住口，心中一緊，暗想：「老黑怎麼來了，莫非娃娃那兒出了什麼事情？」

他趕緊對魏王道：「千歲，下官出去見見此人，馬上回來。」

楊浩告聲罪，匆匆出了艙房，慕容求醉立即道：「千歲，楊院使做事莽撞，但凡有什麼事交到他手上，一定幹得是烏煙瘴氣，不可收拾，滿東京城都有了名的，千歲豈可從他之計？以前朝廷也不是沒有查過泗州府，可沒有抓到這些地方糧紳的什麼要害憑據。咱們如此大舉捕人，聲勢造的太大，一旦還是抓不到憑據，那時如何收場？愚意以為，還應按部就班，從容布置……」

程羽立即截口道：「楊院使行事莽撞？不錯，他做事向來風風火火，可是許多難為之事、不可為之事，就是在他手中辦得圓滿，這是行事莽撞嗎？千歲，泗州官場糜爛，官紳勾結，種種勢力盤根錯節，形成了一張密不透風的大網，本官以為，唯有行雷霆之舉，才能轟開黑幕，直取魁首。楊院使的法子，可行！」

「此言差矣，若事不成，你置千歲於何地？千歲，愚意以為……」

楚昭輔一看兩派人馬又掐起來了，馬上又變成了鋸嘴葫蘆。

楊浩匆匆走出艙去，就見兩個禁軍侍衛正押著一個漢子站在甲板上，一見他來，那人立即點頭哈腰，齜牙一笑：「小的見過大人。」

楊浩急急走過去道：「本官正有要緊事做，你怎麼來了？家中出了什麼事？」

三百四章　枕戈

老黑陪笑道：「大人，府上並沒有什麼事，呃……應該是沒什麼事。」

楊浩急了：「沒什麼事你來做什麼？」他抬頭一看那幾個禁軍侍衛還站在旁邊，忙把老黑拉到一邊問道：「你怎麼找來的？是娃兒叫你來的嗎？」

老黑道：「確是夫人叫小的來的，不只小人來了，夫人也來了，而且就連大夫人都來了。」

楊浩愕然道：「來泗州？哪裡來的什麼大夫人？」

老黑道：「就是唐焰焰唐姑娘啊！夫人讓小的敬稱唐姑娘為大夫人，小人看唐姑娘聽著很開心的樣子，所以就一直這麼叫了。」

楊浩大吃一驚，失聲道：「唐焰焰？她來泗州做什麼？她已經到了京城，已經見過了晉王？」說到這兒，楊浩的聲音禁不住有些發抖。

老黑忙把吳娃兒讓他講給楊浩聽的話從頭到尾說了一遍，楊浩待聽清來龍去脈，這一時歡喜怎生忍得，整個人都似痴了地杵在了那兒：焰焰沒有變心，那麼一個生於豪門、嬌生慣養的千金大小姐，她竟然身無分文地逃出家門前來尋我，幸虧遇到了娃娃，要不然以她那大剌剌的性子，萬一被歹人蒙騙了去，我這一生良心都無法安寧了。我真是混蛋吶，收到了信只顧又嫉又恨，竟這般不信任，若讓她曉得我是那樣看她，真不知她會怎麼傷心……」

老黑見他又喜又愧的模樣，不禁笑道：「夫人說，大夫人的性子固然是直爽可愛，可是潑辣起來卻也教人禁受不起，夫人在大夫人面前已為大人說盡了好話，夫人叫小的囑咐大人千萬有所準備，且莫失了口風，惹得大夫人不快。」

楊浩一迭聲道：「好好好，我曉得怎麼做了，她們現在何處？怎地不來與我相見？」

老黑道：「大夫人和夫人如今在本地糧紳周望叔府中，因為脫不得身，所以才尋個由頭讓小的出來尋找大人……」

楊浩攸然變色，一把扯住他道：「在周望叔府中？怎麼會在周望叔府中？那周望叔竟敢強搶民女不成？我馬上帶人去救她們出來，這天殺的周望叔……」

老黑攔住他，慢條斯理地道：「大人莫要著急，周望叔有沒有強搶民女小的不知道，不過大夫人和夫人卻不是被他搶去的，而是自己送上門去的。」

「嗯？」楊浩這才覺察其中必有蹊蹺，忙沉住了氣問道：「你快說，到底是怎麼回事？」

老黑把來龍去脈仔細地說了一遍，楊浩又驚又喜，同時又有些擔心，他不忙問那誘使周望叔賣糧的事，先追問道：「焰焰和娃娃在周府可安全嗎？會不會出什麼意外？」

老黑道：「大人儘管放心，張牛現如今扮成了應天府珠寶賴家的公子，賴家與唐家有生意上的往來，這事大夫人知之甚詳，所以扮的絲毫不露破綻，周望叔現在巴結這位賴公子還來不及呢，哪敢打兩位夫人的主意？」

楊浩仍是放心不下，疑道：「那她們怎麼連周府的門都出不來了？卻要讓你來稟報於我？」

老黑道：「明日就是交易日期，周望叔留張牛在府上住，一來是想巴結於他，二來也是他多年做此不法勾當養成的小心，倒不是對張牛和兩位夫人起了疑慮，大人儘管放心便是。時間、地點，都已稟報大人了，大人這邊是個什麼路數，還望大人告知小人，小人好回稟兩位夫人。」

楊浩忙道：「你且等等，本官去去就來。」

楊浩急急趕回艙中，只見程羽、程德玄在左，慕容求醉、方正南在右，四個人跟鬥雞似的，臉紅脖子粗地正在爭執，楚昭輔瞪著一雙牛眼坐在中間一言不發，魏王趙德昭卻是一副左右為難的模樣。四人吵得興起，眼見楊浩進來也不理會，仍是引經據典，高談闊論。

楊浩無暇理會，匆匆繞過他們逕直走到趙德昭身邊附耳低語一番，楚昭輔豎起耳朵、翹起半邊屁股凝神細聽，奈何程羽和慕容求醉那班混蛋爭吵的聲音太大，他是一點也沒有聽到。

趙德昭聽楊浩耳語幾句，急急站起身來，拉著他走到一邊，程羽和慕容求醉兩夥人一見二人竊竊私語的詭祕模樣，不禁停了爭吵向他們望來。二人你問我答說了半晌，趙德昭思忖片刻，咬著牙點了點頭，轉身說道：「諸位不必爭執了，本王已有決斷，楚大人，請隨本王進來。」

趙德昭一轉身便走向自己休息的小間，楚昭輔一躍而起，大步跟了上去。程德玄搶到楊浩面前問道：「楊院使，不知王爺有了什麼決斷？」

楊浩目光往旁邊一瞟，程德玄眼珠一轉，只見慕容求醉和方正南並肩站在一起，兩隻耳朵豎得跟大耳賊似的，登時打個哈哈道：「王爺既令楊院使保密，那下官不問便是。」說著得意地向那兩人一瞟，施施然地走開去，把慕容求醉兩人氣得牙根癢癢。

趙德昭與楚昭輔密議許久，楚昭輔這才姍姍而出，趙德昭在室中獨自徘徊良久，忽想起還未把本府的觀察使、監察使召回，也未上奏於父皇，他研墨提筆，剛剛寫了兩字，側頭想想，又負手在室中轉悠起來，半晌之後忽地揚聲叫道：「來人！」

一個內侍快步走進內室，趙德昭迎上前去，低聲耳語道：「你去府衙，速把宗先生接回來，就說本王有要事與他商議。」

* * *

泗州普光寺就矗立在洪澤湖邊，是一座很大的寺院。唐朝時，安放釋迦摩尼指骨真身舍利的四大名寺，分別是代州武臺山塔、終南山五臺寺、泗州普光寺、鳳翔府法門寺，其中就有這普光寺，能被大唐選為存放佛祖舍利的寺廟，其建築規模之宏大和在佛教界的巨大影響可想而知。

如今代州武臺山塔和終南山五臺寺的佛骨舍利已經毀於唐武宗時的「會昌法難」，是以整個中原如今只有普光寺和法門寺存放有佛祖舍利，這一來，普光寺自然成為東南一帶佛教徒們最為敬仰的聖地，香火極為鼎盛。

可惜清朝時治淮不利，河水連年氾濫，到了康熙年間，整個泗州城都沉入了洪澤湖底，這座名剎和地宮中珍藏的佛骨舍利也從此永埋水下，法門寺那一截佛骨舍利就成了中國境內碩果僅存的一枚佛祖舍利了，此是後話，暫且不提。

這樣有名的一座寺廟，建築恢弘，占地寬廣，僧眾三千，香客雲集，護法施主也是眾多，然而其中最大的一位護法檀越就是周望叔。周護法每月都來寺中禮佛上香，敬獻香油錢無數，在和尚們心中，周員外是一個虔誠向佛、樂施好善的居士。

周善人不但每年重塑佛祖金身，而且還翻修擴建了廟宇，他在洪澤湖畔購地近百畝，靠近碼頭的一半建起了貨倉，另外一半就建了廟宇房舍捐贈給了普光寺。此刻，周大善人的姪兒周南山就站在普光寺後的佛光塔上眺望著優美的湖光山色，一旁站著福福泰泰的賴大員外。再往後去，卻是賴員外的兩個美妾舒舒和服服，兩個美人打扮得花枝招展，嬌媚異常，就連站在塔階上的兩個大和尚都不斷地偷偷瞄她們的身子。

「周某的糧食，大半就存放在碼頭倉庫中。」周南山笑吟吟地道：「泗州地方官府輕易是不會來為難周某的，若是真的來查也不打緊，這倉庫後面與普光寺有暗門相通的，只要得了消息，不需周某動用一個碼頭力士，廟中那些和尚們就能悄悄把周某的糧食全部搬走，在外面看不出分毫端倪。誰敢無憑無據的去查普光寺？那真是要與整個東南道的我佛信徒為難了。佛祖如此保佑，我叔姪自然是虔誠向佛了，呵呵呵……」

周南山得意大笑，四下望望，忽又問道：「賴員外，你們的船怎麼還沒有到？」

張牛道：「周老弟，泗州碼頭正在截流築壩，我的船雖都是平底船，吃得了淺水，不過也要繞個大遠才能過來，呵呵，你急什麼？咱們有的是時間。」

他看看塔下碼頭上那片貨倉，又抬頭看看天上的太陽，微笑著讚道：「周員外果然有辦法，看來賴某找你叔姪合作，真是沒有找錯人啊，哈哈、哈哈……」

知府衙門裡，三衙衙役，皂隸弓兵、捕快步快全都集中在前院裡頭儀門兩側，大堂屋簷下放著一張椅子，楚昭輔身著官袍正襟危坐，身後兩行禁軍侍衛呈雁翅狀排列，俱是一言不發。

階下這些衙役、捕快、弓手、皂隸們已經來了近一個時辰了，這一個時辰裡，府衙中許進不許出，所以人員都被命令集中於此，卻不知原因為何。一開始大家懾於三司使大人的威儀，還不敢交頭結耳，可是候了這麼久，眾人心中納罕不已，不禁竊竊私語起來。

看看太陽漸漸升高，楚昭輔咳嗽一聲，慢慢站了起來，端著腰帶緩步走下臺階，身後兩行禁軍腳步鏗鏘地跟進上前，一見這架勢，正交頭接耳的衙差皂隸們立即噤聲肅立。

「本官三司使楚昭輔！」楚昭輔亮開大嗓門吼道：「今兒叫你們來，幹什麼？你們不需要問；去哪裡？你們也不需要問，你們唯一要做的事，就是聽命拿人！」

楚昭輔巡視了一下眾人的臉色，獰笑道：「都給老子聽清了，今日不比尋常辦案，誰要是敢陽一套陰一套的，使奸放水壞我大事，到那時，我楚某人認得你，楚某人的刀可不認得你！」

兩行侍衛把肋下鋼刀齊刷刷一拔一插，「嚓」地刀聲入耳，那些衙差皂隸們登時連汗毛都豎了起來。

三百五章　亂拳打死老師傅

船來了，一條條平底沙船駛入了洪澤湖，向碼頭靠近，周南山喜道：「噫，船來了。」

張牛暗暗鬆了一口氣，微笑道：「不錯，我們的船……來了。」

自兩位夫人決定冒充大糧商開始，對整個計畫就進行了詳細的擬定，自然不會遺忘了這個「人贓並獲」的重要環節。運河上往來運輸的平底沙船很多，其中大多隸屬於汴河幫張興龍，雙方只一接洽，便得到了對方的響應，而且巧得很，臊豬兒和張懷袖正押船南下，便充作了「賴富貴」的運糧船隊。

兩個錦衣美人站在塔樓一角，正在談笑聊天，兩個大和尚只聽她們時而議論這一家的綢緞色染的好，時而那一家的胭脂味比較甜，聽著她們的咯咯嬌笑，瞄著她們的衣香鬢影，心裡頭直念「色即是空」，哪裡還會生起什麼疑心。

唐大姑娘取出一面小鏡憑欄自照、取水粉補妝的動作，看在他們眼裡自然也不生疑，八稜銅鏡的一道道反光傳向了遠處，遠處湖邊一幢酒樓上有人一直在遙望此塔，一見陽光頻閃，立即依樣向遠方發送燈光訊號。

楚昭輔騎了匹高頭大馬，帶著十幾個禁軍侍衛，數百名皀隸嘍囉，正不緊不慢地趕路，前方突然有一道巨大的閃光襲來，幾乎把他晃下馬去，楚昭輔趕緊遮住眼睛，大喝一聲道：「小跑前行。」

大隊人馬跑出一里多地，只見一個百姓服裝的禁軍侍衛從一座小樓中跑出來，歡天喜地地叫道：「大人，信號傳來了。」

楚昭輔沒好氣地罵道：「老夫幾乎被你晃瞎了雙眼，難道還看不到？」

那侍衛訕訕笑道：「這個……屬下怕鏡光細小，大人您看不到，特地取了那戶人家最大的一面鏡子。」

楚昭輔冷哼一聲，吼道：「快！都快些，此行如同打仗，本官差人如同行軍，膽敢懈怠不行者，以資敵賣國論處，都給老子甩開雙腿，拿出吃奶的勁，跑！」說罷策馬揚鞭，向前飛奔而去。

碼頭上，第一條大船剛一靠岸，碼頭上早已等候在那兒的役夫們便打開倉門，將一袋袋糧食肩扛車運，急急扛上碼頭。船上也跳下許多水手，兩下裡配合默契，急急搶運上船。

周南山陪著「賴富貴」到了碼頭，自矜地一笑：「賴員外，如何？」

張牛笑道：「甚好！」

話音剛落，遠處有人上氣不接下氣地跑來，大叫道：「叔，叔，叔啊，快，快，快，官府來人啦。」

周南山大吃一驚，一看那人正是自己本家姪子周清，忙問道：「你說什麼？」

周清一邊跑一邊喊：「快藏糧食啊，府衙出動大批人馬，直奔這兒來了。」

周南山瞿然變色，剛要高聲下令，吳娃兒和唐焰焰兩個嬌滴滴的大美人已一左一右站到了他的身後，吳娃兒嫣然笑道：「周員外，公人來得甚急，來不及藏糧了，不如靜待其變如何？」

周南山剛剛對他們起了警覺，卻還吃不準他們是否和官府一夥，聽了這話似乎有點不對勁，卻又不像朝廷的探子，正想作答時，只覺腰眼被人一頂，另一側的唐大小姐鳳目含威，冷冷笑道：「照我妹子說的去做，不然一劍捌翻了你，丟進洪澤湖裡餵王八！」

周南山大驚失色，這才曉得果然上當。

兩個姑娘站在他的身側，臉上又是淺笑嫣然的模樣，周清不明狀況，跑至近前說道：「叔啊，還愣著做什麼？趕快收糧啊。」

笑容可掬的「賴員外」突然一個箭步縱過去，抬手就是一記「沖天炮」，「砰」地一拳把他的鼻子打歪了，周清鼻血直流，仰面跌出去時，兩顆帶血的門牙淒然落地。

「抄傢伙，動手拿人啦！」張牛一聲厲喝，站在碼頭上的臊豬兒和張懷袖立即動手，他們那些正往船上運糧的手下也丟了糧袋，紛紛就地擒拿碼頭工人。袖兒姑娘自幼隨父習武，功夫比臊豬兒還要扎實得多，她手中一根白蠟桿指指點點，一路便往糧庫衝去，所過之處人仰馬翻。

那白蠟桿是做槍桿的極好木料，通體潔白如玉、堅而不硬、柔而不折，桿身可彎曲到一百八十度，乾燥的地方不劈裂，潮溼的地方不變形，其彈性和韌性是其他木料所不能比擬的，這一根白蠟桿在袖兒姑娘手中時而如鞭、時而如槍、時而如棍，揮灑自如，風雷殷殷，自然是所向披靡。

臊豬兒也不怠慢，緊緊隨在她的身側，重拳如槌，互相依傍，欲搶占了糧倉。周南山腰眼被短劍抵住，站在碼頭上看著自己手下狼奔豕突，遠處一行人馬虎狼般疾撲而至，不禁嗒然若喪：「完了，完了，中了官府的計了……」

吳娃兒抿嘴一笑，搖曳生姿地向前走去，那幾步路讓她走得真是禍國殃民、傾國傾城，有幾個大漢雖在揮拳奮戰之中，都禁不住偷空向這美人瞄上兩眼，這一看自然免不得要多吃對手幾記老拳。

吳娃兒站在碼頭上風情萬種地一撫鬢邊髮絲，向河中一艘三層的畫舫做了個手勢，早已候在船頂上的杏兒姑娘立即再向遠處施放燈光信號，一道道光芒從普光寺碼頭逕直傳進城內，須臾之間便進了知府衙門。

得到信號的楊浩等人裝束整齊，一擁而出，府衙院中還站了許多弓手步快，剩下的禁軍侍衛也都候在那裡，楊浩、程羽、慕容求醉等人各領一標人馬，依著事先計畫大開府門而去……

* * *

泗州知府鄧祖揚被魏王趙德昭的一連串行動驚呆了。

先是魏王派楚昭輔來找他，要他下令調集三班衙役、弓手皂隸，一概聽候吩咐，鄧祖揚雖不解其意，卻也照辦了。緊接著楚昭輔便率人突然殺奔洪澤湖畔的普光寺去了，沒多久，剩下的人便被楊浩、程德玄等人全部帶走，也不知分頭去拿什麼人了。他身邊只剩下站班衙頭、主簿幕僚等寥寥幾人，做為泗州知府、牧守一方的主官，他對整樁行動竟一無所知，驚訝之餘，心中自然不無憤慨。

鄧祖揚正發呆的工夫，泗州通判陳暉帶著觀察衙門的皂隸來了。各地知府與通判的關係一向比較緊張，因為通判負有監督知府的責任，儘管這只是通判的職責，但是卻也造成了知府與通判的隔閡。

鄧祖揚與這位陳通判一向沒什麼私交，他正坐在大堂上發呆，考慮要不要去官船上見見避不露面的魏王，忽見陳暉來了，忙起身道：「陳通判，何故到衙，怎也不要人通稟一聲？來來來，快給陳通判看座。」

陳通判板著一張臉向他施禮道：「下官陳暉，參見府臺大人，下官有公務待辦，就不坐了。」

鄧祖揚一呆，問道：「什麼公務？」

陳通判面無表情地道：「奉魏王之命，拘捕知府衙門三班都頭劉牢之、拘捕知府衙門帳房先生劉書晨、拘捕府臺大人內管事劉全。來人啊，把他們給我帶走！」

眾衙差皂隸轟應一聲，撲上來把呆若木雞的劉牢之和劉書晨摁翻在地，登時捆了起來，另有幾個直撲後院，鄧祖揚變色道：「陳通判，這是何意？」

陳暉皮笑肉不笑地拱手道：「下官也是聽命從事，還請府臺恕罪，告辭！」說罷袖子一甩，揚長而去，好似在這兒多待一刻都會沾上一身晦氣，走的是急急如風。

「官人，官人，陳通判吃了吞天的膽子，怎麼到咱府上來拿人了？劉全再有什麼不是，咱們自己不能處治嗎？不看僧面看佛面，打狗還要看主人，這個陳暉也太不把官人你放在眼裡了。」

劉夫人氣得臉面通紅，也顧不得這是官衙大堂，不是她的私宅後院，逕直闖了進來，鄧祖揚直勾勾地看著堂外，只覺似乎發生了什麼對他不利的大事，偏生毫無頭緒，心中茫然的當口，對夫人的叫罵便未聽進耳中。

一個素與劉書晨交好的府衙幕僚趕緊迎上去，在劉娥耳邊低語道：「夫人噤聲，好像是出了大事了，陳通判一行人是被魏王千歲派來的，他們不止捕了劉全管事，還拿了劉班頭和……和劉帳房。」

劉書晨是劉夫人的幼弟，素來受她寵愛，一聽這話，恍若五雷轟頂，她一把扯住鄧祖揚，哭叫道：「什麼？還……還捉了我兄弟？官人，這到底是怎麼回事？到底發生了什麼事？」

鄧祖揚失魂落魄地站著，任她扯著自己的袖子搖晃，半晌才緩緩說道：「發生了什麼事？我也被蒙在鼓裡，一無所知。發生了什麼事？」

他轉向夫人，直勾勾地看她，一字字問道：「他們……他們瞞著我到底幹了些什麼不法的勾當，妳說，妳說？」

劉夫人從未見過丈夫這樣可怕的臉色，忍不住後退了兩步，隨即卻跳將起來道：「我劉家的人都是忠厚老實的莊戶人出身，能幹出什麼傷天害理的事來，你說？你說？我們就在這泗州府衙住著，若他們幹些什麼不法的事來能瞞得過咱們，還能沒人對咱們講？你說他們能幹些什麼不法的事來？」

鄧祖揚臉頰抽搐了幾下，緩緩搖了搖頭：「劉忠放錢取息，那也罷了，何以那麼巧，人家的債還不上，他想占人家的地、納人家的閨女為妾時，人家的田地就無緣無故遭了水火之災？我一直在擔心，生怕他利令智昏，幹出喪天良逆國法的事來，若那火真是他放的，他這一遭會這麼幹，那就沒有旁的惡事了？」

他忽地轉首望向衙中主簿顧長風，問道：「顧主簿，本府讓你查問劉忠的事，你查得如何？」

顧主簿心中打了個突，他可不知鄧祖揚會不會就此倒臺，若是得罪了他的家人，以後在泗州還如何做事，於是便小心答道：「呃……屬下認真查訪過了，旁的事……倒是不曾聽說，至於劉忠迫娶胡家姑娘，屬下查訪來的情形是：其實劉忠只是見那姑娘貌美，心生愛慕之意，所以才想納她為妾，消了胡家的債務。胡家既還不了債，又不肯與劉忠攀親，劉忠這才說了幾句重話，卻也沒有什麼舉動，自受了大人責備之後，他已將債票轉讓了出去，不再插手胡家之事了。」

劉夫人一聽膽氣頓壯，跳起來道：「你聽聽，你聽聽，我劉家的人有什麼罪過？」

鄧祖揚仍是搖頭：「我是泗州知府，魏王千歲繞過了我，捉去我身邊的人，斷然不會無的放矢。一定有事，一定有事的。」

劉夫人見他一口咬定自家人做過什麼不法勾當，不禁嚎啕大哭起來，放潑道：「當初不是我劉家賣了耕牛助你赴京趕考，你這沒良心的窮書生能有今日風光？知恩當圖報，你是怎麼做的？一有風吹草動，你就想棄了我劉家人，保你官祿前程？

「你說我劉家的人能做什麼惡事？平素借了你的光，也不過是是做些生意買賣，博個小利罷了，你做了官，自家人還不能沾一點光，那這官做的還有什麼意思？你這次能及時招集人手截流築堤，還不是我劉家的人大力相助？皇帝還不差餓兵呢，他們拖家帶口那麼多人不用吃飯嗎？縱然有些出格的事，也不至於讓王爺下令拿人吧？

「我看他們這是小題大作，有意拿你開刀，王相不合，天下皆知，你是趙相公舉薦出來的人，這是他趙家叔姪合起夥來欺負人呢。這天下誰能一手遮天？想要拿人也得講王法、講證據，他們被人拿走，還不知要受怎樣的酷刑拷打。

「你這沒用的男人，只會尋自家人毛病，到了這個地步你想袖手旁觀嗎？現在你不還是這泗州府的官嗎？也不見他們把你怎麼著，你去，你去向王爺問個清楚，無論怎樣也要保得他們囫圇身子，要不然一頓板子下去，人就打爛了……」

鄧祖揚苦澀地一笑，黯然道：「夫人，這一次，我恐怕是自身難保了，要不然王爺也不會一切都繞開了我去，我如今是……泥菩薩過江啊……」

他剛說到這兒，一個門吏飛奔來報：「老爺，郭觀察到了。」

郭觀察叫郭昭月，泗州觀察使，朝廷旨意一到，他就到地方鎮縣督察籌糧去了，這才去了沒幾天，鄧祖揚聽說他回來了，心中已經明白了幾分，郭觀察這道雷，只怕是他劈在他的頭上了，他閉了閉眼，攸又張開，淡淡一笑道：「本府就不去相迎了，請郭觀察進來吧。」

郭昭月舉步上堂，一見鄧祖揚，趕緊上前幾步，長揖一禮道：「泗州觀察郭昭月，見過府臺大人。」

鄧祖揚淡淡一笑，問道：「是魏王千歲令你回來的？」

郭昭月應道：「是。下官……」

鄧祖揚一舉手，制止了他，起身說道：「不用說了，本府已經明白了。」他回身看看碧海紅日圖上那塊「明鏡高懸」的匾額，淡淡說道：「本府還不知道發生了什麼事，不過本府已有所預料，郭觀察不必為難，鄧某回內宅迴避，聽參就是了。」

他舉步剛要離開，就聽前衙「咚咚咚」鼓聲如雷，登聞鼓響，必得應狀，此時郭昭月還未接掌府衙，二人對視一眼，郭昭月垂首道：「大人，請升堂。」

「升堂，呵呵，好，我就升這最後一堂。」

鄧祖揚把袍袖一拂，大步走向案後，把驚堂木一啪，大聲喝道：「升堂！」

三班衙役盡被楚昭輔、楊浩等人帶走了，大堂上空空蕩蕩，除了幾個幕僚哪裡還有旁人，更沒有兩行衙役呼喝「站堂威」，鄧祖揚目光炯炯，恍若未見，兩頰卻騰起一抹潮紅，再喝一聲道：「把擊鼓告狀者，帶上堂來。」

為他威儀所懾，劉夫人也不敢再哭鬧，悄悄便退到了一旁去，那門吏見此情形，急忙折身回去，不一會兒帶了一大票人上堂來，前呼後擁好不熱鬧，中間一個年過五旬的文士，四下各站一個身穿圓領直綴，頭戴軟腳帕頭的士子，五個人呈梅花狀站列，一人手中一柄摺扇，呼搧呼搧搖得正歡。

鄧祖揚一瞧中間那人模樣，雙眉頓時一擰，沉聲道：「周望叔？」

「正是學生！」周望叔笑吟吟地一拱手，他是有功名在身的人，不用跪的。

鄧祖揚吁了一口氣，平抑了一下自己的情緒，問道：「周望叔，你為何事擊鼓鳴冤，可有狀子？」

周望叔道：「學生來的匆忙，狀紙還不曾寫，不過先生請了四位訟師來，前因後果、來龍去脈，應該能夠說個明白。府臺大人若要狀紙，他們可以當堂揮就，府臺大人……」

「不必了！」鄧祖揚把袖一拂，問道：「你為何擊鼓，狀告何人？」

周望叔左前方一個訟師「唰」地一下把摺扇一收，往腰帶裡一掖，抱拳說道：「學生彭世傑，受周員外委託，狀告周員外的姪兒周南山內外勾結，竊賣周員外家的糧食，請府臺大人嚴查，追回失竊的糧草。」

周叔望右前方一個訟師也把摺扇一收，往後頸裡一插，上前一步抱拳道：「學生李淳玉，受周員外委託，狀告欽差副使楊浩擅闖民居，抄索財物，有違王法、有悖道理，請府臺大人詳查，還周員外一個公道。」

鄧祖揚一呆，失聲道：「你狀告何人？」

「我說搜遍了周府不見你的影子，跑得倒快，只是你卻跑錯了地方，怎麼自己送上門來了，給我拿下！」

幾個訟師還沒來得及賣弄脣舌，楊浩便風風火火地趕來了，一進大堂便把手一揮，十幾個兇神惡煞般的禁軍大漢猛撲上來，便擰住了這幾隻賊鳥的胳膊。

秀才遇上兵，有理說不清，話都不讓講，那自然是碰上了愣頭青……

三百六章　雷霆所至

泗州官場經歷了一場狂風暴雨般的大清洗，羅場主簿林封、場庫務吏孫善本、米市牙儈劉忠、鋪戶徐沐沄、市坊正任少言、府衙都頭劉牢之被抓、府內管家劉全被抓、衙帳房劉書晨，劉向之、劉忠父子繼周望叔、周南山叔姪被捕之後也一一被捉。

周望叔本欲棄卒保帥，所以先發制人，跑到知府衙門主動舉告，只要能拖延官府一刻，他就有辦法利用多年來在當地形成的無比龐大的潛勢力，把相關的人證、物證一一隱藏、湮滅，就算有所疏漏，官府想抓住確鑿的證據，不調集大批人力物力，查上一年半載也休想查證，而時間越長，對他越有利，經過上次御史臺查緝泗州事，他已經積累了相當豐富的應付朝廷偵司方面的經驗，自信可以從容脫困。

可是他從來沒有碰到過楊浩這樣的，這個愣頭青不按常理出牌啊。先拜天地後入洞房才是道理，可這位仁兄硬是先入洞房，然後拜堂，不管有罪無罪，先把受到告的、涉嫌的，一股腦兒全抓了起來，然後再予以查證。

當官的哪有不愛惜名聲前程的，如此大批抓捕地方官吏、仕紳，一旦抓不住真憑實據，最終鬧到無法收場，那結果只有一個：罷官免職，滾蛋回家。換一個官是絕不敢如此莽撞的，可他沒想到的是，楊浩現在恰恰是個不想在趙匡胤眼皮子底下做京官，偏偏又沒辦法擺脫的人，他才不循官場規矩呢。

這一來周望叔大大失算，他在泗州苦心經營多年，不管仕紳官吏、三教九流之中都有他的耳目和從屬，彼此勾結，形成了一道縱橫交錯的關係網，這張大網如同張網以待飛蛾的蛛網，不管哪兒被捅破一個洞，他都能以最快的速度調動一切人力、物力予以彌補，但是這一次蜘蛛先被捉走了，蛛網上也同時被捅破了幾個大洞，就算沒有人去理會，這張蛛網也會漸漸破落，何況楊浩後續的偵司行動如暴風驟雨一般。

魏王趙德昭舊事重提，由泗州觀察使郭昭月坐鎮府衙，再度張榜許人陳告，但有循私枉法、與不法糧紳私通款曲之官吏，主吏處死，本官除名貶配，仍轉御史臺科察。其所貪墨，不論多少，盡數支與告事人充賞。此榜公示之日，主吏自首者免罪，既往不咎，糧紳有不法之舉者亦可赦其舊罪。

榜文再度貼滿大街小巷，這一次百姓看在眼中，意味自然與上次不同。楊浩又暗暗授意臊豬兒帶幾個人冒充陳告者，舉告幾名本地的小鄉紳，那幾名鄉紳只是周望叔一派勢力下的幾個小嘍囉，本素張揚不法，鄉里皆聞的，陳暉陳通判把這幾個人的惡行提供給楊浩，楊浩讓臊豬兒等人去陳告。

泗州觀察郭昭月要查這幾個小蝦米的案子自然不在話下，人證物證一俟到手，立即將這幾個惡霸拘捕歸案，不法所得盡數支與臊豬兒充賞。臊豬兒和袖兒帶了二十幾個人，帶了大批充賞的財物招搖過市，當即起了立竿見影的效果，有幾個膽大的破落戶為重利所誘，戰戰兢兢趕來舉報，果真獲得了大批賞賜，登時更多的人爭先恐後而來，唯恐自己知道的消息被他人先行舉報了，忙得郭觀察連喝口茶的工夫都沒有，泗州惡霸鄉紳在朝廷與百姓之間築就的這道大堤，正式決口了。

官船上看押不了這麼多犯人，而且為了提審方便，也不便押到官船上去，這些人還未定罪，又不便下獄，是以楊浩便把他們全關到了官倉裡去，他們由這官倉而興家，亦由這官倉而敗家，種種不法行為，多圍繞這官倉進行，把他們關在這兒，亦有警懾意義。

許多本來隨著周望叔等人蓄糧觀望的小糧紳，帶了一部分糧食假意來官倉糶米，實則探聽風聲，見到那些他們昔日要點頭哈腰地巴結恭維的官員豪紳，俱被關在一間陰暗的大糧倉裡，一個個委頓不堪，不禁心驚肉跳，他們低價蓄米，以時價販與官府，本就是厚利，只是為重利所惑，貪心蒙蔽了神竅，這時見與朝廷作對得不償失，哪裡還敢倚糧米自重，趕緊將全部糧米運來出售，生怕這糧米會留出潑天大禍來。

鄧祖揚這兩日坐守家門，對外面發生的事一概不聞不問，劉夫人情知不妙，不知道事情會不會牽連自己丈夫，心中惴惴，也不敢再向他哭鬧，到了第三天頭上，泗州監察李知覺來了，這是一位油滑的老吏，宦海沉浮幾十年，歷經三朝，始終不曾得以重用陞遷，但是官位卻也穩當。

李知覺奉行中庸之道，與人為善，在官場同僚之中名聲一向不錯，沒有過於親近的同僚好友，卻也沒有一個仇人，屬於老好人似的人物，平日見到鄧祖揚時，他雖年歲、資歷遠較鄧祖揚為高，又不是其所屬，仍對鄧祖揚畢恭畢敬，兩人的私交還是不錯的。

鄧祖揚見他趕來見自己，還以為他是剛剛回到泗州，心下不無感動，幾天了，天天困守在這後衙之中，雖然他表面上一副坦然自若的模樣，可是驟然從權重一時的高位上跌下來，被人軟禁於此，心中不無失落和感傷，如今就只一個李知覺不避嫌疑趕來探望，這才是患難見真情啊。

鄧祖揚連忙起身迎上去道：「李監察來了，快快，快請上座，秀兒，給李大人沏壺好茶來。」

「鄧大人不用客氣了。」李知覺謙和地笑笑，向他微微一揖。

「李監察請坐，監察大人剛剛回到泗州？」

「呃……老夫昨天晚上趕回來的。」李知覺捋著白鬚，一雙老眼微微一瞥，見鄧秀兒已閃身下去親自為他沏茶了，這才微微向前傾身，說道：「老夫……昨夜趕回泗州，便去見過了魏王千歲。」

「喔？」鄧祖揚眉尖一揚，故意做出平靜神態，呼吸卻變得粗重起來：「王爺把本府身邊的人都捉了去，想來定是有所依據的。」鄧祖揚苦澀地笑笑：「本府要避嫌，這也是王爺呵護之舉，本府心中也甚是感激。只是……不知如今案情如何了？喔，如果不方便說，李監察也不必為難，本府懂得規矩的。」

李知覺點點頭，拱手道：「多謝大人寬容，李知覺宦海沉浮四十年，自信這一雙老眼還是看得清是非黑白的，清者自清，濁者自濁，老夫相信大人是清白的。只不過……現在有幾件樁事，是實實牽涉到了大人身上……」

鄧祖揚一呆，說道：「牽涉到本府頭上？鄧某公忠體國，勤政愛民，此心可昭日月！」

「這個……老夫自然是明白的。」李知覺苦笑兩聲，離席向他長揖一禮，俯身不起道：「可是事涉大人，不得不對大人進行審訊，千歲震怒之餘，尚顧忌府臺大人體面，是以不曾令刑獄提點率人來拿，而是著老夫前來促請，府臺大人……就請隨老夫走一遭吧，免得大家面上難看。」

「啪」的一聲，茶盤落地，鄧秀兒臉色蒼白地站在門口，她忽地搶步進房，顫聲道：「李大人，是……是王駕千歲下令拿我爹爹的？」

李知覺忙道：「呃……秀兒姑娘，只是有幾樁案子需要令尊大人配合謁問一番，並無什麼大事，妳不用擔心。」

鄧秀兒搖頭，兩行清淚順頰流下：「大人不必瞞我，我都聽到了，我已經都聽到了。我爹爹犯了什麼罪？鄧秀兒雖不敢說家父比得歷朝先賢大聖，可是這大宋治下的官，清廉自守、愛民如子的官，卻自信找不出幾個勝過家父的。家父為了朝廷和地方竭盡心力，鞠躬盡瘁，他會犯下什麼罪過？」

李知覺尷尬不已，一時不知該如何對答，鄧祖揚立起身道：「秀兒！不得對李大人無禮，王爺既然相召，我去便是。鄧某清清白白，所作所為自信沒有對不起朝廷、對不起百姓的地方，事實真相終會大白的。」

他對鄧秀兒道：「秀兒，妳在家中好生照料妳的母親，為父是去見魏王相商事情的，並無什麼大礙，妳娘面前如何說詞，妳要思量仔細了。」

說完他撣撣袍袖，從容地舉步向前，對李知覺道：「監察大人，請，本府便去面見魏王！」

鄧祖揚一馬當先走了出去，頭也不回地直奔前堂，口中漫聲吩咐道：「來人，備轎，本府要出去一趟。」

李知覺如釋重負，剛要舉步跟上，鄧秀兒一把扯住他的衣袖，哀求道：「李伯父，我爹究竟犯了何事？」

李知覺為難地道：「秀兒姑娘……」

鄧秀兒順勢跪了下去，泣聲道：「求伯父相告一語，家父……家父真的有不法行為嗎？」

李知覺被她揪住了衣襟，聽她軟語溫求，說的可憐，實在不能一抽袍袖決然而去，略一猶豫，只得匆匆說道：「泗州府庫，地方財賦重地，乃知府大人牧守地方之根基、貢賦朝廷之根本，這府庫可是府臺大人親手掌握的，要是出了問題……唉，他再說自己如何清廉，又如何脫得了干係？」

鄧秀兒驚道：「魏王千歲查的不是糴糶米糧一案嗎？泗州府庫又出了什麼問題？」

李知覺一抽袍裾，匆匆道：「這個嘛，只有令尊大人或是妳那娘舅劉書晨才曉得了，老夫告辭！」說罷轉身急急而去。

三百七章　鳳兮鳳兮

「娘，妳告訴我，小舅替爹爹管理帳房，到底做過些什麼不法勾當？」

鄧秀兒見到劉夫人劈頭便是一句，劉夫人一怔，怒道：「妳這孩子也聽外人胡言亂語？什麼人信不過，自家實在親戚還信不過嗎？妳舅舅替妳爹管帳，還能不一心一意地為妳爹著想，怎麼可能做些對妳爹不利的事？」

「娘說不能嗎？爹爹剛剛也被拘走了，妳還說不能？」

「什麼？」劉娥一聽，驚得幾乎暈倒，顫聲道：「妳說什麼，妳爹也被拘走了？妳爹不是說……不是說案子涉及他的親眷，所以才要依理迴避，在後宅歇養幾日嗎？怎麼就被拘走了，為的什麼罪名？」

鄧秀兒沒好氣地道：「女兒怎知為了什麼事情？只知此事與泗州府庫有莫大關係，爹爹就是因為此事才被拘走的。娘，小舅與妳最好，有什麼事都不瞞妳，妳快告訴女兒，小舅到底幹過了些什麼？要是不然，不止舅舅他們救不得，就連爹爹都要受到牽連下牢獄了。」

劉夫人驚得花容失色，嘴脣發青，她雖讀過幾天詩書，終究是個鄉下婦人，哪有什麼見識，自己丈夫這才聞達沒有幾年，鄧祖揚還沒什麼，這位官夫人倒是學了一身頤指氣使的作派，可是心胸卻沒有相當的歷練，驟逢大難，唯知向丈夫哭鬧罷了，如今連心中倚為支柱的丈夫也被人抓走了，劉夫人驚惶失措下全然沒了主意，被女兒呵斥一番，竟然忘了發怒。

她喃喃自語道：「這個……這個……書晨哪會做什麼對妳爹爹不利的事來？府庫嘛……書晨也不過是用府庫中的稅賦銀兩借予劉忠放些行錢，聽說糧食漲價，還拿去購進一批糧食，要從中賺個差頭……」

鄧秀兒聽了難以置信地道：「那是地方繳納的稅賦銀兩，是要上解朝廷的，留儲部分是要用來應付水旱災患、救濟地方的活命錢，小舅他……他把府庫銀子全挪去放行錢去了？」

劉夫人惱了：「妳這丫頭就知道埋怨，妳道妳這錦衣玉食、吃穿用度、豪宅大屋、僕婢如雲哪裡來的？僅靠妳爹爹這兩年的官祿便賺得來嗎？」

「那不是二舅他……」

「什麼二舅，妳二舅便容易嗎？當初我和妳爹無所依助，多虧了妳二舅幫襯，現在妳爹發達了，自然該投桃報李，我怎能要妳二舅年年拿錢資助咱家？再說妳爹是個做大官的，現在還要靠親戚幫襯？不嫌羞死了人？」

鄧秀兒怒道：「所以妳就讓小舅去行錢？尤其是蓄買糧食，爹爹嚴禁投機揚價，蓄糧居奇，小舅他身為府衙的大帳房、知府夫人的親兄弟，竟然也去屯糧？」

劉夫人惱羞成怒道：「似周望叔這等大奸商，屯積糧草如山，從中賺取了多少好處？妳小舅小打小鬧，能賺得了幾文錢？這好處便宜都讓那與妳爹作對的大奸人賺去了，也不見朝廷地方能奈何得了人家，怎麼咱們連這幾文錢都賺不得？妳小舅挪用了府庫銀子是不假，可這銀兩又不是不還的。」

鄧秀兒氣得渾身發抖：「娘，擅自挪用府庫銀子，就算是還上了，也是罷官去職貶為庶民的大罪，妳知道嗎？」

劉夫人只道有借有還便沒什麼大不了的，哪曉得官府的臭規矩這麼多，竟然這麼不近情理，她心怯情虛地道：「當初……當初妳爹初到泗州，周望叔操縱泗州糧市，聯合泗州官紳難為妳爹時，妳爹無奈之下不也私自動用了府庫銀子讓妳表兄行錢搏利，這才有了本錢讓妳二舅成為泗州糧紳，制衡那周望叔氣焰嗎？娘怎知道他使得我便使不得……」

說到這裡，她終於驚慌起來：「這事真的是大罪嗎？女兒，現在如何是好，現在該如何是好？」

鄧秀兒凝望她良久，頓足道：「妳這糊塗的娘啊！」

劉夫人慌道：「女兒，妳去哪裡？」

鄧秀兒頓住腳步，冷冷地道：「娘和小舅明修帳目，私挪庫銀，爹爹對小舅過於信任，始終蒙在鼓裡，魏王若是問起，爹爹定然也要否認的。人家魏王爺早有憑據在手，爹爹若是矢口否認，必然更加觸怒魏王。女兒現在就趕去，向魏王和爹爹說明實情，求魏王……求他高抬貴手，放過爹爹……」

鄧秀兒揚長而去，劉夫人痴立半晌，一屁股坐在椅上，再也站不起身子。

* * *

鄧祖揚到船上見了魏王趙德昭，聽他問起庫府之事，自然絕不承認。儘管府庫是由他的內弟掌管，是絕對可靠的自己人，但是府庫帳目他仍是按照規矩按期檢查的，就連實物也是定期查驗的，可以說府庫帳目與實物從無不符的時候，面對魏王的指控他又驚又怒，眼下連他心中也不無懷疑，懷疑魏王是否蓄意陷害，真正目的卻在於朝廷中王相之爭了。

趙德昭見他執迷不悟，也不急著盤問，他現在手中無數件案子，那些關鍵人物突然之間全被抓了起來關在米倉裡，一人一個倉間，令人看管的緊，彼此之間無法互通聲息，泗州地方群龍無首，混亂不堪，他有無數個突破口可以撬進去，哪會在鄧祖揚身上耗費工夫。

鄧祖揚被莫名其妙地軟禁在一個艙間裡，對整個事情仍是茫然不解，這時艙門輕輕叩響，一個文士慢慢踱了進來。

鄧祖揚從榻上坐起，認得此人是隨王駕南行的幕僚慕容求醉，便疑惑地拱了拱手：「慕容先生？」

慕容求醉微微一笑：「鄧府臺不必客氣。」

鄧祖揚問道：「王爺又有什麼話說？」

慕容求醉道：「王爺忙得很，你暫時就住在這兒，很安全，一時半晌也不會對你有進一步的決定，呵呵……不管怎麼說，你還是朝廷委任、牧守一方的朝廷大員嘛，朝廷旨意一日不下，你就仍是官身，王爺也不敢太過難為你的。」

鄧祖揚微微一笑：「鄧某問心無愧，只恨不得馬上真相大白，倒也不怕什麼難為的。」

慕容求醉雙眼一亮，笑道：「說的好。唔……老夫隨侍魏王千歲南下，是受了趙相公的委派，這件事……鄧府臺還不曉得吧？」

「趙相公？」鄧祖揚不由一呆。

「不錯，正是趙相公。呵呵，鄧府臺從一三等縣的縣令，破格提拔為泗州知府，是當初趙相公在官家面前再三舉薦的結果，趙相公是很欣賞鄧知府的，鄧知府年輕有為、做事幹練，至於私德品性方面，自然更是不成問題的。現在有些宵小瞞著鄧府臺胡作非為，鄧府臺一口咬定自己毫不知情，這很好……」

鄧祖揚勃然道：「慕容先生這是什麼話？假的真不了，真的假不了，鄧某的的確確是毫不知情。」

慕容求醉臉上露出耐人尋味的笑容，語含深意地道：「不知情就好，不知情就好，鄧府臺最好咬住了這句話莫要鬆口，其他的，莫要說的太多，現如今心懷叵測的人太多了，一旦話頭上有什麼閃失，落入有心人耳中就會小題大作、借題發揮的。到那時趙相公若也處境尷尬，鄧知府怎生對得起自己的伯樂？只要你小心應對，趙相公那裡自然會對你予以照拂的。」

鄧祖揚恍然大悟，忍耐了半晌，才呼出一口氣來，沉聲應道：「鄧某明白了！」

「明白就好。」慕容求醉拱拱手道：「老朽不宜在此停留過久，告辭了。」

聽著一條條消息稟報上來，魏王趙德昭不禁長長地出了一口氣，他一直擔著心事，害怕楊浩用了這樣暴風雨般的手段，卻仍是拿不到什麼憑據，那時不但楊浩倒楣，他這個剛剛晉封的魏王，恐怕都要被削爵以平息官吏和仕紳們的憤懣，幸好那看似不可攻破的防禦，實則是靠一條條的不法得益來聯繫的，一旦首腦被抓、網路癱瘓，反水投降的人比比皆是，大把大把的證據都被搜羅了出來，那些幕僚們光是把現有的證據整理清楚，也不是一時半刻辦得到的。

他現在是每整理出一部分，就飛馬傳報京師一部分，這一趟出來，他魏王趙德昭明察秋毫、精明幹練的一個考評已是跑不了啦，連他的老師宗介洲那樣老成持重的人都是眉開眼笑，他還有什麼不開心的呢？可是不知道為什麼，他就是開心不起來，一個朦朧的倩影總在他的心底徘徊，那琴聲卻仍似泉水般在心底流淌，經此一事，他還能再見到那個身纖如月、似墨韻流香般書卷氣十足的女子嗎？

楊浩正在向他回報著事情：「千歲，下官依劉書晨的供詞，已率人隨同郭觀察去仔細檢查過府庫，府庫中那一箱箱官銀，只有擺放在最上面的一層才是真的，下邊有的根本就是鉛錠，更有甚者，再往深處去、高處去，許多貼好封條的箱子，裡面連裝樣子的銀子都不曾有，全部都是磚頭瓦塊……」

趙德昭聽到這裡不禁一拍書案，怒道：「真是膽大包天，鄭祖揚還說他毫不知情，若他真的是毫不知情，這樣的糊塗官，也該重重參他一本，否則泗州地方在他治下真不知要糜爛到什麼地步。官倉那邊怎麼樣了？那裡關押著許多極重要的人證，而我們的人手有限，除去扈衛官船的，能調動的人手有限，只能依賴當地的差役，他們之中還有多少與那些奸商有勾結，目前尚不得而知，要是有個閃失，可就被動了。」

「是，王爺放心，下官也知道那些差役其中必定還有他們的人，可是要在捕人、查案、索證、審訊，處處都要用人，這些本地的衙差胥吏又不能不用，是以才把他們關押在官倉中，一個一個糧倉，守衛人員五步一崗，俱都站在外面，這樣互相監視，其中縱有人與他們是同夥，也無法作手腳放他們離開的。過一會兒，下官就去官倉，依據已有的證據提調人犯，一次專攻一人，逐個攻破，讓他們再也無法攻防同盟。」

「嗯，楊院使所作所為，看似莽撞，實則大有道理，本王甚為放心，有你……」

他剛說到這兒，一陣依稀的歌聲杳杳傳來：「鳳兮鳳兮歸故鄉，遨遊四海求其凰。時未遇兮無所將，何悟今兮升斯堂！有豔淑女在閨房，室邇人遐毒我腸……」

這歌聲若有若無，十分細微，若是常人聽到絕不會在意，趙德昭聽在耳中，卻觸電一般驚跳起來，失聲道：「鳳求凰？」

「嗯？」楊浩是鴨子聽雷，不懂、不懂，見他忘形跳起，不禁投以詫異的眼神。

趙德昭快步走到艙房一側，推開窗子向岸上望去，長堤上綠柳依依，青草菲菲，裊裊的歌聲變得清晰了許多：「何緣交頸為鴛鴦，胡頡頏兮共翱翔！凰兮凰兮從我棲，得託孳尾永為妃。交情通意心和諧，中夜相從知者誰？雙翼俱起翻高飛，無感我思使餘悲……」

趙德昭握緊雙拳，臉龐漲紅起來：「是她，是她……她要見我？」

趙德昭一個轉身，就要飛奔向艙門，楊浩咳嗽一聲，躬身道：「王爺，王爺身分貴重，當此非常時刻，為防有人狗急跳牆，還是待在這官船上安全一些，請王爺以朝廷和蒼生為重，勿讓下官等慌張掛念。」

趙德昭回首怒視著他，楊浩坦然立定，神色自若，趙德昭終於氣餒，垂下頭道：「罷了，請楊院使走一遭，替本王……替本王把那歌者請上船來。」

「下官遵命。」楊浩應了一聲，便向外走去。官船下的碼頭上戒備森嚴，若非船上的官員，任誰都不得進入的，楊浩下舷梯到了岸上，循著歌聲向青草叢中走去。

鄧秀兒上不了船，本想用歌聲把魏王引下來，她與魏王情愫暗生，彼此雖未明白示意，但是心中自有一種默契，她相信魏王會見她的，不想來的卻是那個在泗州見人就咬的楊浩，鄧秀兒不知他是奉了魏王之命而來，不想見他，所以在草叢中與他捉起了迷藏，換個地方唱幾句，然後迅速再換位置，只想把魏王喚下來，在她想來，能不能救得父親還不是魏王的一句話嗎？

楊浩追之不著，不禁又好氣又好笑，他忽地矮了身子，迅速隱沒了自己身形，悄然向一個方向潛去，鄧秀兒唱歌始終不離官船左右，不過就這幾個地方而已，到了那處草叢中，果見鄧秀兒躡手躡腳潛來，一見四下無人便站定了身子，望著官船張口就要再唱那首「鳳兮鳳兮」。

一個「鳳」字剛出口，她背後一首怪裡怪氣的楊浩版「夢裡飛翔」忽地唱了起來：

「是誰在唱歌，溫暖了寂寞。白雲悠悠藍天依舊，淚水在漂泊。在那一片蒼茫中一個人躲藏，看見遠方船上那尊貴的王爺，唷！唷！唷！Come on, yeah! 鄧小姐？」

三百八章　法理人情

袍子緊緊貼在身上，水像小溪一般從他袍裾上滴落，很快在他腳下的甲板上積成了一個小水窪，程羽、程德玄、慕容求醉和方正南等人用怪異的目光看著他，楊浩擰了擰袍子上的水，將兩綹溼漉漉的長髮向左右一分，很靦腆地向他們笑笑。

慕容求醉道：「楊院使這是……」

「你個老王八明知故問！」楊浩暗罵一聲，訕訕答道：「本官正在甲板上散步，忽聞岸上歌聲，一時無聊，循蹤追去，見是鄧姑娘望河而歌，隨口打了聲招呼，結果鄧小姐受驚之下跳了起來，失足跌落河中。」

方正南雙眉一蹙道：「那……楊院使何以……」

楊浩翻個白眼，答道：「本官立即躍入水中搭救而已。」

「喔……」方正南點點頭，似笑非笑地道：「楊院使的水性想必不太好了……」

楊浩板著臉道：「不是不好，而是非常不好。」

程德玄忍著笑道：「所以最後反而是鄧姑娘揪著頭髮把楊院使拖上岸來？」

楊浩面紅耳赤，解釋道：「其實岸邊水淺，水流也不急，不用她幫忙，我自己也能游上來，只是要花點工夫罷了。」

慕容求醉和方正南忍不住吃吃地笑起來。

楊浩沒好氣地道：「我去換件衣服。」說罷轉身就走，程羽向程德玄遞個眼色，立即跟了上去。

三人一走，慕容求醉立即對方正南道：「在鄧府時，千歲與鄧姑娘琴瑟合鳴，暗通款曲，顯然是有情意在的，鄧姑娘來求見千歲，定是為了鄧祖揚，你說……千歲是否會答應援手？」

「最好是答應。」方正南臉上陰晴不定地道：「倒一個鄧祖揚不要緊，可這樣難得的機會，既讓程羽那個老狐狸看在眼中，焉能不稟報於晉王？晉王和咱們相爺是死對頭，這樣難得的機會他一定會大加利用的，魏王若是望美人而心軟，那麼不管他願不願意，都是要站在咱們相爺這一邊了。」

慕容求醉捋鬚思忖片刻，遲疑道：「你看……咱們要不要以相爺的名義向魏王說和一下，有鄧姑娘求懇在先，咱們再略施援手，魏王年輕尚無主見，十之八九就肯相助了。」

「依我之見大可不必。」方正南往艙門緊閉的魏王艙房一望，低聲說道：「少年慕艾，若是你我在魏王這般年紀時，有這樣一個嬌怯怯的美人上門相求，又是自己心儀的姑娘，但能相助，如何忍得袖手？何況魏王雖然持重，畢竟是天皇貴冑，胸中自有一股傲氣，如我所料不差，他必肯相助的，若是你我出面，一旦讓他有所警醒，反而不美。」

慕容求醉恍然領悟，頷首道：「有理，你我還是冷眼旁觀，靜候其變的好。總之，鄧祖揚死活不論，勿要讓他牽累了咱們相爺才好。」

* * *

「鄧姑娘，快快請起，有什麼事，都請起來說。」

此時正是酷夏將盡時候，秋老虎同樣炎熱，鄧秀兒穿著本來就少，又是綾羅綢緞一類的薄軟衣衫，這一溼透，盡皆沾在身上，雙臂衣衫隱隱透出肉色，往那兒一跪，修直的背頸、纖細的腰肢、渾圓而小巧的臀部妙相畢露，趙德昭不敢多看，欲待伸手去扶，如此情形下更覺男女有別，可是鄧秀兒這般長跪，他實在不忍。

鄧秀兒仍是不起，俯首泣然道：「王爺，秀兒方才所言句句屬實，家父的確是被蒙在鼓裡為親人所誤的，家父絕不是個無知的貪官。如今家父性命生死都在王爺一念之間，秀兒走投無路，唯有懇求王爺高抬貴手，能饒過我父性命，」

趙德昭嘆了一口氣道：「鄧姑娘，縱然本王信妳，鄧知府確實不曾貪墨，但是他的親眷倚仗他的勢力與周望叔私下勾結，聯手操縱泗州糧市，投機以牟暴利總是真的，鄧知府直接管轄的府庫銀兩俱被挪用也是真的，身為泗州知府，一句毫不知情就能免罪嗎？」

「王爺……」

「鄧姑娘，實不相瞞，本王審問劉書晨所獲消息與妳所言還有出入，如今想來，令堂當初是將真相瞞過了令尊，而令舅劉書晨同樣將真相瞞過了令堂，他私自挪用一部分官銀行錢是實，挪用大批官銀與周望叔聯手搶進坊市上糧食以哄抬物價是實，此外……他不曾告訴令堂的是，他還採用篡改帳目或以不入帳的方法，直接從府庫中貪墨大筆銀子，還挪用許多銀子給劉氏族人做為各種生意本錢，所作所為實在是膽大包天，身為主官，令尊能辭其咎？」

鄧秀兒垂淚道：「王爺，秀兒不敢奢望殿下一言就能保得家父的官位前程，只是此案牽涉甚廣，恐上達天聽之後官家震怒，那時就不只是罷官免職那麼簡單了，莫說殺頭之罪，就算只判個充軍流放，以家父這樣單薄虛弱的書生身子，又哪裡受得了長途跋涉之後的邊荒困苦？秀兒只求王爺開恩，念在家父一向清廉，錯只錯在耳目閉聽，錯信親眷放縱為惡。只要王爺在奏送於朝廷的奏章上面能高抬貴手斟酌一番，讓家父能從輕發落，秀兒就感激不盡了。」

「這……鄧姑娘，此非一家一姓之事，王法昭昭，牽連如此之廣的案子，本王恐怕……」

「王爺，所以秀兒才求到王爺頭上，此事難如回天，可如今能回天改命的，唯王爺千歲一人而已，秀兒求王爺了，只要王爺能法外施恩，對家父予以援手，秀兒願為奴為婢，一生一世侍候王爺。」

趙德昭為難道：「秀兒姑娘……」

「求王爺開恩！」

鄧秀兒跪在地上，頭觸甲板，磕得「咚咚」直響，趙德昭眼見自己喜愛的姑娘跪在腳下如此相求，如何還能忍得？心頭一熱，血氣上湧，他骨子裡那種皇室貴冑的傲氣衝上來，終於下了決斷。

他伸手一扯腰帶，解下自己長袍，鄧秀兒一愣，臉龐登時漲得通紅，想不到趙德昭謙謙君子般的人物，竟然如此急色下流，雖然自己說過為奴為婢，本就有以身侍奉的含意在裡頭，可父親還在甲板下艙房中拘押，光天化日之下，他竟……

不管如何，百善孝為先，若能救得父親，任何犧牲她都不在話下，何況魏王本也是她喜歡的人物，這身子性命都是爹娘給的，便為爹娘奉獻了吧。

想到這裡，鄧秀兒又羞又怕，只把雙眼閉起，動也不動。

趙德昭解下長袍，往鄧秀兒身上一蓋，罩住了她那讓人心驚肉跳的少女嬌軀，這才雙膀較力將她扶起，沉聲道：「罷了，本王便為鄧姑娘破這回例。鄧姑娘，本王此番巡狩江南，是奉皇命巡察購蓄糧草事宜的，無法在此久待。此案，朝廷已經獲悉，兩天之內，朝廷專司此案的欽使就會趕到，姑娘速速回去與令堂好生籌措，只要妳們在兩日之內將府庫存銀補足，挪用庫銀這一無法推卸的罪名，本王便為他一筆勾銷，若無玩忽職守造成府庫一空的大罪，餘者就不足論了，本王想要關照也容易得多！」

「多謝王爺……」鄧秀兒大喜過望，屈身又要拜倒。

「免禮免禮，時間緊迫，妳還是回去快快與令堂好生準備吧。」

「是是，秀兒遵命。」鄧秀兒緊了緊他披在自己身上的袍子，感激地望他一眼，轉身就往外跑，一拉房門，楊浩正直挺挺地站在門口，看那身形將閃未閃，還沒來得及閃開，秀兒瞟了眼這位古裡古怪的楊大人，便從他身邊疾奔出去。

「楊院使……」趙德昭看到楊浩站在門口，忙喚了一聲。

楊浩進門道：「王爺。」

趙德昭嘆了一口氣，沉默半晌方徐徐說道：「你……都聽到了？」

「是！」楊浩微微躬身，趙德昭神色頓時一黯，畢竟他剛做王爺沒多久，威儀還沒有養成，頭一次循私行此悖法之事，卻被朝臣撞個正著，血性一過，不免惴惴起來，沉默片刻方道：「秀兒姑娘一片孝心，著實可憐可敬，而且，從現在掌握的情況來看，鄧知府確實一無所知，是以本王……本王……」

楊浩微笑道：「法理，不外人情。」

趙德昭雙眼一亮，楊浩又道：「鄧知府遷陞泗州之後，為本州官吏仕紳所孤立，要想放開手腳有一番作為，當時唯有依靠他那些親眷，而且他出身貧窮寒微，曾受到劉家大力關照，所以對劉家深懷感激之情，心中未嘗沒有藉此報答劉家的意思。

「只是，他沒想到的是，人心易變，曾經憨厚老實、仗義熱情的二舅兄和夫人娘家，和那許多真誠熱情的親戚從鄉下突然來到這繁華世界，又突然成為有權有勢的富家翁之後，那麼快就迷失了自己。

「周望叔是扎根泗州十幾代的大糧紳，人脈廣泛，根基深厚，想找幾個人拉他們下水還不容易，最後對頭成了盟友，扶持劉家人對抗周望叔的鄧祖揚，反而成了他們聯手利用的對象，想來也著實可悲。」

楊浩輕輕吁嘆，說道：「泗州今日局面，鄧祖揚負有不可推卸的責任，但……罪無可恕，情有可原。下官以為，經過這次教訓之後，今後鄧祖揚為官不只會是一個清官，而且會是一個能吏，救他一命，雖不合王法卻合乎天理人情，有何不可？」

趙德昭的臉龐漾起一抹激動的紅暈，他拍拍楊浩的肩膀，感激地一笑。

太傅宗介洲房中，程羽、程德玄聯袂造訪，也正與他促膝長談……

三百九章　三人行

「想不到泗州僵局竟被他以這種方式解決！」折子渝坐在船頭，一身漁夫打扮，釣竿穩穩握在手中，她扶著竹笠，眺望遠方那艘官船，喃喃自語道。這是一條岔河支流，河水匯入運河，支流彎彎曲曲，草木茂盛。

「不止一個泗州，小姐。」

張十三褲腿挽到膝蓋，赤著雙足，十根腳趾牢牢抓著甲板，冷靜地道：「各地糧紳為利所誘，或多或少都有些不法勾當，大宋治下向來比較優容，還從來沒有哪個官如他一般不循常規，行此非常手段，他這一手把那些人都震住了，如今只有開封因為缺糧而不禁提價，他們要嘛有辦法自己運糧去京師大賺一筆，要嘛只得平價把糧售於官府，仍然控制糧市與朝廷作對的人恐已寥寥無幾。」

折子渝默然半晌，輕輕嘆息道：「這關鍵，一在購糧，一在運糧，看這架勢，他是要用非常手段震懾各地不法奸商，迫使他們乖乖合作，購集足夠糧草，同時各地築造堰壩水閘，保證運河暢通，在封河之前將糧食起運京城。無論是哪一方面，我們現在都無能為力了，除非唐國肯馬上出兵，否則我們這布局的人，眼下只能看著他們解局，至於能否解得開，我們只能坐視了。」

張十三瞇著眼睛看看遠處靜靜停泊的官船，說道：「這裡在宋廷控制之下，不管是想破壞購糧還是運糧，我們都沒有足夠的力量，不過……我們能否給他們多製造點麻煩呢？」

折子渝冷靜地問道：「計將安出？」

張十三道：「小的身邊帶了幾個人，不足以做什麼大事，不過搞點鬼還是可以的，比如說……暗殺幾個正在察訪案件的官吏，必可引致人心浮動，拖慢他們解決此案的速度；又或者，縱幾起火，總之，給他們製造點小混亂……」

折子渝微微搖頭。

張十三道：「小姐，屬下會小心從事，不會……不會傷了不相干的人的。」

他把「不相干」三個字咬音特別重，所謂不相干，恰是最相干，折子渝彷彿被人窺破了自家心事，俏臉登時一熱，嗔道：「什麼不相干？兩國相爭，哪有仁慈手段？各為其主，便得放手一搏，若是顧這忌那，人家要你的國、要你的家，那便乖乖奉上便是，何必還要相爭？戰者無情、謀者無仁、慈不掌兵，折子渝雖是女流，豈懷婦人之仁？」

「是是……」張十三連忙稱是。

折子渝語氣一緩，說道：「我不答應，是因為你這些作為全無用處，些許小礙，圖個出氣嗎？這是帝王之爭，求保的是家國權柄，於事無補，何必去做？走吧，這裡……恐怕他們很快就能料理清楚，以此帶動整個江淮，蓄糧一關已不成問題。我們往江南去吧。」

張十三詫異地道：「往江南去？」

折子渝皓腕一揚，提起釣竿，翩然站了起來：「如果他們能成功把糧草運到開封，閩南宋軍無後顧之憂，就可以肆無忌憚地攻擊漢國。唐國不敢趁機出兵攻取宋人腹心，我們再去試試，看看能否讓他們暗中援助漢國……」

兩道嫵媚的黛眉輕輕一彎，折子渝幽幽地嘆道：「脣亡齒寒這樣簡單的道理，李煜就算再蠢也應該懂了吧？」

張十三忽然伸手一扶竹笠，垂下頭道：「小姐，草叢中有人。」

「喔？」折子渝眉梢一揚，頭也不回，動作依然自若：「官兵？巡捕？多少人？」

「只有四個，不像是官兵，他們藏在草叢中，似乎正在窺視官船。」

折子渝鬆了一口氣，輕輕轉過身去，按照張十三的示意向蘆葦叢中望去，果見四個人正彎著腰鬼鬼祟祟向官船方向眺望。折子渝乘坐的是一葉獨木舟，隱在枝葉茂密的柳樹下，柳條如絲如縷地垂下來，從遠處望過來很難發現他們，而他們透過柳枝縫隙，卻很容易發現遠處的人。

折子渝蛾眉微聳，喃喃道：「這幾個人意在官船？」

她眸波一轉，打個手勢道：「你從這邊游過去，悄悄靠近，莫要讓他們發覺，我從那一邊繞過去，看看他們是什麼來路。」

張十三曉得自家小姐一身本領比他還要高明得多，當下也不多言，應了一聲，身子便像一條游魚似地滑下水去，連浪花也沒濺起幾點，折子渝則飛身上岸，悄然自草叢蘆葦中繞到那幾人後方百餘米處，踏著一根橫臥河上的垂楊柳悄然躍了過去。

「怎麼樣？老大水性好，你看看有辦法下手嗎？」四個人蹲在草叢中眺望著遠方那艘官船。這四人是泗州一帶的道上好漢淮河四雄，武自功、焦海濤、盧影陽、獨孤熙。四人生意甚雜，打道剪徑，湖上水盜、打手綁匪，什麼撈錢幹什麼，膽大包天，只要有錢，無所不為。

「不成，岸上三步一崗、五步一哨，水面上有十多條小船巡弋在大官船左右，就算以我的水性能潛游過去，也上不了那麼高的船，就算我上得了那麼高的船，你瞧甲板上那麼多兵丁，我也動不了手。以我看，這裡比官倉那邊還要嚴密。」

一個五短身材的漢子「呸」的一聲吐出口中嚼著的蘆葦枝，說道：「如此，我們不如還按第二個法子去做，去官倉那邊做手腳。」

折子渝蛇行至他們左近，身子整個伏在地上一動不動，靜靜地觀察著他們。這蘆葦叢中密不透風，細汗便一顆顆沁出來，此情此景，她不由想起當初在蘆嶺與楊浩夜探種香菜的范思棋時那平生的第一個吻，讓她一世難忘的吻，這才多久，兩人已是勞燕分飛、形同陌路，甚至還做了敵人，心中不禁淒然，及至聽那四人說起話來，她才打起精神拋開心事側耳傾聽。

「嗯，我看也是，還是回官倉那邊動手容易，也容易逃脫。」

「那邊的衙役兵丁也不少，這趟活不好幹吶。」

「不好幹也得幹，咱們平常做的買賣哪一樁不是把腦袋別在褲腰帶上做的，結果也沒賺下多少錢來，周爺託人捎話出來許的咱們這樁買賣，事成之後可是一人給一萬貫，奶奶的，靠這一萬貫，置地買房，再納幾房美人，以後有力氣朝女人肚皮上使去，再也用不著幹這刀頭舔血的買賣了。」

「嘿嘿嘿嘿……」

「哥幾個，那咱們得好好議議，回去之後怎麼動手。」

四人在蘆葦叢中坐了下來，武自功撿起幾塊石頭，在地上又是畫線又是擺石子，說道：「喏，這是官倉的地形，這裡這幾排都是儲糧的官倉，收來的糧食都放在這裡，外有防火巡弋的弓兵。中間這一幢是空倉，關著所有的人，看守也最嚴，別看這幢倉庫外面沒有什麼巡弋的衙差，那是為了防止裡邊的犯人串供，人全守在裡面，監視著分別關在一間間糧倉中的人犯。往右，這幾排依舊是儲糧所在，西北角上這片房子是……」

「二哥，你看，西北角圍牆最矮，人手也最少，翻過牆後就是一條溝渠，草木茂盛，咱們救了人可以從這裡逃走。」

「嗯，是個好主意。」

「二哥誇獎。」

「誇你個屁，怎麼救人還沒想好呢，你先想怎麼逃走了？那官倉裡都是衙差，咱們兄弟再厲害，能一個打八個，一個打八十個總辦不到吧？怎麼救人才好？」

「我們不如使調虎離山之計，放火燒糧，大火一起，濃煙滾滾，再說倉中那些衙差怕困在火中，想不逃也難，那些犯人許多罪不致死，他們不敢仍然拘在裡面的，只要把人往外一帶，咱們弄幾個衙差的衣裳混進去擄走一個人不算什麼難事吧？」

「唔……這倒是個好主意，而且白天做正宜掩護咱們行蹤，若是晚上下手，可不易找到周爺了。」

「大哥說好那自然是好的，不過糧倉那邊有巡弋的官兵，要攻進去放火燒糧也不是易事啊，況且還要自負引火之物。」

「放火燒糧？」折子渝心中不由一動，可是轉念想想，又不禁意味索然，縱然燒了幾倉糧，於她的大事也是沒有多少助益的，原來他們是被抓的那些豪紳奸商中的某一個花了大價錢請來的江洋大盜，目的是要把那人救出去。折子渝對此全無興趣，一聽之下意興索然。

她正欲悄然退去，就聽一人道：「這個好辦，老四，到時你去東南角這幢房子，那是朝廷欽差副使楊浩的住處，如今官倉中各路人馬俱聽他的調遣。嘿嘿，他們根本想不到抓一批商賈，居然有人敢大膽劫牢救人，這一處地方又在官倉衙門裡邊，根本無人看守的，你去做掉楊浩，有意露出行蹤，引巡兵來追，糧倉那邊必然防守鬆懈，我們再趁機放火，如此大事可成。」

「他們……要殺楊浩？」折子渝心頭一驚，剛欲退走的身子忽又停住。

「大哥，那楊浩通不通武功？老四輕身功夫雖好，但跟瘦皮猴似的，拳腳卻差些，莫要栽在裡邊。」

老四獨孤熙嗤笑道：「二哥不必擔心，我的淬毒袖弩十丈之內無人能避，中者立斃，再說又是殺他個猝不及防，他要能活著見到明天早上的太陽那才奇了，此事交給我就好。」

「嗯，咱們兄弟同心，其利斷金，做成了這樁大買賣，從此金盆洗手，享清福去，走！」

四人商議已畢，閃身便向蘆葦叢中隱去，折子渝一顆心吊得高高的，轉眼一看不見張十三，既不敢高聲呼喊驚動了那四人，又怕失去他們蹤影，把腳一跺，便閃身追了上去。

＊　　＊　　＊

「這個沒良心的，咱們姐妹為他立下如此大功，他倒拿矯作勢的，居然不來見我們，還要咱們上趕著去尋他。」唐焰焰悻悻然道。

「姐姐多體諒，這事怨不得官人的，這兩天抓了那麼多人，哪一樁離得了官人？」吳娃兒掩口偷笑：「其實姐姐只要耐心地在普光寺再等兩天，官人一定親來相迎的，反正普光寺的風景確實不錯。」

唐焰焰的小臉登時變成了紅蘋果，大發嬌嗔道：「臭丫頭，妳取笑我是不是？」她立下這樁大功，得意洋洋就在普光寺碼頭客棧中住下，等著楊浩親來相迎，哪曉得楊浩忙著抓人、關人、審人，一時半晌哪裡顧及得了她，住了兩日，唐大小姐終於按捺不住，撂下架子硬扯著娃娃偷偷進城來，尋那個無情無義的臭官人。

「妹妹哪敢？哈哈，姐姐不要撓我癢。」娃娃笑著逃開了去，唐焰焰拔腿便追，剛剛追出兩步，忽然驚咦一聲，霍地站住了腳步。

吳娃兒逃開幾步，見唐焰焰直勾勾地看著前方，還道她是故意裝佯要引自己過去，忍不住嘻嘻笑道：「姐姐休要誆我，我才不上當呢，有本事妳就來追，一口氣跑去官倉見官人……」

「別吵別吵。」唐焰焰忽地快步追上去，衝到路口向遠處揉揉眼睛，向那人背影再一望，失聲道：「我沒看錯，我真的沒有看錯！」

吳娃兒小心地靠近，問道：「姐姐說什麼？」

唐焰焰扭頭道：「折子渝來了！」

吳娃兒登時變了臉色，失聲道：「折大小姐？妳說真的？」她急急扭頭去看，街上行人往來，一時之間哪裡找得到她身影：「姐姐不會看錯了吧？」

「哼！絕不會錯！」唐焰焰拉起吳娃兒就走：「那狐狸精喜穿男衣，她穿的還是一身男人衣衫，可是莫說男裝，她就是化成灰，本姑娘一眼都認得出來……」

官倉門前好生熱鬧，衙門口是敞開了的，糴米的糶米的、結帳的扛活的，人犯家屬來送飯的、探親的，人來人往，車水馬龍。折子渝緊緊尾隨淮河四雄進入官倉，三個面目兇惡的大漢趁人不備閃向糧倉方向，老四獨孤熙卻潛向官署，折子渝立即尾隨其後，這幾人行蹤旁人全未注意，卻落在了吳娃兒和唐焰焰兩個有心人眼中。

吳娃兒與唐焰焰尾隨折子渝而行，眼見她漸漸行至糧倉官署，正是自己方才向人打聽來的楊浩住處，她早知折子渝志在讓大宋斷糧，為西北解困，再看她如今與四個大漢兵分兩路一赴糧倉、一赴官署的鬼祟行蹤，以她精明伶俐的心思，只在心中一轉，頃刻間便明白了她的「惡毒心腸」，吳娃兒不由色變，顫聲道：「糟了，莫非她要去殺官人？」

三百十章　三個女人一臺戲

因為每天審訊記錄的材料都要送往官船上整理，趙德昭閱後再著人謄錄一份飛報京師，平日楊浩奔波在外，臨時住處只是個睡覺的地方，方便他就近提審犯人而已，是以非常簡陋也非常混亂，根本沒有人灑掃整理，實際上他現在也沒有足夠的人手照料，因此那獨孤熙鬼鬼祟祟地潛進他的住處時，全然不曾被人察覺。

折子渝一直悄悄躡在獨孤熙的身後，待他進了楊浩住處之後，便也急忙加快了腳步。她對楊浩既愛且恨，現在很難說清是一種什麼情感，可是刻骨銘心的初戀有了危險，她還是想也不想便趕了過來，儘管從某種意義上來說，這個刺客與她是同一陣線的。但她不想讓楊浩死，絕對不想。這人身上有一筒袖箭，那箭簇是淬了劇毒的，折子渝生怕他與楊浩一個照面便射出冷箭，那時想要援手也來不及了，是以一追進楊浩住處便立即掣出了隨身短劍。

折子渝衝進楊浩房中時，獨孤熙正望著房中情形發呆。房中簡陋，一桌、一榻、一方屏風，桌上硯臺蓋子揭著，滿桌墨跡淋漓，桌上地上盡是塗塗抹抹揉成一團的紙團，旁邊一個茶盤，茶具倒是比較整潔，只是四只茶杯缺了一只，仔細看看，才能發現那廢紙團裡隱約露出一角茶杯，杯中還有半杯茶水。

床榻的帷幄低垂，床邊地上有一盤燃盡的驅蚊香，香灰撒了一地，獨孤熙伸手挑起帷幄，只見床上枕頭被子亂七八糟，床角還扔著一雙沒洗的襪子，這種地方會是一位朝廷欽差、南衙院使的居處？

獨孤熙以為自己找錯了房間，可是仔細想想，按照他們的內線提供的情報，應該就是這間房子，獨孤熙滿腹疑竇，四下看看無人，便想出去捉個人來問個清楚。他剛一轉身，就見一個人影鬼魅般立在他的身後，他在房中站了半天，竟全未發覺身後站的有人，不由嚇得魂飛魄散。

獨孤熙在淮河四雄之中以輕身術見長，飛簷走壁的功夫過人一等，他萬萬沒有想到在自己最引以為傲的本事上栽了跟頭，被人欺近身來竟全無察覺，大驚之下不及細想，手腕一抬，「鏗」的一聲機括聲響，折子渝早有準備，在他袖筒抬起的剎那嬌軀已向旁飛快地閃開，與此同時她也揚起了手，一道電光自她袖中飛出。

一個苦練過武功的人比尋常人的動作快上一倍甚至兩倍也有可能，哪怕等到你劍至咽喉他想後發先至也不算難，但是兩個同樣浸淫武術多年的人，速度哪怕只比對手再快上一分，說不定都要多下十年苦功，若是對手比你快上須臾，你想閃避也不可能了，所以越是高手，往往越是在寥寥幾招間便能決出勝負甚至生死，鮮有拚上百招千招，打到最後彼此無力摟在一起摔跤打滾的。

此刻就是這樣，同樣是精擅殺人之技的練家子，又是以有備算無備，折子渝出劍之快可是連呂祖都讚揚過的，可憐獨孤熙在江淮一帶也算是有名的江洋大盜，今日卻在陰溝裡翻了船。他的袖箭射空，「篤」的一聲射中了門楣，而折子渝袖中鋒利的短劍卻「噗」的一聲貫入了他的咽喉，就此糊里糊塗地送了性命。

折子渝殺了獨孤熙，心頭暗暗鬆了一口氣，暗忖道：「此人身懷劇毒暗器，他既已死就無大礙了，我且去糧倉那邊再動點手腳示警，讓公人們捉住那三個大盜，那個混蛋應該就安全了，以他的武功，經此一事，只要提高了警覺，就算再有人想暗算他也不容易。」

她剛想到這兒，就聽外面一個有些熟悉的女人聲音道：「快，就是這間房子。」

折子渝暗吃一驚，不加思索地一抽劍刃，同時飛起一腳將那死屍踹進了床底，兩個動作渾然一體、快如閃電，那死屍尚來不及濺出滿地的鮮血，便被她一腳踢進了床下去。折子渝飛身就欲遁走，卻發現這間房子沒有後門，房中也無所遁形，她略一遲疑，正想躍到門楣上看看風色，唐焰焰便提著一柄明晃晃的短劍已經出現在門口。

折子渝臉色一變，失聲道：「是妳！」

唐焰焰冷笑：「果然是妳！」

目光從折子渝臉上向那劍上一移，劍尖上堪堪滴落一滴鮮血，唐焰焰登時臉色大變，顫聲道：「妳……妳已殺了他？」

折子渝莫名其妙，冷笑道：「這種臭男人想殺自然就殺了，妳當本姑娘是吃素的嗎？笑話！」

唐焰焰兩眼一黑，差點沒有昏過去，她緊握寶劍，厲聲喝：「妳殺了他，我教妳抵命！」

「鏗鏗鏗！」唐焰焰運劍如風，折子渝沉著應對，兩隻母老虎剎那間交擊十數次，折子渝已經退到了室中央，吳娃兒急急跑了進來，站在門口四下一望，疑道：「姐姐，莫要動手，折大小姐殺了誰？室中怎麼沒人？她的同夥呢？」

「鏗」的一聲重擊，唐焰焰和折子渝各自退了三步，唐焰焰急急向室內環顧一眼，恨聲道：「浩哥哥他人呢？」

折子渝呆了一呆，這才恍然大悟：「這個笨丫頭以為我殺了楊浩？」折子渝又氣又火，實未料到在唐焰焰心中，自己竟是這樣一個心狠手辣的女子，她衝口怒道：「本姑娘還不曾見著那個混蛋，一時半晌妳還當不了寡婦，急什麼？」

唐焰焰一聽喜道：「妳劍上有血，不是殺了浩哥哥？妳傷了什麼人？妳來做什麼？」

「我？」折子渝被兩雙妙眸一瞪，哪肯在這兩個女人面前承認她心軟來救楊浩，當即冷笑道：「我來做什麼？自然是要殺了那個薄情負義、壞我大事的混帳楊浩，只是他命大不在房中，妳們很關心他是嗎？哼哼，本姑娘就守在這兒，等他來了一劍便結果了他！」

一聽楊浩還未回來，唐焰焰放下了心，既然楊浩無事，她也懶得去理會折子渝劍上何以滴血了，聽她囂張的口氣，立即反脣相稽道：「我看妳才是心胸狹窄，心腸惡毒，我唐焰焰既然來了，妳便休想再動他分毫。」

折子渝的寶劍鋒刃如霜，不沾滴血，此時劍上已無一點血痕，她緩緩橫劍當胸，冷冷凝視著這個搶了她心上人的傻大姐，不屑地冷笑道：「就憑妳嗎？唐大姑娘！」

唐焰焰酥胸一挺，傲然道：「不錯，就憑我！」

吳娃兒本來有些愧對故人、恩人，可是事關楊浩，她怎能不出面？現如今楊浩沒事，她一顆芳心已然放下，心情便沉著起來，一見二人又要交手，便急叫道：「姐姐，還是去叫人來吧。」

「姐姐？生得好一張甜嘴。」折子渝橫劍當胸，睨她一眼，脣邊露出一抹揶揄的冷笑，吳娃兒臉上不由一熱。

唐焰焰緩緩運劍，一步步向前走去，沉聲道：「本姑娘知道妳幼從名師，習就一身武藝，可是本姑娘的師承，未必就弱於妳，而且幼時我還曾受姑父程世雄的授業恩師步紅塵步老前輩親自指點過劍術，只是從不曾真正下過苦功而已，自從上次在小樊樓被妳挑釁，我就想有朝一日堂堂正正地擊敗妳，在府中修習武藝、苦練不輟，如今……終於派上了用場。」

折子渝聽她提起步紅塵，不由為之肅然，那可是獨步天下的劍術大宗師，聽唐焰焰口氣，她也不敢大意，忙也提氣凝神，冷冷說道：「大話少說，動手吧！」

「看劍！」

劍光颯然如電，折子渝立即揮劍迎上，吳娃兒緊張地攥緊了雙拳，一雙妙目須臾不敢離開二人身上。

「這就是步紅塵指點的劍術？這就是妳苦練不輟的劍藝？」折子渝睨著被她劍柄搗中，麻筋無力地軟倒在地的唐焰焰冷笑道。

唐焰焰氣得兩頰緋紅，怒視著她一言不發。吳娃兒目瞪口呆，想要逃跑都來不及了，她哪曉得唐焰焰大話說出，可是在折子渝劍下竟然只走了十來個回合，瞧這模樣，折子渝還是劍下留情的，要不然……

折子渝忽一揮劍，只聽「嗤」的一聲，帷幄便被削下長長一條，折子渝收劍，三下五除二便給唐焰焰來了個五花大綁，然後直起腰來向吳娃兒盈盈一瞟，吳娃兒雙膝一軟，立即矮了半截。

「現在才跪，不嫌遲了嗎？」折子渝含威不露，冷冷笑道。

「折大小姐，娃兒身世孤苦，曾蒙折家大恩，娃兒誓報此恩，亦曾為折家做足了三件大事，就是此番開封斷糧，思及折家恩情，娃兒也始終不曾向官人說出所知真相，自問並無對不起大小姐的地方。

「現如今娃兒已然洗盡鉛華，從良許人，既為楊家婦，從此便是楊家的人，關心自己官人，並無不妥之處，娃兒下跪，一不是怯於大小姐的寶劍鋒利為自己乞命，二不是愧對恩主無地自容，娃娃只是想求大小姐放過唐姑娘、放過我家官人。」

唐焰焰聽了這番話也不覺動容，一雙眼睛不禁看向吳娃兒。吳娃兒道：「大小姐是巾幗英雄，行的是許多男兒都要自愧不如的謀國之舉，若拋開個人喜惡恩怨，其實娃兒是十分欽佩的。唐姑娘縱然冒犯了小姐，卻也不當至死，我家官人如今雖為朝廷做事，但大宋興亡卻不是繫於他的身上，朝廷為解開封斷糧之厄，已然詔行天下八方籌糧，大小姐殺我官人一人，於事無補，大小姐女中丈夫，何必行此無益之舉？娃兒求大小姐了。」

折子渝冷冷看她一眼，走到桌前坐下，她從城外一路追到城內，趕到這裡又是連番打鬥，如今天氣仍然酷熱，久不飲水，十分口渴，眼見二人提心吊膽都為楊浩擔心，心中不無快意，一時倒不忙走，便從茶盤上取過一個杯來，輕輕一翻放到面前。

她剛剛伸手去拿茶壺，吳娃兒已乖巧地趕過來，搶過茶壺為她斟了一杯，折子渝盈盈向她一瞟，輕嘆道：「妳也坐吧，曾經的閨中暱友，我實在不希望看到妳畏我如敵的模樣。」

「是是。」吳娃兒看了眼被綁住的唐焰焰，在折子渝旁邊輕輕坐了下來。折子渝為她也斟了杯茶，幽幽一嘆道：「妳我敵友，因他而起……」她看了眼正向她怒目而視的唐焰焰，心道：「我與她素無仇恨，何嘗不是也因為了他？這個冤家，簡直就是生來跟我折子渝作對的。」

唐焰焰一見她瞧向自己，便怒道：「姓折的，妳這心胸狹窄的妒婦，蛇蠍心腸的女人，娃兒，她也配說什麼女中丈夫，我看她就是妒恨妳我與官人相好，這才起意殺人以圖一快，姓折的，妳不必假惺惺地扮好人了，只管來殺了我，來來來，一劍結果了我，浩哥哥自會替我報仇的。」

折子渝兩頰升起兩抹酡紅，惱怒地站了起來，吳娃兒慌忙起身道：「大小姐息怒。」說著向唐焰焰連使眼色，唐焰焰不理，只是大罵，折子渝大怒，順手提起她，把她擲上床去，又自床上取過一條枕巾，也不管乾不乾淨，團一團便塞進了她的口中。

吳娃兒在後見此情形，忽地眼珠一轉，眸中露出一抹詭譎的神色，她匆匆自袖中摸出一樣東西，便往杯中放下，折子渝背對著她，也不虞她搗鬼，竟是全未察覺，唐焰焰卻是瞧在眼中，眸中閃過一抹驚喜，她恐引起折子渝疑心，不敢再看吳娃兒，當下更是踢腿挺腰，拚命掙扎，故意吸引折子渝的注意。

折子渝大怒，喝道：「娃娃，妳來，把她的雙腿也給我緊緊綁起來。」

在折子渝指揮下，吳娃兒硬著頭皮把唐焰焰像攢馬蹄似的手腳都綁了起來，連腰也使不上力了，娃娃又向她暗打眼色，唐焰焰這才安分下來。折子渝趕回桌邊把劍往桌上一拍，餘怒未息地瞪著她道：「不要試圖再激怒我，妳當本姑娘真的不敢殺了妳嗎？」

「大小姐息怒，唐姑娘有口無心的。」吳娃兒趕回桌邊陪笑說道。

折子渝冷哼一聲，端起冷茶來一飲而盡，扭頭一瞥，見吳娃兒站在一旁正用有些怪異的眼神看著她，不禁問道：「妳怎麼不喝？」

「喔！」藥效發揮尚有一段時間，吳娃兒恐她生疑暴起傷人，忙舉杯喝茶，折子渝冷冷瞟她一眼，說道：「娃娃，妳沒有說出我的事來，那是妳夠聰明，此事無憑無據，官家據此奈何不得我折家，倒是妳，本是我的同謀，這麼一樁大難事，真若說出去，不怕朝廷難為妳那一心維護的官人嗎？哼，妳心中打些什麼主意當我不知道？不必指望我就此感激於妳。」

吳娃兒畢恭畢敬地道：「娃兒不敢奢望大小姐的感激，只為求得官人與唐姑娘的安全而已，若有得罪大小姐的地方，尚祈大小姐體諒娃兒一番苦心，也不要怨恨娃娃。」

折子渝柳眉一剔：「得罪我？妳有什麼本事得罪我？」

娃娃估摸了一下時間，吃吃地道：「大小姐恕罪，娃娃心急救人，方才……方才在茶中下了藥。」

折子渝一呆，榻上的唐焰焰身不能動，口不能言，兩隻漂亮的大眼睛卻彎成了月牙。

折子渝目視吳娃兒半晌不語，吳娃兒在她面前盈盈跪下，俯首道：「大小姐恕罪……」

折子渝冷冷地瞪著她，半晌才緩緩說道：「妳當我獨自在外，便那麼不小心？」

「嗯？」吳娃兒訝然抬頭：「大小姐這是何意？」

折子渝冷笑：「那茶，在妳綁她雙腿時，我便已經換過了。」

吳娃兒頓時一呆，榻上唐焰焰的笑容也是一僵，折子渝冷笑著站了起來：「妳好，妳好啊，我心中本念著昔日一段情分，不想難為妳，更沒想到妳會真的下手害我，換茶本是在外行走小心使然，沒想到妳居然真的對我下手，吳娃兒，這是妳與本姑娘自斷情義，可就怪不得我了。」

說到這兒，她的雙腿忽然一軟，忙伸手扶住了桌子，吳娃兒盈盈拜了下去，說道：

「娃兒的確對不住大小姐，可是為了救官人與唐姑娘性命，實在是旁無餘策，萬般無奈方行此下策，有對不住大小姐的地方，尚請大小姐多多體諒為是。」

折子渝呼吸有些粗重，沉聲問道：「妳什麼意思？」

吳娃兒抬起頭來，一臉無辜地道：「娃娃也不曉得大小姐回到桌邊來會喝哪杯茶，所以……兩只茶杯……娃娃都下了藥……」

「妳……」折子渝又驚又怒，伸手便去抓劍，卻覺一陣頭暈目眩，吳娃兒眸中露出一抹笑意：「大小姐毋須驚慌，娃娃說過，只想救人，不想害人，如此這般作為全是無奈之舉。官人對大小姐舊情難忘，大小姐縱然落到我家官人手中，相信他也絕不會為難妳的。」

折子渝冷笑：「妳已下毒害我，自然用不著他取我性命了。」

吳娃兒忙道：「大小姐寬懷，這藥並不能取人性命，它只是青樓妓坊中常備的一種……」

她剛說到這兒，就聽房外隱隱傳來談話聲音，聲音越來越近，其中一人正是楊浩的聲音，這三個女子誰不熟悉他的聲音，折子渝絕不想與他照面，大驚之下也不知哪兒生起的餘力，霍地一下拔出利劍，架在娃娃頸上，氣喘吁吁地道：「噤聲，上榻，否則莫怪我辣手無情。」

三個花不溜丟的大姑娘，一個攢馬蹄似的綁著，兩個氣喘吁吁、嬌軀無力，好不容易擠上床去，剛把帷幄掩好，楊浩和壁宿已並肩走進房來……

《步步生蓮》卷十一 無水不生蓮完

GOBOOKS
& SITAK
GROUP©